O TRONO DAS SOMBRAS

BYMAR
GELYN
Passagem da Meia-Lua
Mar
Eranbole
Porto
de Isel
ISEL
DICHELL
CARCHAR
GELVINS
Pântano
Campo dos
Ladrões
Acampamento
aveniano
LIBETH
Baía
Tarblade
FARTHENWOOD
TITHIO
EBERSTEIN
DRYLLIAD
Lago
Falstan
Rio Roving
CARTHYA
SPARLING
NAVENSTILL
PYRTH
AVENIA

Mapa de Carthya
e terras vizinhas
MUNSK
MENDENWAL
HAFFINDER
STRUM
PIVOLIN
N
O
L
S
K. LEFAIVER

JENNIFER A. NIELSEN

O TRONO DAS SOMBRAS

TRILOGIA DO REINO
LIVRO 3

Tradução
Fal Azevedo

1ª edição

Rio de Janeiro-RJ / Campinas-SP, 2014

VERUS editora

Editora: Raïssa Castro
Coordenadora editorial: Ana Paula Gomes
Copidesque: Anna Carolina G. de Souza
Revisão: Tássia Carvalho
Diagramação: André Siqueira Tavares da Silva
Arte da capa: © Ken Choi, 2014
Projeto gráfico de capa e miolo: Christopher Stengel
Mapa: Kayley LeFaiver

Título original: *The Shadow Throne*

ISBN: 978-85-7686-285-7

Edição publicada mediante acordo com Scholastic Inc., 557 Broadway, Nova York, NY 10012, EUA.

Este livro foi negociado por Ute Körner Literary Agent, S.L., Barcelona, www.uklitag.com.

Verus Editora Ltda.
Rua Benedicto Aristides Ribeiro, 41, Jd. Santa Genebra II, Campinas/SP, 13084-753
Fone/Fax: (19) 3249-0001 | www.veruseditora.com.br

CIP-BRASIL. CATALOGAÇÃO NA FONTE
SINDICATO NACIONAL DOS EDITORES DE LIVROS, RJ

N571t

Nielsen, Jennifer A.
O trono das sombras / Jennifer A. Nielsen ; tradução Fal Azevedo. - 1. ed.
Campinas, SP : Verus, 2014.
23 cm. (Trilogia do reino ; 3)

Tradução de: The Shadow Throne
ISBN 978-85-7686-285-7

1. Ficção infantojuvenil americana. I. Azevedo, Fal, 1971-. II. Título.
III. Série.

14-11807 CDD: 813
CDU: 821.111(73)-3

Revisado conforme o novo acordo ortográfico

Impresso no Brasil pelo Sistema Cameron da Divisão Gráfica da
DISTRIBUIDORA RECORD DE SERVIÇOS DE IMPRENSA S.A.

Para Pat e Barry,

cujo doce coração abriga a melhor das famílias, que me incluiu com cookies, abraços e uma aterrissagem no penhasco.

PRÓLOGO

TRÊS SEMANAS ANTES DA GUERRA

Ao longo da vida, tive a minha parcela de brigas — às vezes com os punhos, outras com facas, vez ou outra com uma espada. Enfrentei adversários com o dobro de meu tamanho, em média com duas vezes a minha altura e, como regra geral, mais feios do que jamais esperei ser. Mas nada nunca me preparou para a selvageria da discussão que agora acontecia em meu salão real.

— Trazê-lo para este castelo foi o maior erro da minha vida! — gritei. Meus punhos estavam cerrados com tanta força que parecia que as unhas perfuravam a pele. — E eu ordenaria seu enforcamento imediatamente, se seu pescoço valesse o preço da corda!

O alvo de minha ameaça era ninguém menos que Roden. Durante os poucos meses em que nos conhecemos, nós tínhamos passado por muita coisa juntos, inclusive por sua tentativa de me assassinar, duas vezes — três, se contarmos a ocasião da perna quebrada —, e eu ainda havia arriscado a vida para convencê-lo a voltar para Carthya como capitão de minha guarda. Evidentemente, tivemos nossa cota de desacordos. Mas nenhum deles chegava perto do nível da discussão naquele momento.

— E eu morreria com prazer — vociferou Roden —, se a ordem viesse de um rei menos tolo!

Interjeições de espanto ecoaram por todo o salão depois do insulto. Palavras como essa justificariam facilmente minha ordem para prendê-lo, mas não fiz isso. Ainda havia muitas coisas que precisavam ser ditas, ou vociferadas, se preciso.

— Você acha que sua posição como capitão nos torna iguais? — perguntei. — Você pode comandar nossos exércitos, mas não a mim! E eu os liderarei do meu jeito!

Roden apontou para minha perna direita, a qual o cirurgião ordenara que fosse mantida firmemente enfaixada por no mínimo mais algumas semanas.

— Você não pode liderar coisa alguma com uma perna quebrada.

— Então talvez você não devesse tê-la quebrado! — respondi.

— Eu devia ter quebrado seu queixo no lugar da perna! — rebateu Roden. — Assim não teria que ouvir suas ordens ridículas! — Mais murmúrios de espanto ecoaram entre os regentes na sala e entre os servos de passagem. Roden virou-se para eles a fim de continuar sua argumentação: — Nossos soldados estão espalhados por todo o país. Se Avenia nos invadir pelo sul, seremos trucidados.

Meu alto camareiro, lorde Kerwyn, se apressou em nossa direção e sussurrou:

— Meu rei, podemos continuar essa discussão na privacidade da sala do trono? Todos estão ouvindo.

Sim, era verdade. Não só as pessoas que estavam no salão real quando a discussão começou, mas muitas outras ouviram os gritos e vieram testemunhar a comoção com os próprios olhos. Kerwyn pode ter se sentido constrangido por mim, mas eu não tinha a intenção de tornar aquilo um assunto particular.

Dei um passo para me afastar de meu camareiro e disse:

— Não há o que continuar, lorde Kerwyn. O capitão de minha guarda acha que eu não deveria ter voz ativa na maneira como meus exércitos são treinados.

Kerwyn olhou para Roden, claramente horrorizado com seu desrespeito, mas Roden apenas franziu o cenho.

— Todos nos curvamos à vontade do rei, capitão. E você deve fazer o mesmo. — O tom de censura de Kerwyn foi duro o bastante para que Roden hesitasse.

Mas, antes que o capitão da guarda pudesse falar, eu disse:

— Não, Kerwyn. Não desejo que ele se curve a mim e, secretamente, insista que está certo. — Virei-me para Roden. — Se acha que pode treinar nossos homens melhor que eu, então o desafio. Leve quem quiser, treine-os da maneira que desejar. Ao fim do treinamento, compararemos os dois grupos. Você verá que tenho razão.

— Nunca! — vociferou Roden. — Vou começar o treinamento no pátio imediatamente.

— Não no meu pátio, nem em minha cidade!— revidei. — Se fizer isso, deixará Drylliad. Partirá com toda a sua arrogância e esperanças e só voltará quando finalmente entender o seu lugar.

Kerwyn pousou a mão em meu braço.

— Jaron, eu imploro para que pense no que está dizendo. Vocês dois devem fazer as pazes. Você ainda está ferido, e, se a guerra está realmente próxima, com certeza precisaremos de seu capitão conosco.

Eu simplesmente me livrei da mão de meu camareiro, inclinei-me para Roden e soltei:

— Saia.

Roden me encarou com uma raiva tão brutal, que fiquei preocupado. Em seguida, anunciou que partiria em uma hora, levando quarenta dos homens que lhe haviam sido designados. Apesar das coisas que tínhamos dito um ao outro, eu lhe desejava nada menos do que toda a sorte do mundo.

Eu o vi sair e então olhei ao redor, observando todos que se reuniram para assistir à nossa discussão. Eram membros antigos da corte, servos e cidadãos de meu país. E, possivelmente, ao menos um deles estava ali como espião de nossos inimigos e lhes informaria que os exércitos de Carthya estavam incompletos e divididos.

Desde o dia em que retornei do acampamento dos piratas, Carthya dera início a arranjos que aquela geração jamais vira. Estávamos armazenando comida, forjando armas e fortalecendo nossas defesas, mas, além disso tudo, a coisa de que eu mais precisava seria a mais difícil de conseguir: tempo.

Como se revelaria depois, tivemos ainda menos tempo do que eu esperava. Apenas três semanas depois, a guerra teria início...

1

TRÊS SEMANAS DEPOIS

Recebi as notícias do ataque a Libeth ao pôr do sol, em um gramado próximo às muralhas do castelo. Diante de mim, estavam Kerwyn, Amarinda e Mott, mas eu mal os via.

Libeth era uma cidade pacata, bem isolada dos problemas que assolavam outros povoados próximos a Avenia. Seus cidadãos eram fazendeiros e comerciantes, e a invasão certamente não viera com o alerta adequado para que ao menos os mais fortes formassem uma defesa apropriada. Não consegui sequer imaginar o horror que a população enfrentara durante a noite, a destruição deixada depois da ofensiva. Pensar nisso me deixou sem ar.

E, tinha mais, Imogen fora levada durante o ataque.

Todos pareciam falar ao mesmo tempo, sem se dar conta de que minha cabeça estava cheia de perguntas que ninguém ali podia responder. Ela ainda estava viva? Se estivesse, tinha sido ferida? O que fariam com ela se achassem que isso podia me afetar? Porque essa certamente era a razão pela qual o rei Vargan enviara seus exércitos atrás dela.

Se Imogen ainda estava viva, Avenia exigiria nossa total rendição em troca da libertação dela. Sabiam que eu não poderia concordar com isso, então eu teria de tentar resgatá-la. Ela não passava de uma isca para eles, e eu, o grande prêmio.

Além disso, a guerra que eu aguardava por vários meses por fim chegara. Mas tudo o que eu havia planejado com tanto cuidado parecia irrelevante agora. Tampouco esperava essa notícia. E Kerwyn gradualmente piorava as coisas.

— Também acabamos de receber a notícia de que Gelyn e Mendenwal estão avançando pelo norte e pelo leste — disse ele. — Trata-se de um ataque coordenado e estamos cercados. Jaron, a guerra começou.

Todos voltaram a falar, mas não consegui ouvir nada do que diziam, ou pelo menos não conseguia distinguir uma palavra da outra. Era impossível compreender o que eles esperavam de mim.

Amarinda tocou meu braço.

— Jaron, você ficou pálido. Diga alguma coisa.

Olhei para ela sem de fato enxergá-la e comecei a me afastar.

— Me perdoem — murmurei. Então, eu me virei e corri, cegamente impulsionado por uma força interior que me obrigava a sair dali. Eu precisava de um lugar para pensar, para entender. Um lugar para respirar.

Corri a toda velocidade em direção ao castelo, apenas vagamente consciente da dor aguda que sentia na perna direita sempre que exigia demais dela. O osso que Roden fraturara ainda não havia se calcificado, e mesmo assim me forcei a seguir cada vez mais rápido. Acima de qualquer coisa, eu queria sentir a dor para dar vazão ao turbilhão de emoções em meu peito.

Servos e soldados não passavam de borrões ao meu lado enquanto eu corria. Eu não tinha certeza do lugar para onde me dirigia ou do que esperava encontrar lá. Apenas um pensamento se fixara em minha mente: Imogen fora sequestrada. E eles exigiriam tudo para libertá-la.

Rapidamente fui parar nos jardins reais, o único lugar em que conseguiria ficar sozinho. Na esperança de me esconder em um peitoril, tentei escalar as videiras da parede do castelo. Lá em cima eu poderia pensar. Se eu tivesse uma pausa, conseguiria colocar uma ordem em toda essa bagunça, para que o mundo voltasse a fazer sentido. Mas eu não estava nem na metade da parede mais baixa quando os músculos de minha perna direita enfraquecida cederam e caí no chão. Rolei e acabei parando sentado e recostado ao muro, e não fui adiante.

Talvez tivesse sido um erro ir para os jardins. Eu não encontraria mais resposta ali do em qualquer outro lugar. Quando olhei ao redor, as paredes se agigantaram ao meu entorno. Fiquei tonto e não conseguia concatenar as ideias. Pelo contrário, as preocupações, planos e escolhas serpenteavam em meu entorno como fumaça, sufocando-me da mesma forma.

— Majestade, perdoe-me por invadir sua privacidade.

Eu me levantei quando vi que Harlowe se aproximara. Depois de fazer uma reverência, ele deu um passo à frente.

— Pensei que apenas Avenia atacaria — eu disse. — Talvez Gelyn também, mas não Mendenwal. E não dessa forma.

— Nenhum de nós previu que isso acontecesse.

— Não há motivo para Vargan ter atacado Libeth. Destruir a cidade não lhe rendeu coisa alguma. — Imagens dos horrores que devem ter ocorrido naquela noite me vieram à mente mais uma vez. — Nada, exceto Imogen.

— Eu sei. — Harlowe umedeceu os lábios e então acrescentou: — Nós precisamos de suas ordens, senhor.

— De que ordens? — vociferei. Era irracional sentir raiva, especialmente dele, mas não consegui evitar. — Não posso lutar contra isso! Não tenho um plano para algo dessa magnitude. Eu não consegui nem ao menos *protegê-la*. Ela devia estar em segurança longe de mim. — Arregalei os olhos quando respirei fundo em busca de um alívio que não veio. — Não posso... não...

Harlowe colocou um braço em meu ombro e puxou-me para junto de si. Ele já me abraçara assim antes, ao perceber meu temor na véspera de minha ida ao acampamento dos piratas. Era o abraço de um pai em uma filho, e eu precisava desse conforto mais uma vez.

Apesar de todo o meu planejamento, o pensamento de que a guerra agora nos abatia me apavorava. Meu pai vira algumas batalhas na juventude, antes de ser coroado. De certa maneira, comecei a entender seu horror ao conflito. Talvez não fosse a fraqueza que o mantivesse longe das batalhas com os nossos inimigos, como sempre pensei. Talvez fosse simplesmente porque ele já havia pagado o preço da guerra.

Haveria um preço a ser pago se Carthya revidasse dessa vez — sempre havia. Eu tinha uma boa ideia do que isso poderia me custar, mas nossas opções eram escassas. Enquanto eu tivesse força para empunhar uma espada, não aceitaria a derrota de minha nação.

Harlowe me manteve ali até eu me afastar, com a mente mais nítida e a certeza de que, se Carthya estivesse cercada por inimigos e sem chance de vitória, então pelo menos teríamos um final espetacular.

— Tudo bem — eu disse a Harlowe. — Vou apresentar meus planos em uma hora. Reúna todos os que precisam estar presentes.

2

Kerwyn sentou-se à minha direita na sala do trono, e Amarinda, à minha esquerda. Estavam ainda à ampla mesa Harlowe, Mott e Tobias, supostamente presente para representar os regentes. Na verdade, ele estivera comigo desde minha coroação, e eu queria ouvir seus conselhos. Além deles, eu não queria mais ninguém ali. Não até termos decidido os pontos fundamentais de nossa estratégia.

A meu pedido, Kerwyn inclinou-se para frente e começou a falar:

— Avenia vem avançando a partir do oeste e tem milhares de homens à sua disposição. Eles lutarão duramente e sem piedade, e por isso são o maior perigo para Carthya. Nossos espiões também nos informam que há movimentação dos soldados de Gelyn. Temos de impedir que eles ultrapassem nossa fronteira ao norte. A cavalaria de Bymar pode nos ajudar a contê-los.

— *Se* Bymar vier — acrescentou Amarinda. — Meu país vai atender a nosso chamado, mas apenas se encontrarmos uma forma de avisá-los sobre o que está acontecendo aqui.

— Também devemos considerar Mendenwal — disse Mott. — Eles ainda não investiram contra nós, mas nossos espiões estão certos de que o rei Humfrey ordenou que seus exércitos invadam Carthya.

Eu não esperava que Mendenwal fizesse parte do ataque. Dos três países que nos cercavam, Mendenwal era o mais civilizado, o menos agressivo e o que possuía as mais longas relações diplomáticas com Carthya. No entanto, o rei Humfrey e eu tivemos algumas desavenças no passado — eu o ferira na coxa anos atrás, depois de desafiá-lo para um duelo. Mas isso estava longe de ser motivo para uma guerra. Além do mais, ele teve o que mereceu.

Kerwyn certamente tinha mais dificuldade de aceitar essa notícia que qualquer um. Ele e Humfrey tinham visto muita coisa juntos ao longo dos anos e quase poderiam se considerar amigos. Ter Avenia como inimiga era ruim o bastante, mas Mendenwal me preocupava da mesma forma. Carthya não era capaz de suportar a força total de Mendenwal, mesmo se fosse o único agressor a enfrentar.

Comprimi os lábios e olhei para Kerwyn.

— Por que Mendenwal? Porque meu pai mentiu para eles? Ou tem algo além disso?

— Mandei-lhes cartas com pedidos de desculpas e explicações — respondeu Kerwyn. — Todas ignoradas.

— Não podemos nos dar ao luxo de tê-los como inimigo. O exército de Mendenwal é três vezes maior que o de Avenia.

— Mas eles podem ser persuadidos — disse Tobias. — Não são sanguinários como Avenia, tampouco desejam nosso ouro, como Gelyn.

Talvez fosse verdade, mas alguma coisa os arrastara para a guerra, e eu não sabia o que era. Voltei-me para Kerwyn.

— Você consegue fazer o rei Humfrey vir até aqui?

— Como? Se ele não responde minhas cartas...

— Você terá de viajar a Mendenwal e fazê-lo se lembrar da amizade de vocês. — Eu odiava ter de pedir tanto. Era uma viagem longa e aparentemente nos tornáramos inimigos agora. — Será arriscado.

Por algum motivo, esse aviso o fez sorrir.

— Se aprendi algo com o senhor, foi a assumir riscos.

— Obrigado, Kerwyn. — Com isso estabelecido, voltei-me para Mott. — Você e eu devemos tentar resgatar Imogen. Encontraremos o acampamento próximo a Libeth, onde a estão mantendo e então...

— Não.

Fiquei entorpecido.

— O quê?

Ele não hesitou.

— Não, Vossa Majestade. *Eu* tentarei resgatá-la. *Eu* irei sozinho, ou acompanhado por um regimento de soldados, se preferir. Mas o *senhor* não chegará nem perto do acampamento aveniano.

— Sim, eu vou! — Eu sempre me perguntava se Mott tomara como missão de vida opor-se a mim. Se assim fosse, ele devia se sentir muito bem por ser tão bem-sucedido. Eu suspeitava que, se eu escolhesse um casaco cinza, em vez de azul, ele encontraria uma razão para discutir sobre isso também.

— Eles estão esperando que o senhor vá resgatá-la — disse ele. — É uma armadilha.

— Você acha que não pensei nisso?

— Acho que o senhor escapou de algumas situações delicadas no passado e crê que é capaz de fazer isso de novo. Mas agora é diferente. Eles o conhecem e estarão preparados para os seus truques. Se entrar naquele acampamento, não sairá vivo de lá.

Fiquei de pé, balançando furiosamente a cabeça.

— Se estão me esperando, então você não está a salvo indo até lá.

— É um risco que estou determinado a correr.

— Mas eu não! — clamei. — Você não cairá em uma armadilha armada para mim! Você não vai morrer por mim!

Não tinha havido uma única notícia de Roden desde que eu o enxotara, três semanas antes. Até onde eu sabia, ele tinha ido embora. E agora talvez Imogen também tivesse. O pensamento de algo acontecendo a outro de meus amigos me apavorava. Se ele realmente se desse conta disso, pararia de discutir e me deixaria fazer as coisas do meu jeito.

Diante de minha frustração, Mott tentou manter a calma. Ele comprimiu os lábios e disse:

— Meu dever principal é você, Jaron, e eu irei em seu lugar com prazer. Mas o seu principal é este país, não ela.

Isso só aumentou minha raiva ainda mais.

— Não me dê lições sobre dever! O que mais tenho feito na vida, além do meu dever? Desapareci em nome do dever e retornei pela mesma razão, e vou lutar nesta guerra porque é meu dever fazer isso. Não importa quanto desejei fazer o contrário, cada vez que o dever me chamou, eu respondi. Mas desta vez não. Eu vou com você!

O silêncio se abateu sobre a sala. De canto de olho, vi Amarinda abaixar a cabeça e imediatamente me arrependi de minhas palavras. Nosso noivado também era um dever.

Tobias pigarreou para chamar nossa atenção e então disse:

— Mott tem razão. Jaron, você deve chamar Roden de volta. E mandá-lo para Libeth.

À menção do nome Roden, todos ficaram quietos de novo. Desde a nossa discussão, recusei-me a falar dele em público. Naquela noite não seria diferente.

— Roden não pode ter nenhuma participação no resgate de Imogen — eu disse duramente.

Isso deveria ter sido o fim da conversa, mas Tobias me pressionou mais.

— Apesar da briga que tiveram, ele ainda é o capitão de sua guarda. Se estamos em guerra, deve chamá-lo de volta.

Felizmente, Mott interveio em minha defesa.

— Se Roden estivesse pronto para liderar, nunca teria nos abandonado. Deixe Jaron ser o líder.

Respirei fundo antes de continuar:

— O último ponto é como proteger a princesa. Eles levaram Imogen porque era uma presa fácil. Não vamos arriscar a vida de Amarinda.

Ela arregalou os olhos, como se não tivesse se dado conta de que corria perigo também. Então deu uma olhada para Tobias, que lhe abriu um sorriso triste, depois voltou a atenção para mim.

— Quero manter a batalha longe de Drylliad — falei. — Mas, se souberem que estamos aqui, este castelo se tornará a prioridade máxima deles. Você deve partir para um local mais seguro.

— Ela poderia ir a Farthenwood — sugeriu Tobias. — Poderíamos escondê-la nas passagens secretas, se necessário.

— Eu preferiria ir para a casa de minha família em Bymar — disse Amarinda. — Alguém precisa trazer o exército deles para lutar na fronteira de Gelyn. E eles vão me ouvir mais do que a qualquer outra pessoa.

— Mas você não pode chegar a Bymar sem passar por Gelyn ou Avenia — falei. Nenhum dos dois lugares era uma rota segura.

Sem piscar, ela respondeu:

— Eu devo ir. A rota mais rápida é por Avenia, onde eu poderia pegar um navio de Isel. Talvez possa passar em segurança se estiver escoltada por soldados.

Sorri para ela. Amarinda era mais corajosa do que eu imaginara e estava certa. Bymar responderia a seu chamado sem hesitar.

— Qualquer escolta forte o bastante para protegê-la certamente levantaria suspeitas — avisou Kerwyn. — E, quando estiver em Avenia, chamará mais atenção ainda.

— Concordo. — Mott se inclinou para frente e entrelaçou os dedos. — Infelizmente, a senhora estará mais segura com a escolta mais discreta possível.

— Bem, então sou eu que devo ir — disse Tobias sem rodeios, como se finalmente tivesse aceitado o que todo mundo já sabia, que ele jamais seria um guerreiro. E então acrescentou: — Ninguém acreditaria que fui o único a ser enviado para proteger a princesa. Jaron, poderíamos usar a carruagem de fuga.

Numa madrugada, quando estávamos cansados demais para ter qualquer ideia sensata, Tobias e eu começamos uma discussão. A carruagem de fuga nasceu de uma brincadeira, com ambos fantasiando sobre como um dia eu poderia dar um pulo em Avenia para passar uma tarde na praia, e na melhor das hipóteses era uma ideia completamente ridícula.

— O que é essa carruagem de fuga? — perguntou Amarinda.

— Ela foi projetada para parecer uma carroça da igreja que leva doações aos enfermos e miseráveis — respondeu Tobias. — Vai parecer carregada apenas de comida e suprimentos, mas há um compartimento secreto na parte de baixo onde podemos nos esconder, se preciso for.

Balancei a cabeça.

— Era só uma brincadeira, não um plano de fuga real. Não é seguro o bastante.

— Há prioridades maiores que a segurança — argumentou Amarinda.

— Não para você — respondi severamente.

— Quando sua segurança foi prioridade ao se tratar de proteger Carthya? — rebateu ela. — E eu não sirvo para nada além de decoração quando ando por aí de braço dado com você? Temos de conseguir o apoio de Bymar, e eu sou a melhor opção para isso.

— Você e Tobias? Sozinhos em Avenia? — Aquilo era um absurdo.

— A carruagem não é uma brincadeira — afirmou Tobias. — Eu a projetei e a construí.

Virei-me para ele.

— Quando?

— Enquanto você cuidava de sua perna. Queria provar que era possível. — Tobias inclinou-se para frente. — Olhando para a carruagem pelo lado de fora, você jamais diria que tem um piso falso. Isso vai protegê-la. *Eu* vou protegê-la.

Tudo em mim lutava contra aquela ideia. Mas, no fim, eu sabia que nossas opções eram restritas, e nenhuma delas parecia boa de fato. Se Avenia fora capaz de raptar Imogen, que supostamente não tinha ligação comigo, eu nem ousava imaginar o que seriam capazes de fazer com a nossa futura rainha. Se Amarinda conseguisse chegar a sua terra natal, em Bymar, estaria segura, independentemente de quem vencesse a guerra.

Relutantemente, dei minha permissão e disse:

— Preparem-se para partir ao alvorecer. E quero que levem Fink com vocês. — Fink era um garoto aveniano que eu trouxera comigo do acampamento dos piratas. Ele fazia perguntas demais, não prestava atenção em nada por mais de alguns minutos e parecia querer falar o maior número de frases que conseguisse reunir a cada fôlego que tomava. Mas, na minha opinião, o garoto agora era da família, e eu precisava me certificar de que ele também estaria em segurança.

Não sem hesitar, Tobias concordou, e então voltei ao meu lugar para dirigir-me a todos eles.

— Tudo deve ser feito com a maior rapidez. Nossos exércitos são fortes, mas os deles também. Cada dia que passamos em guerra, nosso inimigo cava nossas terras mais fundo e aterroriza ainda mais o nosso povo. Com três países contra nós, não podemos sobreviver a eles por muito tempo. Quero uma guerra medida em semanas, não em meses.

Cabeças acenaram concordando comigo, embora nenhuma tivesse uma ideia melhor que a minha sobre como conseguiríamos fazer isso Eu só sabia que precisávamos encontrar um jeito.

— Não há nada que queira de mim? — perguntou Harlowe. Era a primeira vez que ele falava na reunião.

Virei-me para ele e respirei fundo.

— Sua missão pode ser a mais difícil de todas. Um aviso deve ser divulgado pelo reino, sobretudo para as casas fora das cidades. Convide qualquer pessoa que queira vir a Drylliad. Aqui lhes ofereceremos um lugar dentro da segurança de nossas muralhas. Em troca, todos os homens fisicamente capazes devem se preparar para lutar em defesa da capital. Aqueles que não podem lutar terão de ajudar da forma que você pedir.

Harlowe assentiu e disse:

— Os regentes sugeriram que ofereçamos a liberdade para qualquer prisioneiro disposto a lutar por Carthya.

— E quanto a Conner?

Mesmo que ele fosse a última esperança de Carthya, eu não ousaria colocar uma faca na mão daquele homem. Bevin Conner provavelmente protestaria até o dia de sua morte dizendo que ainda era patriota. Mas nunca me convenceria de que não usaria sua arma contra nossos próprios homens e depois encontraria um jeito de justificar seu ato em nome do patriotismo.

— Nós não vamos libertá-lo, claro. Sobretudo não agora. — Harlowe pigarreou, como se as palavras prestes a passar por seus lábios o deixassem desconfortável. — Acabamos de saber que ele está enviando informações para além de nossas fronteiras a alguém desconhecido.

Estreitei os olhos.

— Quais informações?

— A mensagem que interceptamos descreve os detalhes de sua discussão com o capitão Roden. Certamente, houve outras antes dessa.

— Permita que seja entregue — eu disse. — E rastreie. Quero saber com quem Conner está falando.

— Como desejar — respondeu Harlowe. — Meu rei, Drylliad permanecerá erguida até que retorne em segurança.

Apenas abaixei os olhos. Quando os ergui novamente, Amarinda me encarava com uma expressão preocupada. Ela abriu a boca para dizer algo, mas Kerwyn se adiantou:

— Majestade, não me darei o trabalho de protestar quanto aos riscos que está correndo — disse ele de maneira cansada. — Sei que não vai adiantar. Mas, se realmente pretende dar continuidade a seu plano, então há uma coisa que devemos discutir. Faremos tudo o que pudermos para protegê-lo, mas...

— É uma armadilha, eu sei.

Kerwyn inclinou-se na minha direção.

— Depois da morte de sua família, Carthya quase entrou em guerra civil. O senhor não pode partir sem nomear um herdeiro para o trono.

Acenando com a cabeça para Amarinda, falei:

— Deve ser Amarinda, naturalmente.

Mas ela negou com a cabeça.

— Um cartiano deve ser nomeado sucessor. Não eu.

— Isso é ridículo. Você pode não ter nascido aqui, mas é tão cartiana quanto eu.

— Estou aqui para selar o trato entre nossos países, nada mais — disse ela tranquilamente. — Seu povo me aceitará como a esposa de seu rei, mas não como sua única governante.

— Embora os dois sejam jovens, há outra possibilidade. — O tom de voz de Kerwyn era cauteloso agora, preocupado em não forçar demais a barra. — Se estivessem casados e algo acontecesse ao rei, Amarinda automaticamente assumiria o trono como rainha. Ninguém poderia questionar a legitimidade de seu governo nesse caso.

Amarinda e eu nos entreolhamos, espantados com a sugestão que nenhum de nós havia considerado e que certamente não estávamos preparados para responder. Houve outros monarcas que se casaram ainda mais novos e geralmente em tempos de desespero como o que enfrentávamos agora. Mas a sugestão tinha sido tão repentina. Eu sabia que precisava dizer alguma coisa, e rápido. Mas mesmo assim as palavras ficaram presas em minha garganta.

Hesitei por muito tempo e Amarinda tomou a frente.

— Nada disso será necessário, porque Jaron voltará dessa empreitada.

— Talvez não. — Era tolo fingir que não existia essa possibilidade. E Carthya precisava de um governante. — Nós devemos nos casar — eu disse a ela. — Esta noite. Para preservar o seu reinado.

3

Depois de eu relutantemente aceitar a sugestão de Kerwyn, todos os olhares se voltaram para Amarinda. Ela me encarou chocada, e então disse baixinho:

— O rei e eu precisamos de alguns minutos a sós.

Após reverências respeitosas, a sala ficou vazia. Eu tomei as mãos dela e não ousei erguer os olhos para encará-la. As coisas estavam tranquilas entre nós desde que eu retornara do acampamento dos piratas. Mas, com a perspectiva de um casamento tão repentino, toda a estranheza voltou.

— Sei que não é o que deseja, nem é do modo como quer que aconteça — eu disse. — Mas, se não fizermos isso, você será obrigada a se casar com a pessoa que eu nomear para o trono. Isso não é justo com você, não de novo.

— Mas você vai voltar.

Respondi dando de ombros e mantive o olhar baixo. Com a voz instável, ela acrescentou:

— Jaron, você espera morrer nesta guerra?

Meu polegar deslizou sobre o dela. Não pela primeira vez, eu me perguntei como sua pele podia ser tão macia.

— Com o tipo de ameaça que estamos enfrentando, lutarei até a morte antes de me render. E não vejo caminho para a vitória — falei.

— Mas você encontrará um. Você sempre encontra.

— Talvez Carthya sobreviva a isso. Mas eu nunca levei o tipo de vida que conduz à velhice. — Ela apertou minha mão, e eu acrescentei: — Sei que os sentimentos não são aqueles que desejávamos para um casamento. Mas devemos oficializar seu título. — Não consegui deixar de sorrir. — E, se eu não voltar, haverá mais espaço para você no trono.

Amarinda não pareceu feliz.

— Pare com isso! Sua morte não é uma piada! — Ela respirou fundo e continuou: — Independentemente dos sentimentos que compartilhamos, você é importante para mim e para todos em Carthya.

Gostei daquilo, apesar de as palavras deixarem claro o que ela sentia. Amarinda havia dito cuidadosamente que éramos amigos, que não me amava.

Então ela colocou sua outra mão sobre a minha.

— Conte-me sobre Roden. Sei que a briga entre vocês não foi real.

Entretido, ergui uma sobrancelha.

— Como sabe?

— Você só está zangado com ele em público. Mott está a par de tudo, presumo eu.

— Sim, está. E eu teria lhe contado, se isso não a obrigasse a mentir para os regentes. Mas é algo que eu não ousaria pedir.

— Por que encenou aquela briga?

— Alguém relatará o ocorrido a Vargan, talvez seja com ele que Conner está se comunicando. Se não posso parecer mais forte do que sou, então farei o oposto.

Amarinda pareceu decepcionada com a ideia, mas esse método já me provara ser eficiente e, de qualquer forma, o momento de debater se aquele era ou não um plano sábio já havia passado.

— Então onde está Roden, na verdade? — ela perguntou.

Suspirei, aliviado em poder discutir o assunto com ela. Ainda assim, falar sobre aquilo tudo me lembrou da quase impossibilidade da missão que ele estava prestes a enfrentar.

— Ao norte, em nossa fronteira com Gelyn — respondi. — Com quarenta de nossos melhores homens, a tarefa de Roden é surpreender a guarnição de Gelyn, impedindo seu exército de avançar.

— Mas eles nunca vão conseguir! Desista da fronteira e traga Roden de volta. Ele e Mott podem resgatar Imogen.

Franzi o cenho.

— Por que não eu? Por que a minha vida é mais valiosa que a deles?

— O valor da vida de vocês é o mesmo, Jaron. Mas não posso dizer isso dos papéis que desempenham. — Amarinda apertou forte a minha mão. — Gosto de Imogen como se ela fosse minha irmã, você bem sabe. Mas, se chegar perto daquele acampamento, você se entregará a eles e a guerra estará perdida antes de começar. Não deve ser você a ir até lá.

O olhar dela me fuzilou, até que por fim desviei os olhos. Ela estava certa, assim como Mott. E, apesar de minha argumentação, eu sabia disso. Um buraco se formou em meu estômago ao pensar que eu não estaria lá para garantir a segurança de Imogen, mas, nas últimas semanas, eu tinha dado o meu melhor para aceitar os conselhos dos outros. Isso não me era natural, e a ideia de ter pessoas nas quais pudesse realmente confiar era algo novo. Mas a alternativa de agir completamente sozinho, conforme meu próprio julgamento, me ensinou várias dolorosas lições que eu não tinha interesse em repetir. Então olhei para Amarinda e assenti. Eu não faria parte do resgate de Imogen.

Amarinda me agradeceu e sorriu.

— A guerra está diante de nós, Jaron, e sabemos os riscos que isso envolve. Mas devemos acreditar que tudo acabará bem. Nossos planos de casamento continuarão os mesmos.

Desejei poder ser tão otimista quanto ela, mas a realidade do que tínhamos à frente me pressionava de todos os lados.

— Não, não continuarão. — Olhei direto em seus olhos, arregalados de preocupação. — Eu a libero do noivado, Amarinda. Você e eu ainda nos casaremos, mas apenas se essa for a sua escolha. Não por um acordo qualquer entre nossos países ou por causa de uma obrigação que você foi predestinada a cumprir, mas só se puder me amar. Contudo, Kerwyn estava certo antes. Alguma coisa pode dar errado nessa guerra... para mim.

— Então, você deve escolher o próximo rei. — Amarinda tentava esconder a preocupação em sua voz, sem sucesso. — Serei prometida a ele, ou nada serei para Carthya?

Sorri gentilmente para ela.

— Você é uma princesa desta terra e, como tal, será sua a responsabilidade de escolher o próximo governante de Carthya. Pode nomear a si mesma e governar sozinha com a minha bênção.

— O povo não aceitará isso.

— Mas Harlowe sim, se for essa a minha vontade, e, para onde ele conduzir as coisas, os regentes o seguirão. Além disso, minha senhora, o povo a ama.

Eu relaxei diante do espanto dela e ri de meus próprios defeitos.

— Ouso dizer que ficarão aliviados quando você estiver no comando.

Ela ponderou minha fala em silêncio, depois perguntou:

— E se eu quiser me casar?

— Só peço que escolha um marido de Carthya. — Com meu dedo, acariciei o dela. — Alguém que seja o par adequado para você.

— E se eu não quiser a coroa? — ela perguntou.

— Então a dê para alguém digno e deixe o trono para sempre.

Foi como se eu tivesse lhe tirado um peso dos ombros. Amarinda se endireitou e assentiu. Um momento de silêncio se passou e, se eu fosse uma pessoa minimamente corajosa, teria selado nosso acordo com um beijo. Não fiz isso, mas sei que ela pensou a mesma coisa.

Finalmente nos levantamos, e eu me ofereci para acompanhá-la até seus aposentos. Mas Mott estava esperando na porta com uma expressão preocupada e sombria. Ele estava de braços cruzados e, de alguma forma, parecia maior que de costume, deixando claro que eu não passaria por ele. Tobias também permanecia por perto, então pedi que ele acompanhasse a princesa até o quarto dela.

Antes mesmo de partirem, eu podia dizer que Mott estava pronto para me dar uma bronca das mais severas. Temi, sentindo como se o professor Graves, meu pai e os capelães tivessem juntado forças para provar de uma vez por todas como eu sempre estive errado.

— Precisamos conversar — disse ele.

Revirei os olhos.

— Não transforme essa história em uma briga.

— Não farei isso. É você que transforma tudo em um embate.

Bem, tais palavras pareciam ser bem verdade. Então dei de ombros e o deixei me seguir de volta até a sala do trono. Quando as portas foram fechadas atrás de nós, eu me virei e comecei a lhe contar sobre o acordo que acabara de fazer com Amarinda.

No entanto, Mott rapidamente me cortou. Ele abriu a mão enorme, revelando uma carta amassada. Fiquei aliviado ao reconhecer os garranchos de Roden em um canto do papel. Pelo menos ele estava vivo — ou estava quando aquilo fora escrito.

— Quando recebeu isso? — perguntei.

— Nem dez minutos atrás. O mensageiro de Roden disse que quase não conseguiu escapar vivo de Gelyn para entregar a carta.

— Você a leu?

— Sim.

Pela expressão de Mott, eu soube que as notícias não eram boas.

— Os soldados de Roden entraram de forma discreta e com êxito em Gelyn e enfrentaram o exército de lá ao longo da fronteira que compartilhamos. Em seguida, Roden e seus homens fizeram armadilhas que impediram o avanço da maior parte da primeira leva de soldados de Gelyn. — Mott franziu o cenho. — Ele mandou esta carta antecipando uma segunda leva de soldados. O restante está a caminho.

Poderiam ser centenas de soldados do inimigo, ou milhares.

— Roden diz quantos homens ainda tem com ele?

— Dezoito.

Dezoito de um grupo de quarenta. Meu coração doeu ao simples pensamento de tantas vidas perdidas. E, ainda que os homens vivos estivessem entre os melhores guerreiros que Carthya tinha para oferecer, as chances pareciam terríveis. Era provável que, no momento em que eu lia aquela nota, nenhum deles estivesse mais vivo.

Mott me entregou a carta.

— Ele pede que você leve reforços. Acredita que só assim terá êxito.

Examinei a carta eu mesmo. Devido a seu passado inculto, a ortografia e a caligrafia de Roden eram pobres, mas, neste caso, fiquei grato pelos erros. Eles provavam que aquele papel viera direto de suas mãos.

— O capitão me pede para *enviar* reforços, não para levá-los. Você prefere que eu vá para a batalha contra milhares de gelinianos do que para o campo onde Imogen está presa?

— Não. Prefiro que se esconda em um armário até tudo acabar. Mas eu sei por experiência própria que, mesmo com as nossas melhores fechaduras, não conseguiríamos mantê-lo preso.

Havia certa provocação em sua voz, mas, depois de uma rápida hesitação, Mott ficou sério novamente.

— Eles só podem ter um motivo para levar Imogen: sabem que você vai resgatá-la. Jaron, o que quer que eles tenham planejado, será horrível. Então, se deve ser uma coisa ou outra, sim, eu prefiro que vá para Gelyn.

Felizmente, minha decisão já estava tomada, ou, do contrário, eu teria de discutir, apenas por orgulho. Mas tudo o que disse foi:

— Tudo bem, Mott. Desta vez você venceu, mas não deixe isso se tornar um hábito. — Em seguida, com o coração acelerado, completei: — Prometa-me que Imogen...

— Não posso prometer nada além de fazer o meu melhor. — Ele mordeu o lábio nervosamente. — E você me prometa...

— Também não posso fazer isso. — Forcei um sorriso amargo. — Mas, de um jeito ou de outro, veremos esta guerra chegar ao fim. É o nosso dever.

4

Na manhã seguinte, um regimento de duzentos homens deixou Drylliad rumo ao norte da fronteira com Gelyn. Desejei ter podido enviar um contingente maior, mas outros soldados eram necessários ao sul para deter os exércitos de Mendenwal que avançavam, e um terceiro grupo foi enviado para inspecionar a imensidão do lago Falstan, enquanto o restante permaneceu aqui defendendo a capital. A força militar de Carthya já fora dividida, e nossos recursos, exauridos ao limite. Embora eu tenha permanecido altivo e orgulhoso enquanto os observava partir, em meu coração ainda havia dúvidas de que tivéssemos a mínima chance de sobreviver.

Assim que as tropas partiram, juntei-me a Tobias, Amarinda e Fink no pátio. Meu plano era seguir com eles até nossa fronteira com Avenia, para garantir que estariam seguros pelo menos até ali. Depois, eu pegaria meu cavalo, Mystic, seguiria rumo a Gelyn e torceria para que os demônios estivessem de folga até a princesa estar segura em seu país natal.

A carruagem de fuga estava sendo carregada com roupas, cobertores e comida. Tobias indicou as caixas com a cabeça e disse:

— Pelo menos não passaremos frio ou fome na viagem.

Um sorriso maligno cruzou meu rosto.

— Não ficaremos com frio, mas eu aconselharia você a ficar longe da comida. As receitas de hoje incluem um toque a mais de ayagall.

Seu gemido me indicou que Tobias conhecia a planta tão bem quanto eu. Ayagall era uma erva que crescia em abundância nas proximidades do orfanato onde vivi, sendo fonte de várias pegadinhas animadas quando a vida local ficava maçante. Mesmo em pequena quantidade, garantia um dia inteiro de vômitos. De repente, estava resolvido o mistério de por que a sra. Turbeldy me odiava tanto.

Apesar do esforço para se manter séria, Amarinda riu.

— Avenia pensa que está lutando contra um rei. Duvido que estejam preparados para enfrentar um garoto que usa brincadeiras infantis como tática de guerra.

— Não estão? — eu disse, piscando e sorrindo para Fink, que já estava rindo.

Assim que a carruagem estava carregada, Amarinda, Fink, Tobias, e eu embarcamos. Não seria a viagem mais confortável, mas, se fôssemos parados na fronteira, teria de parecer um carro de transporte de cargas, inadequado para passageiros e certamente para a futura rainha do lugar. Amarinda e eu nos sentamos lado a lado, em um pequeno banco ao fundo da carruagem, enquanto Fink e Tobias se ajeitaram no chão diante de nós.

Fink imediatamente começou a conversar com Tobias, que o aconselhou a se calar por não menos de vinte vezes, antes de os portões de Drylliad se fecharem atrás de nós. Eu não sabia bem por que ele se incomodava tanto. Impedir Fink de continuar com suas perguntas era como tentar conter o mar. Ele falava sempre que estava nervoso, animado, chateado ou, nesse caso, acordado. Por fim, Tobias desistiu de fingir que ouvia e apenas olhou para frente. A ansiedade dele era evidente em cada expressão ou movimento de seu rosto, e ficava pior a cada quilômetro que avançávamos.

Notei que Amarinda sorria para ele, na esperança de lhe passar certa confiança em relação a tudo que estava para acontecer nas horas seguintes. Ele se entusiasmou e retribuiu o sorriso. Assisti àquela troca silenciosa, mas percebi que os olhos dele se demoraram sobre ela mesmo depois de a princesa ter desviado o olhar. Claro que se demorariam. Ela ficava mais bonita a cada dia. Até um cego perceberia isso.

Por fim, Fink desistiu das perguntas e ficou tão quieto quanto o restante de nós. Quase desejei que ele tivesse continuado a tagarelar, pois o silêncio na carruagem era um tanto assustador. Minha mente não estava mais nítida do que estivera apenas um dia antes, e eu lutava para me concentrar em algum problema que teríamos de enfrentar sem pensar nas centenas de outros que demandavam minha atenção imediata. A tensão me fez querer andar ou escalar, ou fazer qualquer coisa que não ficar sentado em uma carruagem lotada enquanto ela se debatia por uma estrada empoeirada.

Para me movimentar um pouco, alonguei as pernas e os braços. Notando meu desconforto, Amarinda agarrou minha mão e entrelaçou os dedos aos meus. Então, ela disse:

— Assim que nós três passarmos pela fronteira, serão só mais alguns dias até Bymar. Se você conseguir deter Gelyn até lá, meu povo virá em sua ajuda.

— Eu queria que você viesse conosco, Jaron. — Fink olhou para baixo, mas sua cabeça não ficou tanto tempo nessa posição antes de se erguer mais uma vez. — Ouvi dizer que Kerwyn queria que você e a princesa se casassem. Por que não se casaram?

Eu não tinha certeza a respeito de quem lhe contara isso, mas certamente um dos servos que estavam naquela sala falara demais. Comecei a lhe passar um sermão, mas Amarinda riu e falou:

— Evidentemente você não sabe nada sobre o que significa o dia do casamento para uma garota. Se eu estivesse no altar com Jaron prestes a cavalgar rumo à guerra, que parte do cavalo você acha que eu acabaria beijando?

Amarinda olhou para mim e sorriu, e eu comecei a rir imaginando suas palavras. Fink se juntou a nós nas risadas, o que fez a coisa toda parecer ainda mais engraçada. Mas, de canto de olho, vi Tobias encarando as mãos entrelaçadas, observando o movimento de seu dedão.

— Essa carruagem de fuga vai dar certo — eu lhe assegurei. — Relaxa.

O sorriso dele para mim foi esperançoso, ainda que vago. Alguma outra coisa o incomodava, mas obviamente nada podia ser dito ali.

Não demorou muito para que nosso cocheiro nos dissesse que a estrada para Avenia estava logo à frente. Ordenei que ele parasse onde não pudéssemos ser vistos e, ali chegando, saímos da carruagem. Tiramos caixas em número suficiente para levantar o piso falso. O espaço interno era menor do que eu havia imaginado, mas, se maior, seria perceptível do lado externo.

— Não vão caber vocês três aí — eu disse a Tobias.

Calmamente, Tobias gesticulou em direção a Fink, lembrando-me de que, no último minuto, eu insistira que ele deveria vir também. Ainda que o espaço pudesse ser aumentado, não teríamos tempo para mudar o projeto da carruagem.

— Vamos ter que caber — disse Amarinda.

— Ficarei fora, se preciso — ofereceu-se Tobias. — Nossa prioridade é a segurança da princesa, e Fink pode conduzi-la de Avenia até Bymar.

— Não — falou Amarinda. — Devemos encontrar uma forma de todos passarmos pela fronteira.

— Ficarei de fora — disse Fink.

Começamos a protestar contra essa ideia, mas, sobre a nossa voz, ele acrescentou:

— Sou aveniano e jovem. Eles não vão me ver como ameaça. Jaron, você sabe que tenho razão.

Senti um nó na garganta.

— Você é o mais próximo que tenho de uma família, Fink.

Algo brilhou em seus olhos.

— Então isso faz de mim um príncipe... quase. Se o rei arrisca tudo por Carthya, eu devo fazer o mesmo.

Por mais difícil que fosse, dei-lhe minha permissão e acrescentei:

— Os homens de Avenia vasculharão esta carruagem. Diga a eles que o cocheiro lhe deu uma carona no caminho de casa. Certifique-se de que vejam a caixa de vinho, mas diga que é forte e que não devem tomá-lo.

— Isso só os deixará mais determinados a tomá-lo. — O rosto de Amarinda se iluminou quando ela se deu conta. — Mais ayagall?

— Eles ficarão doentes por uma semana.

Tobias subiu na carruagem primeiro e desceu para o piso falso, ajeitando-se de modo a deixar espaço para a princesa.

— Posso ter vindo para Carthya devido a uma promessa e um acordo — sussurrou ela —, mas voltarei porque meu coração permanece aqui.

— Então eu a verei muito em breve. — Beijei o rosto de Amarinda e lhe dei um abraço afetuoso.

Quando nos separamos, tentei acalmar a preocupação nos olhos dela com um sorriso e a garantia de que estava tudo bem, embora, admito, nem eu mesmo estivesse completamente certo disso.

Eu a ajudei a se acomodar na carruagem, e foi preciso que ela se aninhasse junto a Tobias, com o braço dele estendido para que Amarinda tivesse um lugar confortável para pousar a cabeça. Não tinha a menor chance de Fink caber ali também.

Assim que estavam escondidos, lembrei Tobias de sua obrigação sagrada de proteger Amarinda com a própria vida, se preciso. Ele prometeu dar o seu melhor, mas não me olhou enquanto falava. Talvez estivesse desconfortável em uma posição tão apertada e esquisita. Ou talvez, pensei eu, seu desconforto viesse do fato de ter outro corpo tão colado ao seu. Em uma emergência, Tobias poderia fazer uso de uma portinhola sob eles, mas, até então, o assoalho falso foi recolocado sobre eles e as caixas voltaram para o lugar.

Fink parou antes de subir na carruagem e se virou para mim.

— Jaron, estou com medo.

Tendo em vista o perigo que envolvia essa próxima fase da viagem, entendi como ele se sentia. Mas também tive uma ideia de como ajudá-lo, algo que eu pensava em fazer havia algum tempo, de qualquer forma.

Desembainhei a espada e me levantei.

— Ajoelhe-se — ordenei.

Ele me olhou confuso, até que sinalizei o que ele devia fazer. Quando ele o fez, toquei seu ombro direito e depois o esquerdo com a espada.

— Como rei de Carthya e líder da dinastia de Artolius, eu o nomeio, Fink, membro de minha casa real e cavaleiro do reino.

— Sério? — Ele abriu o maior sorriso que eu já vira. — Serei um bom cavaleiro.

Quando Fink se levantou, guardei minha espada.

— A cerimônia de verdade é mais longa, mas duvido que você conseguisse ficar sentado o tempo todo. Isso deverá ser suficiente no momento. Você é responsável pela proteção da princesa. Amarinda precisa que você seja forte, e eu sei que será. Leve-a para casa em segurança e não tenha medo.

— Fico feliz que tenha feito de mim um cavaleiro, mas não foi isso que eu quis dizer — ele comentou. — Quando falei que estava com medo, Jaron, eu quis dizer que temia por você.

Eu não esperava por isso. O medo em meu coração era por Carthya e por aqueles que me cercavam e estavam em grande perigo. Mas talvez eu estivesse com medo por mim também. Eu disse a ele para ser corajoso o bastante por nós dois. Depois fechei a porta e ordenei ao cocheiro que prosseguisse. Assim que partiram, montei em Mystic e cavalguei até onde pudesse ver a carruagem se afastando o máximo possível. Por fim, ela desapareceu e a poeira assentou. A próxima parada deles seria na fronteira com Avenia, sob os olhos atentos dos soldados inimigos, que poderiam ganhar recompensas enormes por capturar a princesa. O destino de Amarinda agora estava nas mãos de um regente que não conseguia erguer uma espada contra a própria sombra e de um jovem cavaleiro que mal conseguia empunhar uma com as duas mãos.

5

A passagem da Meia-Lua era um estreito corredor que cruzava as montanhas íngremes de Gelyn. Nomeada por sua forma de lua crescente, a passagem era a única conexão para as viagens entre nossos países.

Gelyn havia muito tempo mantinha uma pequena fortaleza com cerca de trezentos homens na boca do desfiladeiro. A tarefa de Roden era atrair pequenos grupos para longe da estrutura, capturá-los e, gradualmente, tomar o controle de toda a fronteira. Com isso feito, ficariam à espera de outros gelinianos que se aproximassem.

Eu não tinha certeza de quando as coisas haviam dado errado. O bilhete de Roden dizia que eles haviam assumido o controle do forte e até resistido à primeira leva de soldados que chegara pelo desfiladeiro. Mas a batalha o deixara com apenas dezoito homens, e o próximo grupo estava a caminho. Naquele momento, enquanto cruzava a distância que me separava da batalha, eu esperava que o contingente extra que eu havia enviado naquela manhã tivesse feito a diferença.

Conforme me aproximava, eu era visceralmente atingido pelo som do choque das lâminas, pelos gritos dos feridos e pelo cheiro de suor e sangue. Imediatamente desembainhei minha espada e segui em frente.

O pior da batalha parecia já ter acontecido, e muitos dos meus homens jaziam mortos ao chão. Eu fora aquele que os enviara até ali, e não poderia ignorar o sacrifício deles tão facilmente, desviando o olhar. Tínhamos de vencer esta batalha antes que o sol se levantasse novamente, ou aquelas mortes seriam todas em vão.

Cheguei à fortaleza nas sombras do sol poente, mas ainda havia luz suficiente para participar da luta entre meus exércitos e os homens vestidos de couro de Gelyn. Parecíamos em vantagem, mas a batalha estava longe do fim. A fortaleza fora concebida para alimentar e acomodar os soldados, mas agora servia como uma série de pequenas estruturas nas quais o bravo poderia lutar e o fraco, se esconder. Rodeando as poucas edificações, estavam os altos penhascos irregulares cujas ocasionais saliências permitiam que se observasse a passagem. Era minha intenção penetrar tão profundamente quanto possível no centro da batalha, mas não consegui avançar além da cocheira abandonada antes de ser arrastado para a luta.

Rapidamente reconheci um dos soldados que partira com Roden algumas semanas antes. Não tínhamos tempo para uma saudação apropriada, mas, combinando nossas forças, fomos capazes de parar alguns segundos para recuperar o fôlego.

— Onde está Roden? — Eu temia ouvir como resposta que ele estivesse morto ou tivesse sido capturado, porque não havia nem sinal dele por ali.

O soldado apenas inclinou a cabeça em direção a uma crista.

— O capitão pode estar em uma das cristas atrás da fortaleza, mas, onde quer que ele esteja agora, não vale de nada.

— Por que não? — Dei uma olhada na área, na esperança de vê-lo. — Ele não está em combate?

— Sim, meu rei, ele luta — respondeu o homem. — Mas temos muitos guerreiros. O que nos falta é um líder.

Eu queria fazer mais perguntas, mas mais uma vez fomos atraídos para a batalha. Apesar de os gelinianos não estarem acostumados a lutar, eu me dei conta de que antes da batalha eu talvez tivesse subestimado sua força. Em vez de espadas, usavam lanças e alabardas, e isso nos obrigava a mudar nossa estratégia. Os gelinianos poderiam balançar ou impulsionar a ponta das lanças antes mesmo que nos aproximássemos o suficiente para lhes causar dano. No entanto, logo me dei conta de que aquelas armas também desafiavam a capacidade deles de duelar em outra direção a não ser para frente. Então concentrei meus ataques nos homens que estavam de costas para mim e fiz o meu melhor para evitar os demais.

Enquanto mergulhava mais fundo no conflito, percebi que Carthya mantinha a vantagem sobre a horda. Era evidente que tínhamos lutado muito e bem, embora sem os soldados adicionais que eu tinha enviado certamente teríamos sido derrotados. A maré virara a nosso favor, mas eu queria que aquela batalha terminasse antes que mais vidas fossem perdidas.

Em uma colina à minha frente, vários de nossos arqueiros haviam se reunido em um semicírculo, procurando alguma ameaça e ajudando da forma que podiam. Esse grupo prestava uma ajuda incalculável, mas protegê-los custara uma dúzia de meus soldados, e estávamos perdendo homens demais para as alabardas, pois os gelinianos investiam diretamente contra eles.

Eu abri caminho por entre os arqueiros, então apontei para as cristas dos penhascos atrás de nós.

— Subam até lá! — gritei por cima do barulho que nos rodeava. — Serão muito mais úteis e não precisarão de proteção.

— Falta-nos o talento do rei para escalar — disse um arqueiro.

— Nos últimos tempos, tal talento também falta ao rei — eu disse. — Mas é lá que vocês devem estar.

O arqueiro assentiu e então ordenou que seus homens o seguissem. Quando vi que estavam escalando, desci rapidamente para me juntar aos outros, detendo-me apenas para estremecer com a dor que atingiu minha perna como um raio.

— Onde está o capitão? — gritei.

O espadachim ao meu lado sorriu.

— Roden é seu capitão, não nosso. Todos sabemos que essa posição lhe foi dada de mão beijada.

A reação dele me fez parar.

— O quê? Por que está dizendo isso?

— Ele é seu amigo, senhor. Talvez confie nele, mas não pode esperar que façamos o mesmo.

Na verdade, sim, eu podia esperar, e fiz isso. Mas a minha réplica se perdeu entre os gritos de vários gelinianos nos atacando ao mesmo tempo. O homem ao meu lado tropeçou e caiu, mas eu lutei e mantive nossos inimigos afastados até ele se juntar a mim novamente. Com a esperança de atrair os gelinianos para longe de nossos arqueiros, que ainda estavam escalando o penhasco, eu me embrenhei ainda mais na batalha, rumo à fortaleza.

As edificações que serviam às sentinelas de Gelyn eram pequenas, porém muito robustas, feitas de pedras e grossas tábuas de madeira. Estavam dispostas em duas linhas paralelas e possuíam amplo espaço central, onde os homens podiam comer, treinar e marchar. Essa área agora estava congestionada por meus homens e nossos inimigos, todos lutando quase uns sobre os outros, e por isso segui direto por um estreito caminho entre duas construções. Seguindo por ali, eu esperava escapar por trás da fortaleza e alcançar melhor posição. No entanto, o caminho me levou a um beco sem saída. Enquanto ponderava sobre a minha situação, percebi que eu tinha me equivocado e cometido um erro indo naquela direção. Um erro bem grave.

Mais homens do que eu podia esperar haviam me seguido, e, quando eu não aguentava mais correr, vi que estava diante de um galpão com uma íngreme colina rochosa por trás. Sem escalar, não tinha como escapar dali. Por isso, continuei lutando, mas os gelinianos cada vez mais me encurralavam contra a parede, longe de qualquer ajuda.

— Alguém o chamou de "senhor" lá atrás — um geliniano gritou para mim. — É possível que tenhamos o jovem rei por aqui?

— Sim, estou aqui — respondi —, mas pensar que me tem é uma ilusão. Será que um peixe tem um urso só porque está ao alcance das garras do grande animal?

Achei que seria uma boa observação, mas eles não entenderam, e aquilo acabou se tornando um desperdício de uma ofensa muito boa. Eu me consolei desferindo um profundo golpe nas entranhas de um dos maiores homens dali. Pelo menos naquilo eles prestaram atenção.

Aproveitei a chance para começar a escalar a parede de pedras, na esperança de alcançar um ponto em que ficasse fora do alcance das lanças deles. Se tentassem me seguir, eu poderia chutar suas armas ou, melhor ainda, lançar pedras sobre eles. Não era o mais elegante estilo de luta, mas naquele momento a elegância era a menor de minhas preocupações.

Só que minha ainda mais frágil perna direita vacilou quando me aproximei do topo da parede e acabei caindo no telhado do galpão, quase atingindo o chão, o que de fato teria sido desagradável por muitas razões. Os homens logo abaixo de mim agarraram uma de minhas pernas e depois a outra, puxando-me na direção deles. Tentei me defender com chutes, mas não adiantou muito. Talvez eles me tivessem mesmo, no fim das contas.

Então reconheci um grito familiar. Um par de botas apareceu acima de mim e uma braçada de rochas caiu em cascata logo acima de minha cabeça, despencando sobre os homens abaixo. Eu até poderia dizer que tinha tido a mesma ideia, mas supus que pouco importava quem atirara as pedras, só que isso havia de fato acontecido.

Braços me alcançaram e me deram apoio. Enquanto recebia ajuda para me erguer no telhado do galpão, eu sorri e disse a Roden:

— Se, quando estamos em paz, você me recebe com uma batalha como esta, nem posso imaginar o que teria acontecido se fôssemos inimigos.

6

Fora do caminho dos gelinianos por um tempo, Roden me abraçou rapidamente e disse:

— O que está fazendo aqui? Quando pedi mais soldados, minha intenção não era que você mesmo viesse.

— Sim, mas é que eu estava entediado.

Fizemos uma pausa para ouvir os comandantes de Gelyn pedindo a rendição. A batalha devia estar mais perto do fim do que eu imaginara. Roden começou a se mover em direção à colina para participar da vitória, mas eu o puxei de volta.

— Seus homens podem cuidar disso. Precisamos de um lugar para conversar.

Ele suspirou.

— Podemos conversar. Mas, como já deve ter notado, eles não são meus homens.

Então ele fez sinal para que eu descesse por um lado mais tranquilo da encosta, que não parecia ter sido palco de nenhum combate.

Quando estávamos sozinhos, eu me sentei em uma das rochas mais lisas e o convidei a fazer o mesmo. Ele permaneceu em pé, como se ficasse mais confortável pronto para a batalha. Eu entendi aquele gesto, mas a batalha havia terminado e precisávamos conversar antes que a próxima nos alcançasse.

Por fim, ele embainhou a espada e então se sentou, entrelaçando os dedos. Roden me encarou por um instante, depois abaixou a cabeça e raspou a bota no chão.

Ficamos em silêncio até que ele finalmente falou:

— Na noite antes de ocuparmos esta fortaleza, ouvi os homens conversando. Eles sabiam que seria difícil e arriscado, e a maioria esperava fracassar. Então eu quase saí das sombras para lhes assegurar que lutaria ao lado deles até o fim. Mas eles disseram que, se falhássemos, seria culpa minha, que eu não devia ser o capitão. — Quando ele voltou os olhos para mim, eles estavam cheios de tristeza e dúvida. — Eles têm razão, Jaron.

Por algum motivo, uma memória de minha infância me veio à mente. Eu estava diante de meu pai, que permanecia sentado em seu trono e me encarava com grande desaprovação. Mais cedo naquele dia, eu roubara todas as moedas do prato de doações na igreja.

— Você as roubou — disse ele — como um ladrão comum.

Naquele instante, olhando para trás, eu soube que minhas ações haviam constrangido meu pai, mas tudo que eu conseguia compreender no momento da bronca era a raiva dele. Eu não podia dizer que dera as moedas a uma jovem viúva da cidade, ameaçada de ir para a prisão por dívidas. Por mais que quisesse que meu pai entendesse minhas razões, eu estava com medo de pôr a jovem em apuros. Diante da corte toda, ele me disse que eu não era nada parecido com o que um príncipe devia ser.

Desconfortável com a memória, fiquei de pé e lembrei que essa conversa era sobre Roden, não sobre mim. Dando de ombros, eu disse:

— Você conhece meus defeitos, Roden. Eu traço planos que não funcionam, desconfio de meus amigos mais próximos e sempre escolho o caminho mais estúpido quando a opção mais fácil deveria ser óbvia. Eu estou errado o tempo todo. Mas não estou errado em relação a você.

— Eu sou um péssimo capitão! — retrucou Roden. — E você não pode me convencer do contrário.

— Ah, não, eu concordo com isso — falei. — Você é mesmo horrível.

Ele recuou.

— Isso é para me encorajar?

Mais uma vez, minhas memórias me transportaram de volta ao passado.

— Depois que meu pai me mandou embora, às vezes eu ouvia as pessoas falando sobre o príncipe desaparecido, sobre mim. Num primeiro momento, eu esperava ouvir tristeza naquelas vozes e quanto lamentavam minha perda. As pessoas estavam tristes sim, mas não da maneira que eu pensava. Elas não sentiam falta de mim, apenas dos meus erros, das travessuras, de qualquer coisa que lhes rendesse uma história sobre a qual valesse a pena rir. Eram essas as pessoas que faziam uma mesura quando eu entrava em um ambiente, mas elas nunca me amaram e certamente nunca me respeitaram.

— Entendo — assentiu Roden. — Você não tinha nada de príncipe.

— Muito menos de rei. Antes do período que passei no acampamento dos piratas, você sabe por que Gregor era capaz de manipular tão facilmente meus regentes?

— Porque eles eram ridículos e estúpidos.

— Bem... Sim. Mas não eram maus. Tudo o que sabiam a meu respeito era que eu fora o garoto que o pai expulsara do castelo. Se eu ainda fosse aquele garoto, então eles não deveriam permitir que eu governasse. Se não confiavam em mim para liderar, a culpa era minha.

Roden se levantou.

— Mas agora eles o seguem, se curvam porque respeitam você, e não só seu título. Meu caso é diferente. Não sou digno de minha posição, e você sabe disso.

— Como ousa duvidar de mim? — Minha raiva era repentina, mas justificada. — Por que acha que me arrisquei indo até o acampamento dos piratas? Pelo prazer da companhia? Por diversão? Ora, ir até lá certamente não fez nenhum bem à minha saúde. Eu fui por você, Roden. Arrisquei minha vida por *você*. Por isso nunca mais desrespeite os riscos que corri alegando que você não é digno!

— Eu sou apenas um órfão que não pertence a lugar nenhum — murmurou ele.

— Eu também! — Então a minha voz se suavizou. — Mas também sou rei, e você, meu capitão. Duvide de si mesmo, se precisar, mas não questione os meus atos!

Ele deu um passo para trás e baixou a cabeça.

— Eu posso entender uma batalha e brandir uma espada, e minhas estratégias são boas se alguém as ouvir. Mas eles não fazem isso. Não posso realizar esse trabalho se eles não me dão respeito.

— Ninguém lhe dá respeito nesta vida. Você deve merecê-lo, ganhá--lo e então mantê-lo como sagrado, porque, não importa quanto tenha sido duro alcançá-lo, o respeito pode ser perdido em um instante. — Fiz um movimento de cabeça em direção ao forte. — Vá buscá-lo, Roden. As pessoas não seguem um líder que não sabe para onde está indo. Mostre a eles que você sabe.

Roden concordou com a cabeça e começou a caminhar ao meu lado, descendo a colina em direção à fortaleza.

— Eu sei para onde estamos indo e os conduzirei até lá. Jaron, com esse exército, defenderei esta fronteira até que todos de Gelyn se rendam a você.

7

Quando retornamos para o acampamento, os mortos e feridos estavam sendo separados e os prisioneiros saudáveis tinham sido desarmados e colocados em uma área fechada da guarnição, que servia como prisão temporária sempre que preciso. Eles pareciam amontoados e desconfortáveis ali, mas me dei conta de que haviam sobrevivido à batalha e de que nós os trataríamos melhor do que fariam conosco. Não tinham do que se queixar.

— Chame a atenção de seus homens — eu disse a Roden. — Fale com eles como capitão.

— E digo o quê?

— Bem, eles acabaram de vencer uma importante batalha — fiz cara feia. — Você deve mencionar isso.

Roden ordenou que os homens formassem filas, mas alguém rebateu dizendo que estavam fazendo uma fogueira para cremar os corpos primeiro. Roden olhou para mim e eu ergui uma sobrancelha, esperando para ver o que ele faria. Ele chamou seus homens mais uma vez, mas agora foi completamente ignorado. Eu não tinha a menor intenção de ajudá-lo nisso. Na verdade, interferir era a pior coisa que eu poderia fazer. Isso sugeriria aos homens que Roden precisava de minha ajuda e que só teriam de obedecer-lhe quando eu estivesse por perto. Então recuei e esperei.

A fogueira foi construída do lado de fora da fortaleza. Os corpos ainda não tinham sido colocados ali. Primeiro era preciso que o fogo estivesse alto. Naquele solo rochoso, esse era o fim mais respeitoso que poderíamos dar aos mortos.

Ao meu lado, Roden também observava. Muitos dos homens que trabalhavam na fogueira haviam lutado ombro a ombro com ele no primeiro ataque. Eram bons combatentes, grande parte eu admirava desde criança. Alguns até haviam me ensinado uma coisa ou outra. Mas, naquele momento, eles estavam errados.

Por fim, Roden balançou a cabeça como se tivesse chegado a uma decisão. Pegou um balde e deixou o acampamento. Um ou dois minutos depois, ele voltou, dessa vez com o balde tão cheio que derramava água por todos os lados. Então foi direto para a fogueira e, bem quando as primeiras chamas começavam a se firmar, jogou água sobre as toras, certificando-se de molhar os homens também.

Engoli uma risada, levemente chocado e muito alegre. Sério, aquilo era ainda melhor do que eu esperava.

Os homens responderam imediatamente, sacando a espada. Roden sacou a dele também e uma espécie de impasse se iniciou.

Dei um passo à frente; parecia natural que eu fizesse isso. Mas, de novo, eu me contive para que Roden pudesse agir. Ainda assim, mantive a mão na espada, torcendo para que ele soubesse o que estava fazendo.

Agora que tinha a total atenção de seus homens, ele gritou:

— Sou seu capitão e lhes dei uma ordem!

Os homens chutaram a poeira, deixando claro que não estavam convencidos, mas baixaram as espadas.

— Vocês todos formarão fila — disse Roden. — O rei está conosco e vai vê-los agora.

Não pude ter certeza se os soldados haviam se enfileirado porque Roden ordenara ou em deferência a mim. Mas, de qualquer forma, eles imediatamente formaram duas filas de cada lado do estreito pátio do forte.

Roden começou dirigindo-se a eles:

— Vocês lutaram bem. Outra batalha logo terá início, então espero que consigam descansar esta noite.

Ele olhou para mim e eu murmurei:

— Esse foi o pior discurso de todos os tempos. Trabalhe nisso também.

Roden apenas revirou os olhos e seguiu ao meu lado enquanto passávamos por uma fila, verificando a saúde de cada guerreiro e tentando ver quanto de força ainda tínhamos.

Quando passei, um homem mais velho tocou meu braço. Parei para lhe dar minha completa atenção, e ele imediatamente colocou um dos joelhos no chão.

— Rei Jaron, lembra-se de mim? — perguntou.

Balancei a cabeça.

— Quando o senhor tinha dez anos, seu pai me pagou para lhe fazer um presente, uma espada.

— Você é o ferreiro! Agora me lembro.

Eu havia usado a espada em um duelo contra o rei Humfrey, de Mendenwal, que agora declarara guerra contra nós. Conner duplicara aquela espada, como parte de seu plano de instalar um falso príncipe no trono. A arma tinha ficado pequena para mim, mas eu ainda a guardava entre minhas posses mais valiosas.

Mantendo o olhar no ferreiro, eu disse:

— Você estava no grande salão quando meu pai a deu para mim. Aquela espada me serviu muito bem.

— Sim, senhor. — Com um sorriso cauteloso, ele completou: — Confesso, implorei a seu pai que lhe desse outro presente, um cavalo ou um diário no qual pudesse escrever. Mas ele disse que o senhor usaria o cavalo para fugir e o diário para causar um incêndio em algum lugar do castelo. Ele queria uma espada para encorajá-lo a levar seus estudos mais a sério.

— E eu levei. — Então sorri para ele, tão travesso como sempre. — Embora você deva saber que encontrei outros cavalos para me ajudar a fugir e ainda causo a minha parcela de incêndios.

Sua risada não veio tão fácil e terminou com uma triste expressão.

— Lembro-me do garoto que era. Então, quando se tornou rei, eu duvidei do senhor. Mas estava errado e lhe imploro perdão.

Inclinei a cabeça em direção a Roden.

— Você não cometerá o mesmo erro de julgamento em relação a meu capitão, espero.

— Não, senhor.

Roden e eu continuamos andando até chegarmos à área de confinamento dos gelinianos remanescentes. As paredes em volta eram lisas e altas, e barras de ferro tinham sido assentadas com rochas e argamassa. Mal havia espaço para se sentarem e não havia o bastante para deitarem, a menos que concordassem em ficar empilhados. Já tínhamos fornecido baldes de água para matarem a sede, e seriam alimentados com a comida de que pudéssemos dispor. Com sorte, não precisariam ficar ali por muito tempo.

— Fiquem em paz e viverão até a rendição final de Gelyn — eu disse a eles. — Mas haverá consequências se causarem qualquer problema até lá.

Voltei a andar, quando um soldado alto, que parecia o capitão deles, deu um passo à frente.

— Não ficaremos aprisionados por muito tempo. Somos apenas o pelotão de reconhecimento. Gelyn colocará toda a sua força no grupo que está para chegar.

— E qual seria o tamanho dessa força? — perguntei. — Gelyn lutou como uma vovó acamada, com nada além de agulhas de tricô.

— Eles estão a menos de três dias daqui — respondeu ele. — E Mendenwal também está a caminho. Assim que derrotarmos seus homens aqui, atacaremos Drylliad e destruiremos tudo o que se mover por lá.

Eu bufei.

— As agulhas de vocês agora furam paredes?

— Não, mas os canhões deles sim. Provavelmente estão cruzando as planícies de Carthya enquanto conversamos.

Aquilo me fez congelar. Eu ouvira dizer que Mendenwal estava experimentando canhões, e não gostei nada da ideia de um deles ser testado em meu castelo. Eram um tipo de armamento mais comum em outras terras, ouvi dizer, mas naquela região eram algo completamente novo. Minha esperança era que Carthya desenvolvesse seu próprio canhão, contudo não tivemos tempo. Agora, a explosão de uma única arma poderia derrubar todas as paredes. Mesmo com todas as nossas proteções, Drylliad talvez fosse tomada em minutos.

Certo de que minhas preocupações poderiam ser reveladas se nossa conversa continuasse, instrui Roden a tirar tudo o que pudesse do homem, e então disse que precisava de um espaço privativo para pensar e descansar.

No entanto, o homem gritou atrás de mim:

— Confesso que estou surpreso em vê-lo aqui, Jaron. O rei de Avenia pensou que o seu povo o protegeria bem melhor do que isso.

— Meu povo me protege — respondi, ainda me afastando. — E eu o protejo.

— É mesmo? E a garota que o rei Vargan capturou? Você a protegeu? Dizem que é uma serva que chamou sua atenção.

Girei sobre os calcanhares e voltei até ele.

— O que sabe sobre isso?

Ele gesticulou para a prisão atrás de si.

— Prometa-me um quarto particular, com cama e comida. Não darei problemas aos seus homens, mas não posso ficar aqui.

Acenei com a cabeça para Roden, que deu sua palavra ao homem.

— Meu rei ouviu isso direto do comandante superior de Avenia. Aquela garota era decisiva para os planos de Vargan de dar um rápido fim à guerra. Depois de aprisioná-la, ele permitiria que um prisioneiro escapasse para se certificar de que você soubesse das novidades. Isso o levaria até o verdadeiro alvo — explicou.

Tentando parecer indiferente, balancei a cabeça.

— Obviamente, eu não fui resgatá-la, logo o plano dele de me capturar não deu certo.

Mas o soldado riu na minha cara.

— Garoto arrogante! Ele nunca esperou capturá-lo. É claro que não permitiriam que você fosse resgatar a garota.

— Então o que ele esperava?

— Seria arriscado demais para você enviar um exército inteiro para resgatá-la. Os soldados de Avenia poderiam assassinar a garota antes que seus homens passassem. Então Vargan imaginou que você enviaria um pequeno grupo formado por seus melhores guerreiros, alguém a quem você confiaria a vida dela. É isso que ele quer. Seu homem mais confiável.

Mott. Eu enviara Mott.

— Por quê? — perguntei.

— Quando ele for capturado, Avenia o forçará a revelar todos os seus planos, tudo que Avenia precisar saber para vencer esta guerra. E, se ele não falar, Vargan o fará se lembrar de sua responsabilidade pela vida da serva. Eles não desistirão até seu homem ter um colapso ou a garota estar morta. — O sorriso dele se tornou uma gargalhada. — Então o que prefere, Jaron? A garota que você finge não amar, ou o reino que você jurou proteger?

Afastei-me sem responder. Qualquer resposta que eu pudesse ter dado transformaria meu coração em pedra.

Roden me alcançou assim que nos afastamos dos prisioneiros.

— Não vá embora. Precisamos conversar sobre o que ele falou.

— Por quê? Você pode mudar alguma coisa?

Minha mente girava, conforme eu lutava com a questão de Gelyn. Pensei que os planos de Vargan eram para mim e que assim Mott teria melhor chance de se mover em segurança pelo acampamento aveniano. Mas não, mesmo se ele fosse cuidadoso, Mott entraria no acampamento sem fazer ideia de que os vigias o observavam.

Mott não revelaria nossos planos de guerra, independentemente do que lhe fizessem. Mas não era só sua vida que estava em risco. O que ele faria quando Imogen fosse ameaçada?

— Quanto ele sabe, Jaron? — perguntou Roden.

— O suficiente para Carthya se render.

Mott me pediu para confiar nele, e eu o fiz. E agora ambos, ele e Imogen, pagariam por isso.

— Deixe-me levar alguns homens daqui. — Roden agarrou meu braço, para que eu diminuísse a passada. — Vamos resgatar os dois.

— E dar a eles mais prisioneiros para que descubram nossos segredos? — Diminuí o passo, mas não parei. — Em três dias, o exército de Gelyn vai chegar aqui. Eles *não podem* entrar em Carthya. Por isso, você precisará de todos os homens disponíveis. Ainda assim, não será suficiente, a menos que Bymar chegue a tempo.

— Então o que você... — Roden ficou boquiaberto e começou a balançar a cabeça. — Jaron, você não pode. É o nosso rei.

— Posso até usar uma coroa, mas, em meu coração, ainda sou um ladrão. Ninguém saberia melhor como entrar naquele acampamento. — Antes que ele pudesse protestar mais, acrescentei: — Prepare meu cavalo para amanhã cedo. Partirei ao amanhecer.

8

Roden estava esperando ao lado de meu cavalo quando deixei a barraca ao raiar do dia.

— Você dormiu? — perguntou ele.

Ignorei a questão e apontei ao redor.

— Quem aprontou meu cavalo? Onde estão os seus homens?

Ele suspirou.

— Estão cansados.

— Roden, você nunca...

Mas ele antecipou a censura e me interrompeu:

— Eu ordenei que descansassem, não foram eles que decidiram. Prometo que aprenderei a liderá-los, a ser seu capitão. Mas você deve me deixar agir do meu jeito.

Tudo que pude fazer foi assentir. Provavelmente, eu tinha mais falhas como líder do que ele, e já era difícil o bastante encontrar minha própria forma de seguir adiante. Então lhe dei um abraço de adeus e montei em Mystic.

— Deixe-me ir com você — pediu Roden. — Meu cavalo está pronto.

— Obrigado. — Eu quis que isso soasse mais sincero do que meu tom de voz deixava transparecer. — Mas não seria muito esperto nós dois partirmos. Caso...

— Enquanto você continuar lutando, eu também continuarei — disse ele. — Independentemente do que aconteça a qualquer um de nós.

— A ajuda logo chegará. — Minhas palavras vieram mais da esperança que da certeza, mas desejei que ele acreditasse nelas. — Tobias e Amarinda logo chegarão a Bymar. Ela os convencerá a mandar seus exércitos para se juntar a nós.

Roden estreitou os olhos por causa da luz do sol que despontava no horizonte e me encarou.

— A princesa terá de passar primeiro por Avenia. Nós dois sabemos como isso é perigoso. E Tobias não será de nenhuma ajuda se forem pegos. Se eles não conseguirem...

— Independentemente de os soldados de Bymar virem ou não, você deve proteger esta fronteira — falei. — A força combinada de Avenia e Mendenwal ainda pode nos destruir, mas pelo menos temos alguma chance. Se Gelyn passar, não haverá esperança. Nenhuma.

Roden percorreu com a mão o pescoço de Mystic e depois pegou as rédeas.

— Já é ruim o bastante o rei que jurei proteger estar a caminho de Avenia sozinho. Você pode ao menos prometer que sabe o que está fazendo, que não está com a cabeça em outras coisas?

Agucei a voz e respondi:

— É o que eu quero. Minha atenção está nesta missão.

Ele franziu o cenho.

— E seu coração? — Eu me virei, mas ele continuou: — Jaron, você está apaixonado por Imogen?

A pergunta me fez suspirar.

— É complicado.

Mas Roden apenas balançou a cabeça.

— Não tenho ninguém na vida. Nem família, nem namorada. Para mim, o amor não é nada complicado.

Olhei para o vazio até minha visão ficar embaçada.

— Eu não posso amá-la.

— É claro que pode. Eu sei que ela já...

— Não, Roden. Eu *não posso* amá-la. Essa opção nunca me foi dada. — Houve um silêncio antes que eu acrescentasse: — E, se eu não posso amar Imogen, não lhe pedirei que sinta algo por mim.

— Vi o modo como ela olha para você. Independentemente do que ela tenha dito, ou no que tenha feito você acreditar, ela não pode escolher não sentir nada por você.

Mas foi exatamente o que ela fez Da última vez em que estivemos juntos, ela negou que me amava e na verdade quase sugeriu o contrário. Espantei aqueles pensamentos da cabeça.

— Ela também não escolheu morrer para encobrir meus segredos. Vou libertá-la e a devolverei para a vida. Não pode haver nada além disso.

Depois de alguns instantes, ele disse:

— Eu sempre soube de suas habilidades para mentir, Jaron. Só não achei que mentiria para si mesmo. — Ele franziu o cenho quando colocou as rédeas em minha mão. — Depois que Gelyn se render, voltarei para Drylliad. Agora você deve partir.

Gostaria de ignorar suas acusações com a mesma facilidade de dispensar um servo, mas não consegui. Suas palavras me afetaram mais do que Roden poderia imaginar. Fiz um gesto com a cabeça e coloquei Mystic em movimento. Primeiro rumei para o sul, diretamente para Libeth, mas as palavras do comandante geliniano ecoaram em minha mente. Mendenwal tinha um canhão capaz de despedaçar as construções de minhas cidades antes mesmo que tivéssemos chance de nos defender. Era provável que naquele momento estivessem passando pelas planícies de Carthya, ao norte de meu castelo. O território ali era vasto, mas, para um armamento daquele porte, deveriam tomar a estrada principal.

Eu me senti dilacerado com minha decisão de uma forma como nunca me sentira. Se não rumasse para oeste, arriscaria ferir ainda mais Mott e Imogen. Mas, se não seguisse para leste, o canhão poderia alcançar Drylliad. E todos que enviei para lá com a promessa de segurança seriam mortos.

No fim, fechei os olhos e sussurrei um pedido a Mott e Imogen, para que aguentassem mais um dia, e então segui para leste. Eu não sabia exatamente como poderia roubar um canhão, mas adorei a ideia de tentar. Onde quer que existissem colinas, eu subia nelas e esquadrinhava o horizonte em busca de sinais de um exército em marcha. Mas, até onde conseguia ver, não havia nada.

No começo da tarde, Mystic diminuiu o passo. Apesar da pressa, eu sabia que ele precisava de descanso. Então, encontrei um denso bosque na base das colinas, com um pequeno riacho corrente. Mystic e eu bebemos tudo o que conseguimos e enchi o cantil para o restante da viagem, depois dividi com ele algumas porções de comida que trouxera do acampamento de Roden. Eu teria guardado um pouco mais para mim, mas a verdade era que o cereal estava velho e sem gosto, e Mystic parecia gostar mais dele do que eu.

Eu estava prestes a voltar a cavalgar quando o som de cavalos e de metal chacoalhando capturou minha atenção. Estive procurando tanto o canhão que a possibilidade de encontrá-lo me fez abrir um sorriso travesso. Deixei Mystic no bosque e rastejei tão perto quanto ousei para dar uma espiada.

Vários homens a cavalo ocupavam toda a estrada, até que uma voz ordenou que parassem. Eles trajavam o amarelo e branco, as cores de Mendenwal, incomuns para um exército. Odiei a ideia de que poderíamos ser derrotados por soldados fantasiados de margaridas. Assim que pararam, uma lacuna se formou entre suas fileiras, e foi ali que vi surgir um grande canhão preto sobre rodas, puxado por vários cavalos. Não consegui imaginar o peso do armamento, mesmo depois de contar os animais e ver quanto se esforçavam para puxar aquilo. Mas ao menos eu o tinha encontrado.

— Os cavalos estão exaustos — gritou um homem das fileiras. — Não puxarão mais nada hoje.

— É suficiente — gritou outro. — Eu preferia não ter trazido o canhão para dentro do acampamento, de qualquer modo. Vocês encontrarão o restante de nossos homens daqui a alguns quilômetros. Prossigam e digam ao capitão que testaremos o canhão aqui, disparando contra as colinas.

Quando os homens saíram para cumprir as ordens de desatrelar os cavalos e seguir adiante, aproveitei a oportunidade para me esgueirar e chegar ainda mais perto. No entanto, antes que pudesse me aproximar demais, dois homens vieram até a encosta, avaliando a inclinação do que poderia ser um alvo para o teste do canhão. Escondi-me atrás de uma pedra e logo me dei conta de que estava ao lado da encosta. Qualquer um deles, dando alguns passos para a esquerda ou para a direita, poderia olhar para baixo e me ver escondido ali. Enquanto os homens continuavam a conversa, eu prendi a respiração, certo de que eles só não me ouviam por conta do barulho que seus homens faziam na estrada abaixo.

— Pelo menos alcançamos os outros antes de terem avançado muito em Carthya — disse um deles.

— Idiota, nós não alcançamos ninguém — repreendeu seu companheiro. — Eles foram obrigados a nos esperar aqui até Avenia chegar. O rei deles quer saber se o canhão é potente antes que prossigamos até Drylliad.

— Queria que outra pessoa estivesse testando essa coisa. Um primo quase foi morto quando o último canhão explodiu. Os atiradores tiveram uma morte horrorosa, se você quer saber. Ficaram em pedaços, de uma forma que nem a mãe deles os reconheceria.

— Cale a boca! Se falar isso, ninguém vai se voluntariar para testar esse.

— De qualquer forma, eu não vou. — Houve um barulho de passos, e então ele acrescentou: — Não ficarei esperando aqui quando os outros partirem. Eles vão pensar que é um sinal de que estou me voluntariando.

— Você será punido se deixar este posto.

— Mas não vou explodir. Não concordei com o teste e, se tivesse visto o estado do meu primo, você também não concordaria.

— Certo, vamos lá. Não é algo que dá para alguém roubar, não é mesmo?

Rindo, os homens desceram a encosta. Apenas alguns minutos depois, ouvi os cavalos se afastando. Esperei em silêncio, perguntando-me se não seria uma armadilha. Mas, quando ousei olhar, apenas o canhão e o engate vazio estavam na estrada. Atrás deles, havia uma carruagem, que parecia carregar munição para a arma. Não fazia mesmo sentido prosseguir com ele se era necessário ali, em vez de no acampamento, para testes.

Assim que me certifiquei de que estava sozinho, caminhei até o canhão. Era maior que um cavalo de batalha e feito de ferro. Passei a mão pelo metal frio e áspero e depois fui para trás, para dar uma olhada no que estava sendo transportado.

A segunda carruagem transportava os equipamentos para uso do canhão, incluindo uma vareta, uma esponja e uma dúzia ou mais de balas. Alguns sacos vazios estavam jogados ao lado de três ou quatro repletos de grãos pretos.

Eu sabia o que eram aqueles grãos. Quando estive com os piratas, eles capturaram um navio cheio de suprimentos de minas. Na ocasião em que Roden e eu partimos, levamos conosco um saco dessa mesma substância para que pudéssemos aprender um pouco mais sobre seu potencial. Tobias nos contou que era pólvora, capaz de gerar explosões nunca antes vistas nestas terras.

Um noite, Roden e eu decidimos fazer um teste e convidamos Tobias para nos acompanhar, mas ele prontamente recusou e disse que éramos loucos. Talvez ele tivesse razão. Mesmo a pouca quantidade que usamos foi capaz de derrubar diversas árvores e dar início a um incêndio que poderia ter queimado metade de meu reino se não tivéssemos sido salvos por uma tempestade passageira.

Nos dias que se seguiram, Tobias começou a criar projetos para construirmos nosso próprio canhão. Ele explicou que a pólvora seria colocada no cano da arma com uma vareta, e então uma pesada bola de ferro seria inserida ali. Quando a pólvora fosse acesa, por meio de um pavio, haveria uma explosão que lançaria a esfera para longe. Um tiro pode fazer todo o dano de um aríete e destruir fortalezas as quais exigiriam um exército inteiro para ser derrubadas. Mesmo um único canhão poderia mudar o curso da guerra.

O problema era que eu não tinha esperança de roubá-lo. Mystic era um animal forte, mas nem ele seria capaz de mover aquele armamento por alguns centímetros. Pior do que isso, o tempo não estava a meu favor. Eu não fazia ideia de quando Mendenwal retornaria até o canhão, mas achava que não demoraria muito.

Se eu não podia roubá-lo, tinha de destruí-lo.

Fechei os olhos, tentando lembrar tudo o que Tobias me ensinara a respeito de seus estudos. A conversa que eu acabara de ouvir retornou à minha mente, sobre o primo do soldado que quase foi morto ao testar um modelo antigo de canhão. Por quê? O que deu errado com o teste?

Quando sugeri a Tobias que simplesmente construíssemos um canhão e fizéssemos um teste, ele me alertou que o perigo estava em como o metal tinha sido fundido. Se não fosse denso o bastante, ou bem soldado para suportar a explosão interna, a arma falharia. Talvez o primo ferido tivesse ficado perto demais do canhão quando ele falhou.

O problema era que o canhão diante de mim parecia feito de metal muito grosso e resistente. Seria preciso muito mais que uma explosão normal de pólvora para destruí-lo.

Então eu sorri. Não, uma explosão *normal* não seria poderosa o suficiente. Mas quem disse que tinha de ser limitada a isso?

Abri o saco de pólvora mais próximo e, com o medidor, coloquei uma generosa quantidade no tubo do canhão, para em seguida a empurrar para o fundo do armamento.

Assim que me certifiquei de que estava firme, coloquei a vareta e o medidor de volta exatamente no mesmo lugar. Comecei a fechar o saco e então me dei conta de que estava diante de uma grande oportunidade. Escondi o máximo de pólvora que ousei roubar em um saco menor, depois o fechei e voltei para onde deixara Mystic.

A menos que checassem o canhão com cuidado, os soldados de Mendenwal não perceberiam que iriam testar uma arma carregada.

Cavalguei para longe dali, retomando meu caminho para Avenia. Menos de uma hora depois, quando alcancei o arco de outra colina, o chão tremeu com violência suficiente para assustar Mystic e fazê-lo empinar, e uma pequena trilha de fumaça negra subiu ao céu, vários quilômetros atrás de mim.

Eu me virei para dar uma olhada e sorri. Avenia e Mendenwal ainda eram ameaças terríveis para Carthya. Mas não tinham mais um canhão.

9

Era início da noite quando encontrei o lugar onde Imogen estava presa. O acampamento montado às pressas ficava do lado aveniano da fronteira, próximo a Libeth, mas uma colina que dava para lá me permitia ter uma boa visão de seu interior. Os pântanos que cercavam a região avançavam no limite norte do acampamento. Por causa da fama do lugar de contar com uma vegetação espessa e muitas cobras venenosas, ninguém se atreveria a tentar a travessia a pé, e de barco não seria muito mais fácil. Os outros pontos estavam cercados por altos montes de terra ou por barras de ferro com extremidades cortantes. O acampamento era maior do que eu esperava, com diversas edificações e tendas de todos os tamanhos.

— Majestade?

Com a espada desembainhada, eu me virei quando dois homens se aproximaram. Percebendo que tinham me pegado desprevenido, eles ergueram as mãos em um gesto de paz e então rapidamente se ajoelharam.

Quando os reconheci, guardei a espada e pedi que se levantassem. O homem que tinha falado era Henry Evendell, um talentoso arqueiro com bom coração, que muitas vezes ficara como vigia em meu castelo. O segundo eu não conhecia muito bem, mas Evendell o apresentou como Herbert, um soldado jovem e ambicioso também de Drylliad. Ambos tinham arcos pendurados no ombro e aljavas nas costas.

— Onde está Mott? — perguntei.

Em sinal de respeito, Evendell inclinou a cabeça antes de falar novamente:

— Ele entrou no acampamento esta manhã, senhor, com a esperança de chegar a uma tenda que parecia diferente das outras. Mas não tivemos mais sinal dele, e estamos preocupados que possa ter sido capturado.

— Mostre-me a tenda.

Evendell a apontou, e eu estreitei os olhos numa tentativa de enxergá-la melhor. Vários vigias a protegiam. Ou um nobre estava ali dentro ou, mais provavelmente, um prisioneiro valioso.

— Ele lhes deixou instruções?

Evendell e Herbert se entreolharam, e então Evendell respondeu:

— Antes de vir para cá, escondemos um pequeno barco perto do pântano, no extremo norte do acampamento. Quando Mott saísse com lady Imogen, usaríamos nossas flechas para cobrir a fuga deles até alcançarem a embarcação.

— Vocês viram algum sinal dela?

Ambos balançaram a cabeça. Herbert resmungou algo que não pude compreender, e ordenei que repetisse. Então ele disse:

— Houve mais uma ordem, mas o senhor não vai gostar.

Qualquer que fosse a ordem, pela expressão reticente em seu rosto, eu já não tinha gostado.

— Mott nos avisou que o senhor poderia vir — continuou ele. — Se o senhor viesse, ele nos pediu para lembrá-lo de suas responsabilidades com a segurança do reino. Não com a dele ou com a de lady Imogen.

O que era uma ideia razoável, exceto pelo fato de a captura de Mott ter acabado de se tornar a maior ameaça para a segurança de meu reino. Eu também nunca havia lhe obedecido. E não conseguia pensar em uma razão para começar a fazê-lo naquele momento.

— Temos de trazer os dois de volta — eu disse. — Vocês não têm ideia de onde Imogen é mantida prisioneira?

Evendell começou a se desculpar e sacudiu a cabeça, mas Herbert ergueu o braço e apontou para frente. Olhei na direção e vi um grupo de soldados avenianos surgir de uma tenda bem ao fundo do acampamento. No centro do grupo estava Imogen, amordaçada e com as mãos amarradas. Ela não parecia ter sido ferida, o que era um alívio, e a mordaça não me surpreendeu. Embora fôssemos amigos, ela ainda me repreendia com bastante frequência. Eu podia imaginar as palavras desaforadas que ela teria para um inimigo.

Meu pânico aumentou quando vi Mott sendo conduzido da tenda para a qual Evendell apontara. Suas mãos também estavam presas, e ele mancava. Para qualquer outra pessoa, o número de lâminas sobre ele teria sido demais. Mas não para Mott. Ele era forte e rápido e, se houvesse menos armas, teria lutado com todas elas e vencido.

Em uma terceira posição no acampamento, vi um homem se adiantar com um chicote farpado nas mãos. Seu propósito imediatamente ficou claro. Seriam feitas perguntas a Mott sobre os planos de guerra de Carthya. Caso ele se recusasse a responder, o chicote seria usado em Imogen. Eles forçariam Mott a falar, ou as coisas ficariam piores. Muito piores.

Reforçando meus temores, Imogen e Mott foram postos juntos em uma pequena clareira, e fizeram Mott se sentar em uma cadeira, onde mais cordas foram passadas em torno de seus pés e braços. Os soldados que escoltavam Imogen a viraram para que ela encarasse um poste de açoitamento e amarraram seus braços ali.

Rapidamente, eu me virei para Evendell e Herbert.

— Qual de vocês é melhor com o arco?

Evendell inclinou a cabeça, e eu lhe disse para fazer uma pequena fogueira e então lhe passei instruções. Herbert viria comigo. Ele e eu descemos correndo a colina até um estreito vale do acampamento, usando as crescentes sombras do início da noite para nos esconder.

Quanto mais nos aproximávamos, mais nos dávamos conta da agitação em todos os lugares do acampamento. Vigias tomavam conta dos portões e dos postos elevados, posicionados ao lado de várias tendas. Seria impossível nos aproximarmos ainda mais sem ser alvejados e, provavelmente, atingidos.

Tudo o que acontecesse em seguida teria de ser feito rapidamente. Herbert preparou uma flecha e se colocou em posição. Felizmente, Evendell não nos tinha perdido na luz que diminuía e também estaria assistindo.

Fui flagrado logo depois que comecei a correr para uma zona tranquila da muralha. Uma sentinela aveniana gritou para que eu parasse, mas um assobio cortou o ar e a flecha de Herbert o encontrou. Agora outros seriam alertados, porém eu não precisava de muito mais tempo.

Na base da muralha, peguei o saco de pólvora que roubara mais cedo naquele dia. Retirei uma quantidade generosa e a deixei amontoada, depois fugi o mais depressa que pude. Após alguns segundos, Evendell lançou uma flecha flamejante diretamente no montículo de pó escuro. A pólvora imediatamente explodiu toda a muralha. O impacto da explosão me derrubou, e eu rolei para trás de uma pedra próxima, para me proteger dos escombros. Quando o pior tinha passado, espiei sobre as ruínas da muralha, cujos destroços se espalhavam por todo lado. Talvez eu tivesse usado pólvora demais.

Corri a toda velocidade rumo aos escombros. Aqueles que tinham sobrevivido começaram a gritar por ajuda, mas Herbert se manteve vigilante e disparou flechas contra qualquer um que tomasse conhecimento de minha presença. Quando estava lá dentro, percebi que havia muito mais atenção sendo dada à destruição da muralha do que à causa dela. Se eu mantivesse a cabeça baixa, seria capaz de passar pela multidão.

Subi a escada de uma torre de vigia abandonada até que pude ver Mott e Imogen. Os soldados que estavam com eles se uniram para guardar seus prisioneiros, ou talvez para se proteger mutuamente. Havia mais soldados do que eu conseguiria combater, e um deles machucaria meus amigos antes que eu pudesse detê-lo.

Desci dali e me abriguei atrás de uma edificação para pensar no que faria a seguir. Uma rápida olhada para dentro da janela mais próxima revelou que o prédio estava cheio de armas — muito mais do que Avenia necessitava. Joguei mais pólvora ao lado da construção e então disparei dali como se minha vida dependesse disso. Sobretudo porque certamente dependia. Assim como acontecera anteriormente, eu não estava longe o bastante antes que uma flecha em chamas atingisse o edifício e o explodisse. Dessa vez eu não me protegi de maneira adequada e ganhei um arranhão bem doloroso em um braço, isso sem mencionar o pedaço de rocha que quase me acertou. Se ambos, Evendell e eu, sobrevivêssemos a esta guerra, seria uma boa ideia discutir sua noção de tempo em missões com explosivos envolvidos.

E então o caos irrompeu no acampamento. Soldados estavam sendo requisitados para os lugares que eu tinha destruído, mas grande parte deles corria para tão longe quanto podia. A confusão me ajudou, embora eu de fato precisasse chegar até os soldados que estavam ao redor de Mott e Imogen.

Assim, minha última porção da pólvora foi destinada a outro prédio de suprimentos próximo, cheio de comida e cobertores. Deixei o saco todo ao lado dele e fiz sinal para Evendell. Dessa vez, ele me deu um tempo maior de fuga antes de atingir a pólvora. Depois da explosão, ouvi ordens para que todos os soldados cercassem o acampamento e se preparassem para uma invasão.

Gostei de ouvir aquilo. A invasão já havia acontecido, e o que eu mais queria era que os soldados avenianos se dispersassem, espalhando-se pelas laterais do acampamento. Uma mão tocou meu ombro e eu me virei para ver Herbert ao meu lado. Tudo o que eu lhe pedira era para ficar em uma posição segura, da qual pudesse atingir quem tentasse impedir minha entrada no acampamento. Mas ele fora além disso e me seguira para dentro da construção. Eu lhe fiz um sinal de cabeça em agradecimento por sua lealdade e sinalizei para que viesse comigo.

Mott e Imogen não tinham sido totalmente abandonados. Havia um jovem soldado atrás da cadeira de meu amigo com uma espada pressionada contra o peito dele, esperando pelo terror extremo que pudesse alcançá-lo. Dois outros grandes soldados vigiavam Imogen. O homem com o chicote e os demais tinham recebido ordens para assumir outros postos.

Silenciosamente, instruí Herbert a se posicionar com uma boa visão de Imogen, enquanto me preparava para me esgueirar sorrateiramente por trás de Mott. Nossa sincronia teria de ser perfeita, e Herbert precisaria ser rápido, porque tinha dois alvos.

No instante em que rastejei das sombras, Herbert disparou a primeira flecha, atingindo um dos vigias de Imogen. Nesse instante, eu estava exatamente atrás do rapaz que vigiava Mott. Com a mão esquerda, coloquei uma faca em seu pescoço, enquanto minha mão direita segurou firme seu braço que apertava a lâmina contra o peito de Mott. O jovem ficou tenso, e sem uma única palavra puxei seu braço para trás e fiz com que abaixasse a arma. Quando olhei para cima novamente, Herbert havia abatido o segundo soldado ao lado de Imogen. Ele agora vigiaria a área até que Mott e Imogen estivessem livres.

O jovem atrás Mott soltou cuidadosamente a espada em minha mão e implorou:

— Por favor, não me mate.

Minha memória voou de volta para alguns meses antes, quando o órfão Latamer me implorou o mesmo favor. Eu nunca tive a intenção de causar dano a Latamer e não causaria a esse jovem também.

Com a faca ainda no pescoço do rapaz, eu disse que, se ele tentasse algum truque, uma flecha já havia sido preparada com seu nome. Ele concordou em cooperar e ordenei que desamarrasse Mott.

Enquanto ele fazia isso, Mott disse:

— Eu sinto muito, Jaron. A armadilha era para mim.

— Ambos fomos enganados.

— Eu soube que era você quando ouvi as explosões.

Sorri brevemente.

— Imagine se eu tivesse mais pólvora.

Mott não pareceu impressionado, mas eu sabia que estava. Foram excelentes explosões.

Então corri até Imogen, cujos olhos castanhos brilhavam em desaprovação. Eu sabia que ela estaria com raiva de mim, geralmente estava. E eram raras as vezes em que eu tirava a razão dela, já que, como era de conhecimento geral, eu costumava merecer. Mas dessa vez não era o tipo de raiva da qual eu poderia rir. Estávamos em uma situação muito perigosa.

Primeiro retirei a mordaça de sua boca e, ao fazer isso, fui tomado por um súbito desejo de beijá-la. A atração era mais forte que qualquer coisa que eu já tivesse sentido antes, um sentimento que eu não entendia por completo. Mas me contive e, em vez disso, perguntei:

— Você está ferida?

Ignorando a pergunta, ela disse:

— Você sabe o que fariam conosco só para obter informações. O que acha que farão com você?

— Se sairmos daqui, nenhum de nós vai precisar descobrir.

— Não, Jaron, por favor, vá embora! Este lugar é uma armadilha. *Eu* sou a armadilha!

O corpo de Imogen se contorcia enquanto ela argumentava e, apesar de suas pernas estarem livres, ela dificultava minhas tentativas de alcançar suas mãos amarradas. Eu disse:

— Você pode me ajudar ou não, mas não vou embora sem você!

Ela bufou e ficou imóvel por alguns instantes, o suficiente para que eu alcançasse as cordas. Enquanto as cortava, falei:

— Quando estivermos livres, correremos para o pântano. Mott tem um barco lá.

— Não vamos conseguir fazer isso. Não todos nós.

— Nós só precisamos correr. Não olhe para trás. Apenas corra.

— Eles estavam perguntando de você para Mott, mas a princípio ele não queria contar. — Imogen mordeu o lábio com preocupação. — Mas, quando me trouxeram e me ameaçaram com o chicote, ele disse que iria cooperar. Implorei que não contasse nada. Eu odeio que tenham me usado contra você. Prefiro morrer a ser a causa de sua queda.

Hesitei tempo o bastante para olhar diretamente para ela.

— Nunca diga isso. Preciso de você viva. — Então voltei a mexer nas cordas e acrescentei: — Estou quase acabando. Prepare-se para correr.

Soltei uma de suas mãos, e Imogen a usou para acariciar meu cabelo, afastando mechas do meu rosto. Espesso e castanho, meu cabelo recebera um corte grosseiro antes de minha ida ao acampamento dos piratas. Naquele instante eu desejei que estivesse mais longo, para que os dedos dela se perdessem por ali. Mesmo em meio àquela confusão, eu me senti atraído pelo toque de Imogen e tive de me esforçar para me concentrar na corda.

— Quando terminar, me dê sua faca — disse ela. — Eu também posso lutar.

Com as duas mãos livres, ela me deu um abraço caloroso. Refleti sobre o comentário de Roden, de que eu mentira a mim mesmo sobre Imogen. Talvez ela também tivesse dito algumas mentiras a si mesma.

Antes que eu pudesse falar, ela sussurrou:

— Aconteça o que acontecer, prometa que você escolherá viver.

Atrás de nós, Mott finalmente se livrou das amarras. Quando Herbert foi ajudá-lo a se levantar, o jovem aveniano que o desatara imediatamente se esgueirou pelas sombras e escapou. Mott pegou a espada do garoto e disse:

— Temos de nos apressar. Ele dirá a todos que estamos aqui.

Coloquei a faca nas mãos de Imogen, ciente de que meus dedos roçavam nos dela, e então a puxei para perto de mim.

— Vamos!

Nós não estávamos nem fora da parte das árvores quando um novo grupo de soldados correu em nossa direção. Herbert continuou atirando flechas para a clareira, fazendo o que podia para nos abrir caminho. Imaginei que Evendell estava em algum lugar fora do acampamento, vigiando-nos também. Mott gritou que eu fosse embora dali, e, enquanto ele lutava, Imogen e eu atravessamos o grupo e nos dirigimos para uma colina.

Mais soldados apareceram e eu disse a Imogen que corresse até o topo, onde Evendell poderia protegê-la. Quando ela descesse pelo outro lado, estaria fora de vista, com um caminho aberto em direção ao barco. Em seguida me voltei contra quem estava mais perto de mim, acertei meu alvo com bastante eficiência e me esquivei das tentativas de fazerem de mim um alvo. Assim que a multidão de soldados foi reduzida, irrompi por entre eles para seguir Imogen.

Ela já estava quase no topo da colina. Mas, em vez de correr para o outro lado, parou para olhar para mim. Um soldado apareceu do nada e se lançou sobre ela, mas a faca de Imogen foi mais rápida e ela o deixou segurando uma perna que sangrava.

— O rei Jaron está lá embaixo! — gritou um homem forte de uma parte mais alta da colina. — É ele! Atirem! — Ele apontou para mim, então um arqueiro próximo ergueu seu arco e preparou a flecha. Onde estava Evendell ou Herbert para atingi-lo primeiro? Eu precisava de um lugar para me esconder, mas a encosta era nua. Eu estava em apuros.

Imogen também deve ter ouvido a ordem. Os olhos do arqueiro estavam em mim, então ele não a viu quando ela colidiu com ele. A flecha destinada a mim voou para longe. Imogen se recuperou, mas o homem mais pesado a agarrou pelo braço. Ela o mordeu e, quando ele a soltou, Imogen correu novamente.

Eu gritei enquanto corria pela encosta, na esperança de atrair de novo sua atenção, mas a raiva dele agora se voltara para Imogen. O arqueiro preparou outra flecha e a apontou para a garota, enquanto ela fugia pela encosta da colina. Ela virou para trás, apenas tempo suficiente para me olhar mais uma vez.

Apesar do barulho e da confusão por todo o acampamento, um assobio cortou o ar, mais alto que todo o resto. A seta do arqueiro encontrou seu alvo no peito de Imogen. Ela ainda se virou para mim, com o rosto contorcido de dor, e depois caiu do topo da colina. Seu corpo rolou para o outro lado, fora do meu campo de visão.

Continuei correndo, certo de que poderia encontrá-la e salvá-la mais uma vez. De algum modo.

Mas, enquanto eu corria, ouvi um soldado clamar do outro lado da colina:

— Nós acertamos a garota! Ela está morta.

E, com essas palavras, meu mundo desabou.

10

O que quer que tenha acontecido depois não passou de um borrão em minha consciência. Não dei mais nenhum passo após ouvir sobre a morte de Imogen e devo ter caído de joelhos. Ou um soldado que me perseguia me derrubou.

Não tenho certeza de quantos homens me cercaram em seguida. Teriam sido cinquenta ou cem? Isso pouco importava, porque eu não estava resistindo. Eu havia perdido a noção de como lutar ou do motivo de tentar combatê-los.

Imogen não estava morta. Ela não podia estar, porque eu tinha acabado de falar com ela. Poucos momentos atrás, ela passara os dedos em meus cabelos; estava viva. Tudo o que eu tinha de fazer era encontrá-la e certamente descobriria que o ferimento não era tão grave quanto eu havia pensado. Nós ainda poderíamos fugir dali juntos.

Exceto pelo fato de que eu vira com meus próprios olhos onde a flecha perfurara o peito de Imogen. O sangue brotara da ferida abundante e muito rapidamente. Ela poderia estar morta antes de seu corpo ter tocado o chão.

Um dos soldados me acertou com força na mandíbula, segurando-me para desferir mais um soco no meu olho esquerdo. Não ofereci nenhuma resistência enquanto ele continuava me batendo e, na verdade, quase não senti os golpes. Eu não podia entender por que ele acreditava que qualquer dor infligida à minha carne era importante comparada ao punhal que atravessava meu coração.

Por fim eles me deixaram no chão, arrancaram a espada da minha mão e rasgaram meu colete. Imediatamente, dois homens começaram a brigar por ele, mas foram obrigados a mantê-lo inteiro para o comandante. Fui cuidadosamente revistado de modo a evitar qualquer truque que pudesse estar planejando, depois minhas mãos e pernas foram acorrentadas. Sem nenhum cuidado e forçando meus ombros, eles me viraram de costas, provavelmente para que eu pudesse ver o comandante que havia me capturado. Talvez não tivessem percebido que meu olho esquerdo já estava quase totalmente fechado por causa do inchaço e que eu tinha coisas melhores para olhar com o direito. Virei a cabeça para evitá-lo e senti a sola de sua bota em minha bochecha, pressionando meu rosto.

— Então este é o rei menino que nos causou tantos problemas? — zombou ele. — Não estou muito impressionado.

Ele afastou a bota, então se agachou sobre um joelho ao meu lado. Mantive a cabeça afastada dele, mas senti sua respiração quente enquanto ele falava:

— Eu gostaria de poder informar que a menina morreu de forma rápida e indolor. Mas a encontrei quase morta na parte baixa da colina. Ela me implorou misericórdia para com você. Eu disse que não tinha essa intenção. E, no último suspiro de vida, ela me pediu que lhe transmitisse uma mensagem, de coração para coração.

Dessa vez olhei para ele, porque, apesar do tom de voz, eu sabia que ele estava trazendo qualquer coisa, menos palavras de amor. Ele sorriu maliciosamente e me mostrou dois dedos ensopados de sangue. O sangue dela. Então rasgou minha camisa e passou os dedos na pele do meu peito, formando duas linhas vermelhas. Aquilo queimou como ácido e me feriu quase tanto como se ele tivesse me esfaqueado.

— Levem-no para dentro e o prendam — ordenou o comandante. — Nenhum salvador se aproximará um quilômetro dele!

Alguém meteu um saco escuro na minha cabeça, então me ergueram e me levaram acorrentado. Vários minutos depois, fui jogado em um quarto quase escuro repleto de ar frio, o que sugeria que eu estava em algum lugar subterrâneo.

Ali fui preso aos ferros fixados na parede. De alguma maneira, isso aliviou um pouco minha situação, porque havia folga suficiente nas correntes para que eu pudesse mover os braços para frente e me sentar. Mas nada mais melhorou. Na privacidade daquele espaço, um dos homens que me conduzira até ali chutou minhas pernas e minha barriga, amaldiçoando-me e dizendo que tinha amigos que morreram na explosão da muralha. Ele continuou me batendo até que outra voz finalmente o mandou parar.

Depois disso, refugiei-me em minha mente. Continuei voltando para aqueles momentos finais. A expressão de Imogen enquanto eu a desamarrava. Havia medo e dúvida, mas havia mais do que isso. Raiva, porque eu viera resgatá-la, mas talvez alívio também. Roden dissera que Imogen me olhava como se me amasse. Será que havia amor em sua expressão no momento em que a livrei do cativeiro?

Eu não sabia dizer. Tudo que eu conseguia pensar era no motivo que a fizera enfrentar o arqueiro. Por que ela não pôde simplesmente continuar correndo para se salvar?

Ciente de que eu não estava lhe dando nenhuma atenção, o homem que havia me chutado recomeçou a sessão, agora com mais força. Seu pé atingia o mesmo local que Roden quebrara em minha perna, e essa dor me forçou a reagir.

— Ah, você tem um ponto fraco aí — disse ele. — Vou me lembrar disso.

— Estão todos dispensados. — A voz pertencia à pessoa que apertara a bota em meu rosto. Os homens que responderam o chamaram de comandante Kippenger.

Ouvi a sala se esvaziar, e então o som de uma faca sendo removida da bainha. Ele colocou a lâmina na base do meu pescoço, e eu desejei uma morte rápida. Já sentia meu coração cheio de buracos, então ele não poderia deixá-lo pior. Eu só queria que acabasse rápido.

Mas essa não era sua intenção. Ele passou a faca pela minha túnica rasgada e a cortou em pedaços. Eu queria que ele tivesse tirado o sangue também. Não podia suportar senti-lo em minha pele. Logo em seguida ele se abaixou e retirou o anel de rei do meu dedo. Por fim, removeu minhas botas, presumo que para impedir minha fuga. Eu não tinha sequer pensado em tentar. Quando tudo estava terminado, ele tirou o saco da minha cabeça. Eu devia ter fechado os olhos enquanto os ajustava à luz, mas havia tão pouca luz que não foi necessário nenhum ajuste.

Estava em uma cela de prisão cavada às pressas, quase totalmente enterrada e forrada com tábuas rústicas para segurar a terra. A única luz existente entrava por rachaduras no alto teto acima de nós, mas dessas lacunas também escorriam sujeira e água e, provavelmente, convidava os ratos a entrar também. Devido à proximidade dos pântanos, o solo sob mim estava, na melhor das hipóteses, enlameado. No entanto, os ferros em meus pulsos e tornozelos se ancoravam profundamente na parede. Eu não conseguiria me livrar deles, mesmo que tivesse vontade de tentar.

Kippenger era alto, tinha cabelos louro-escuros e nariz proeminente. Supus que deveria haver mulheres que o achavam bonito, se não olhassem muito para notar seus defeitos. Sobretudo porque obviamente ele era um demônio cruel que parecia considerar minha captura uma medalha de honra.

— Escute bem, garoto — disse ele assim que se levantou para me olhar. — O que quer que você tenha sido antes, não é mais. Para o resto do mundo, você está morto. O rei Vargan está a caminho. Ele pensou que viria assistir ao interrogatório de seu servo, mas ficará contente em ver que temos um prêmio muito maior.

Eu não respondi. Na verdade, não me importava.

— Vargan espalhará a notícia de sua morte até os confins destas terras — continuou ele. — Sem rei, em poucos dias Carthya será extinta como a chama de uma vela em uma brisa leve.

Minha mente já estava vagando novamente. Eu me perguntava se Herbert e Evendell tinham sobrevivido. Se Mott fugira, se vira o que acontecera com Imogen. Se me vira. E o que fariam comigo se eu me recusasse a me render. A responsabilidade da destruição de meu país estava em minhas mãos.

E eu não tinha a menor vontade de fazer o que quer que fosse a respeito disso.

11

O momento mais difícil de sentir fome é quando seu estômago se contrai e as dores começam. Quando o corpo se dá conta de que perdeu uma refeição e dá sinais de que quer comida. Mas, depois de um tempo, ele desiste de pedir, desiste de esperar. As dores voltarão, claro, e a fome nunca vai embora. No entanto, uma vez que se alcança esse estágio, há problemas maiores que a próxima refeição.

A fome era a menor de minhas preocupações.

Nos primeiros dias após minha captura, fui deixado quase que completamente só. Minha cela era bem guardada — eu sabia disso pelas conversas que ouvia através das tábuas sobre minha cabeça. Mas permaneci na escuridão, sem nada para comer e contando somente com a água barrenta que brotava da terra para beber. As poucas visitas que recebi serviam apenas para que eles se certificassem de que eu ainda estava ali e para me impingirem ainda mais sofrimento da forma que melhor divertisse os carcereiros. Em momento nenhum reagi nem disse uma única palavra ou dei qualquer indício de que registrava a presença deles. Se iam dizer a todos que eu estava morto, eu poderia muito bem me comportar como se estivesse.

Na manhã do terceiro dia, o tratamento mudou. Dois soldados de Vargan trouxeram uma tigela de sopa e insistiram que eu a tomasse. Dei-lhes uma perfeita descrição de onde poderiam enfiá-la e gesticulei para que afastassem aquilo de mim. O soldado mais alto atirou o utensílio em minha direção, como se eu estivesse preocupado com isso, e foram embora.

Mais tarde naquela noite, deram-me um prato com um pedaço de pão velho e um copo de água suja. Joguei o pão no canto, esperando que os ratos preferissem mastigá-lo a se aproximar de mim. Tentei atingir alguém quando lancei o copo, mas não consegui acertar nada além dos pés do carcereiro.

O comandante Kippenger foi imediatamente convocado e vociferou bastante sobre a enormidade de problemas que eu lhe causaria se não começasse a comer. De algum modo, esse único fato tornou a fome mais fácil de suportar.

Na manhã seguinte, apareceu uma mulher com uma tolha, que usou para me lavar. Eu implorei que ela limpasse o que restava do sangue de Imogen em meu peito, e ela assim o fez. Só então me senti capaz de respirar novamente.

— Eu ajudei a cuidar da garota quando a trouxeram para cá — disse a mulher. — Eles lhe ofereceram qualquer recompensa possível para obter informações sobre você, mas ela sempre se negou.

Doeu ouvir sobre Imogen, ainda que eu tivesse me dado conta de que não saber nada sobre ela era ainda pior. Eu havia passado a maior parte dos últimos dois dias pensando nas coisas que os padres ensinam sobre vida após a morte. Se estivessem certos, e todas as pessoas boas se tornassem santos no céu, então com certeza era ali que ela descansava agora. Minha família estaria lá também. Verdade ou não, escolhi acreditar que era onde ela estava, feliz e livre de preocupações ou dor. Isso ajudou.

Depois que a mulher saiu, uma cadeira foi trazida para o recinto. Do lado de fora, um arauto anunciou a presença do rei Vargan, embora, pelo formigamento em minha pele, eu já soubesse que ele estava por perto. Instantes depois, ele entrou na cela.

Na juventude, Vargan fora uma presença imponente, mas o tempo o desgastara, assim como a água do mar faz com castelos de areia. Seu cabelo grisalho estava preso para trás e ele usava grossos óculos redondos, que ampliavam seus ferozes olhos escuros. Um servo que o acompanhava fez uma discreta menção aos óculos, e Vargan rapidamente os tirou, como se não quisesse que os vissem. Quando ele entregou os óculos ao servo, este lhe estendeu um pano, que Vargan pressionou contra o nariz. Achei aquilo estranho, uma vez que não me ocorrera quanto o lugar cheirava mal. Ele permaneceu na entrada, endireitou as costas e me estudou enquanto caminhava para dentro. Por fim, acomodou-se na cadeira, embora ainda não tivesse dito uma única palavra, como se fosse minha a obrigação de reconhecê-lo.

— Me disseram que você não quer comer — disse ele, finalmente.

— A comida de Avenia tem gosto de esterco salgado — murmurei.

— Eu esperava certa humildade. Poderia deixá-lo morrer aqui.

— E eu gostaria que o fizesse.

Ele mudou de posição e me encarou.

— O cativeiro parece estar sendo difícil para você. Você está com uma aparência horrível.

— Você também. Pelo menos eu tenho uma desculpa.

Ele riu discretamente.

— O rei menino invade sozinho meu país, causa a morte da garota que ama e agora pertence a mim, e eu posso tratá-lo como bem entender. Como já lhe disseram, enviamos imediatamente mensagens comunicando sua morte a todos os cantos, assim como uma oferta de rendição pacífica para seu primeiro regente.

— Fico feliz com a oferta — respondi. — Ele aceitará sua rendição de muito bom grado.

Vargan riu de novo.

— Quando nos conhecemos, na noite do funeral de sua família, eu disse que tinha gostado de você, e é verdade. Você é um jovem impetuoso, com muita necessidade de disciplina, mas também com muitas qualidades que admiro. Gostaria que pudéssemos ter sido amigos.

Eu não disse nada. Minhas aspirações em relação a ele eram muito menos gentis.

— Sua posição nesta guerra não é boa, Jaron. A melhor escolha para qualquer um de seus homens é baixar as armas. Haverá um preço alto a ser pago pela lealdade deles, e espero que você não exija isso deles por muito mais tempo. Você acha que não falo sério? Os dois arqueiros que o acompanhavam estão mortos. Você sabia disso? Eles ficaram aqui para ajudá-lo quando deveriam ter fugido.

Eu imaginava que eles tivessem morrido, mas ainda assim era uma notícia terrível. Percebi que Vargan não mencionara Mott. Talvez houvesse uma chance de que ele tivesse escapado de alguma forma.

Vargan continuou:

— Se fosse apenas meu exército, ainda assim você seria derrotado, tanto em força quanto em número, mas Gelyn e Mendenwal também estão contra você. Ouvi falar de sua briga com seu capitão da guarda. Agora ele partiu e levou consigo seus melhores soldados, de acordo com o que me disseram. Suas tropas restantes estão dispersas, sem força para defender qualquer território que seja. E eu tenho você, ainda enlutado pela morte daquela garota.

Vargan se referiu a Imogen como "aquela garota", o que era um insulto à memória dela. Ainda assim, eu preferia isso a ouvi-lo pronunciar o nome dela. Ele não tinha esse direito — não depois do que fizera.

Vargan se inclinou e entrelaçou os dedos.

— Esperamos o máximo possível para enterrá-la. Eu me pergunto se você gostaria de ver o corpo, verificar onde a flecha a atingiu. Você deve querer ter a oportunidade de velá-la de maneira adequada.

Ainda assim, permaneci em silêncio. Pedir para vê-la me ocorrera várias vezes, mas, no fim das contas, eu sabia que encontrá-la daquele jeito, ter aquela cena como última lembrança dela, me destruiria ainda mais rápido.

Vargan deu de ombros, indiferente.

— Não sabemos nada além do primeiro nome dela, para sua lápide. Ela morreu em batalha e merece mais do que isso.

Amarinda gostaria que Imogen adotasse o nome de sua própria linhagem. Eu tinha certeza disso.

— Imogen de Bultain — murmurei. — Esse era o nome dela.

Ele assentiu.

— E há algum epitáfio que você queira acrescentar?

As palavras já haviam se formado em minha mente, e ainda assim esperei até que estivesse olhando diretamente para ele para dizer:

— Aqui jaz Imogen de Bultain, cuja morte desencadeou a vingança que marcou os últimos dias do rei Vargan.

O rosto do monarca endureceu e ele se levantou.

— Considere-se com sorte por eu não enterrá-lo ao lado dela. Por causa de sua insolência, ela não terá uma lápide. Não haverá nenhuma memória dessa garota, como se ela nunca tivesse andado sobre a terra.

Quem dera as memórias pudessem ser tão facilmente apagadas.

— Eu a tomei de você! — vociferou Vargan. — E, antes que isso tenha terminado, eu vou tirar tudo de você.

— Não sobrou nada — murmurei.

— Está certo disso? Você vai me dar o que eu quiser, ou vai aprender o que significa perder tudo. Mott, aquele seu servo com quem você tanto se importa. Vou permitir que você assista a cada minuto de sua lenta execução. Rulon Harlowe... ele é como um pai para você, não é? Não vai demorar muito para que eu acabe com a vida dele. E a princesa. Ela terá sorte de escapar com o mínimo de dor, como aquela nobre cozinheira que você amava.

Nesse ponto, ele conseguiu minha atenção. Vindo de qualquer outra pessoa, aquelas poderiam ser apenas ameaças para me assustar. Mas Vargan iria saborear a chance de realizá-las. Se eu não cooperasse, ele usaria uma pessoa após a outra para enfim me destruir.

Ele chamou os carcereiros, então apontou para mim e disse:

— Deixem que os demônios o humilhem. Da próxima vez que eu vir esse garoto, quero que ele esteja ávido para se curvar aos meus pés. Ele não vai me desafiar!

Os carcereiros se curvaram ao seu rei e alguns deles o acompanharam até a escada. Os outros me cercaram, batendo o punho contra a palma da mão, preparando-se para cumprir as ordens de Vargan.

12

Meu mundo oscilava entre sonho e realidade. Imogen ainda vivia em um universo, e nada além de sofrimento existia no outro. Por causa disso, passei a maior parte dos dias agarrado a cada possível memória que guardara dela. Apenas isso me mantinha vivo.

Uma lembrança retornava repetidas vezes, um momento que eu amava e odiava ao mesmo tempo. Assim que cortei as cordas que a prendiam, Imogen passara os dedos pelos meus cabelos. Apesar de qualquer indiferença que ela demonstrara por mim e de cada palavra rude que me lançara para me fazer crer que não existia nada além de amizade entre nós, seu toque imediatamente mudou tudo. E, se eu pudesse interromper a memória naquele ponto e não pensar em nada mais, faria isso. Mas essa memória era sempre, *sempre* seguida da imagem de sua expressão deformada no momento em que a flecha perfurara seu peito e do colapso de seu corpo ferido antes de desaparecer atrás da colina. Essa imagem estava gravada a ferro quente em minha mente e era pior do que qualquer coisa que o comandante Kippenger ou seus soldados pudessem fazer comigo.

As últimas palavras de Imogen foram um pedido para que eu escolhesse viver. Por que ela não podia ter feito o mesmo?

Vargan deixara seus soldados me torturarem à vontade, e eu supunha que isso aconteceria da pior forma que eles pudessem planejar. Primeiro foram bem cruéis, e cada osso de meu corpo sabia disso. Mas eu estava enfraquecendo pela falta de comida e não reagia mais que uma boneca de pano. Eles começaram a me interrogar para obter informações, e retribuíam o meu silêncio com total humilhação.

Kippenger inventou até mesmo um jogo feito para divertir a mente simplória de seus homens. Ele colocou um garlin em uma pedra lisa incrustada no alto de uma das paredes da cela e ordenou que eu o recuperasse.

Dei uma olhada na moeda, então virei de costas. A distância não era grande — talvez o dobro de minha altura —, mas parecia muito maior. Alcançar o garlin preso naquelas correntes seria difícil, se não impossível, e eu definitivamente não via razão para tentar.

Mas Kippenger queria brincar.

— Pegue a moeda, garoto — disse ele. — E eu permitirei que compre sua liberdade com ela.

Ainda assim, não me mexi. Não até que um dos carcereiros, um selvagem que os outros chamavam de Terrowic, sacou a espada e ordenou que eu escalasse para pegar a moeda. Doeu ficar de pé, mas me dei conta de que enfrentar a espada seria pior.

A terra ao meu redor era lisa em alguns lugares, mas também havia raízes e outras pedras sobressalentes que poderiam servir de apoio para me ajudar a alcançar a moeda. Eu ainda duvidava de que pudesse alcançá-la — e, se as correntes não me derrubassem, minha perna mais fraca certamente o faria.

Depois de mais uma das ameaças de Terrowic, cravei os dedos na terra para agarrar uma raiz e fiz meus pés escalarem. Nesse instante, o carcereiro atingiu a parte posterior de minhas pernas com o lado mais largo da espada.

Perdi o equilíbrio e caí de costas no chão. Terrowic permaneceu próximo a mim e riu, então Kippenger ordenou que eu me levantasse novamente. Depois de mais algumas ameaças, voltei a ficar de pé, mas não avancei muito antes de Terrowic atingir minhas pernas mais uma vez. Isso aconteceu ainda uma terceira vez, mas, na quarta, eu apenas me virei para encarar as paredes e os ignorei. Kippenger não aceitou muito gentilmente minha recusa, mas eu era seu prisioneiro, não sua diversão. E não ia participar desses joguinhos.

O comandante se inclinou sobre mim enquanto eu estava deitado no chão.

— Chamam você de rei ascendente. Então escale. Levante-se e pegue aquela moeda.

— Solte as correntes.

Ele riu, zombando de mim.

— Ah, mas é exatamente esse o ponto, não é? Você nunca vai se livrar dessas correntes. Jamais alcançará aquela moeda. É incapaz até mesmo de se levantar, a menos que eu permita. Se um único garlin está fora de seu alcance, como poderá um dia alcançar a liberdade? Você nunca mais se erguerá.

Virei-me para olhar para a moeda mais uma vez e então fechei os olhos. Talvez ele estivesse certo.

No dia seguinte, Kippenger havia se esquecido da moeda. Mas voltou com uma nova estratégia. A mesma mulher que me lavara dias antes apareceu com uma tigela de sopa. Kippenger vinha atrás dela e ordenou que eu tomasse o caldo. Nem ao menos olhei para ele até que chamasse dois outros soldados. Um deles segurava uma vara rígida. Eu me preparei para ser punido novamente, mas, em vez disso, ele ordenou que a mulher se virasse e encostasse na parede. Temerosa, ela arfou e olhou para mim.

Imediatamente, a tigela estava em minhas mãos.

— Deixe-a ir. Eu vou comer.

Para provar que estava sendo sincero, tomei um gole. Talvez fosse apenas porque eu estava muito faminto, mas o caldo parecia um presente dos deuses. Eu pretendia comer tudo e, se me oferecessem mais, aceitaria.

Por mais que eu quisesse que as coisas fossem diferentes, Imogen estava certa: eu não podia desistir aqui. Tinha de escolher viver.

Depois que comecei a comer, Kippenger ordenou que a mulher e os soldados saíssem. Sabendo o que provavelmente viria quando eu terminasse de me alimentar, demorei-me quanto pude. Mas, depois que larguei a tigela no chão, ele disse:

— Você não come para se salvar, mas para salvar uma desconhecida. Que interessante. — Ele me olhou por mais um instante, então continuou: — Em Carthya, você tem um grande número de soldados de prontidão em um penhasco, distante de qualquer batalha, contemplando um lago que já não existe. Por quê?

— Você já me perguntou isso.

— E você se recusou a responder. Então estou perguntando mais uma vez. Por que o seu exército está lá?

— Devia ser óbvio — falei, sem encará-lo. — Estão esperando o lago voltar. Talvez você possa se juntar a eles para nadar.

Ele me deu um chute na lateral, acrescentando um ferimento ao que já existia, e então se abaixou para me encarar.

— Por que não colabora comigo? Por que não se poupa dessa dor?

— Você não está me causando dor nenhuma — respondi. Isso não era totalmente verdadeiro, afinal eu ainda arfava, mas me senti melhor dizendo aquilo.

— Se eu não posso machucá-lo, você me obriga a trazer alguém que eu seja capaz de machucar. — Ele se levantou e assobiou para os carcereiros do lado de fora. Como cachorros obedientes ao chamado, eles se apressaram escada abaixo. Mas dessa vez havia alguém com eles.

— Tobias. — Ele ergueu a cabeça quando sussurrei seu nome, e vi os restos de sangue em seu nariz. Por melhor que fosse encontrá-lo ali, ainda assim meu coração disparou. Se Tobias fora capturado, onde estariam Fink e Amarinda?

Ele arregalou os olhos quando me viu e balançou a cabeça, sem acreditar.

— Jaron? Você está vivo? Mas eles disseram...

— Estou vivo. Ou algo perto disso.

Kippenger falou mais alto:

— Eu vou perguntar mais uma vez, Jaron. Por que seu exército está naquele penhasco?

Ergui o queixo, mas não disse uma única palavra. Kippenger usou meu silêncio como motivo para golpear Tobias com uma força que eu sabia que deixaria marcas. Tobias urrou de dor, depois caiu inconsciente.

Os soldados agarraram seus braços para levantá-lo novamente, mas Kippenger falou:

— De que adianta? Vamos esperar que ele acorde, assim Jaron poderá ouvir seus gritos.

Eles acorrentaram Tobias na minha frente e o deixaram com o rosto meio enterrado na lama fria. Kippenger apontou para ele, advertindo-me de que, se eu não cooperasse, Tobias teria o mesmo destino de Imogen.

Quando Kippenger e seus homens saíram, chamei baixinho o nome de meu amigo. Primeiro ele apenas se mexeu, então o chamei de novo, dessa vez mais alto.

Sem abrir os olhos, ele sussurrou:

— É seguro?

Tossi, dando uma risada silenciosa.

— Claro que não. Você sabe onde estamos, não sabe?

Tobias abriu os olhos e se contorceu para poder se sentar.

— Como sabia que eu estava acordado?

— Quem desmaia não dá uma espiada quando acha que ninguém está observando. — Ele meio que sorriu. Então, com mais seriedade, acrescentei: — Você pensou que eu estava morto?

Tobias assentiu melancolicamente.

— Estão exibindo suas roupas rasgadas e cobertas de sangue para todos. Esperam que isso desencoraje seu povo de lutar.

Sem poder acreditar, retruquei:

— Bem, como você pode ver claramente, não estou tão morto quanto Avenia afirma.

— Não parece muito longe disso.

Gostei da piada, mas, na verdade, eu não me sentia mesmo muito longe disso.

— Mott e Imogen conseguiram escapar?

Responder foi mais difícil do que eu pensava que seria, e tive de forçar para que as palavras saíssem:

— Não tive nenhuma informação de Mott desde que vim parar aqui. E não ousei perguntar sobre ele. Imogen não... não está...

Tobias assentiu e abriu a boca para dizer algo, mas então a fechou. Independentemente do que ele fosse dizer, expressar condolências ou pena, ou fazer mais perguntas, eu não queria nada daquilo. Então, antes que ele pudesse mudar de ideia, fechei os olhos para descansá-los e perguntei:

— Onde estão Amarinda e Fink? Por favor, diga que eles conseguiram chegar a Bymar.

O silêncio foi longo o suficiente para me obrigar a olhar novamente para Tobias. Ele balançou a cabeça.

— Passamos pelos guardas da fronteira sem muito problema. Eles levaram a maioria dos alimentos, mas deixaram nosso cocheiro passar. Estávamos quase em Isel quando um grupo de ladrões atacou a carruagem. Não havia tempo para recuar, então, quando tivemos uma oportunidade, corremos e nos escondemos próximo à estrada, enquanto nosso cocheiro os detinha. Um grupo de soldados avenianos passava por ali e ouviu a confusão. Eles capturaram alguns ladrões e nosso cocheiro. Os ladrões lhes contaram sobre a nossa fuga, e os soldados logo se deram conta de que a nossa carruagem poderia estar levando a princesa. Ordenaram ao cocheiro que falasse, mas ele apenas expressou sua lealdade a Carthya e se recusou a responder.

Balancei cabeça. A lealdade era inestimável, mas, entre soldados, isso significava que eu já sabia como a história daquele homem terminara.

Tobias continuou:

— Foi quando os soldados contaram ao cocheiro sobre sua morte. Eles até lhe mostraram um pedaço de sua roupa. Amarinda e eu estávamos acompanhando tudo a distância. Reconhecemos a roupa que você usava quando nos vimos pela última vez.

— Fink também viu?

— Todos vimos, Jaron, e tivemos de nos segurar para não gritar. Fink tentou partir para o ataque, mas eu o detive. — Tobias umedeceu os lábios. — Foi a pior notícia que recebi na vida. Depois que os soldados partiram, vários minutos se passaram até que Amarinda se sentisse bem para caminhar.

— Rumo a Bymar?

Mais uma vez, Tobias balançou a cabeça.

— Tentei convencer Amarinda a ir, mas ela sabia que não levaria muito para que a notícia de sua morte se espalhasse. Ela sentia que os cartianos buscariam um líder para ocupar o trono. Alguém tinha de ocupá-lo. Então ela insistiu para que voltássemos a Drylliad.

Aquilo era loucura. Se os soldados que detiveram os ladrões soubessem que a princesa estava em Avenia, virariam o país de cabeça para baixo à procura dela. E Isel era sua rota de fuga mais próxima. Refazer o trajeto de volta para Carthya era perigoso demais, e eu disse isso a Tobias.

— Eu concordo — declarou ele. — Mas ela é a princesa, e eu sou seu servo. Se ela queria voltar para Carthya, eu não tinha escolha a não ser segui-la. Fink rumou para Bymar, para implorar que viessem auxiliar Carthya.

— O quê? — explodi de raiva e tive que me lembrar de não fazer barulho. — Você o mandou para lá sozinho?

— Ele insistiu, disse que era capaz de fazer isso. E ele é aveniano, então tinha boas chances de passar pelos soldados. Não tivemos escolha, Jaron.

Talvez não, mas ainda assim não gostei.

— Como você foi capturado?

— A princesa e eu estávamos dormindo uma noite, e eu ouvi um barulho na escuridão. Rastejei para investigar o que era e os soldados me encontraram. No momento em que me arrastaram de volta para onde eu dormia, ela havia partido sem deixar rastros.

Fiquei apavorado ao pensar no que tinha acontecido com a princesa desde então, e, pela expressão no rosto de Tobias, ele sentia o mesmo. A ideia do que aconteceria se ela também fosse capturada era insuportável, e se tornava ainda pior por eu estar tão impotente ali naquele lugar.

Mas não mais. Era hora de me livrar dessa situação.

13

Apesar das minhas melhores intenções para encontrar e escapar do acampamento aveniano, a realidade de nossa situação complicava meus planos. Agora que tinham Tobias como trunfo, o que faziam comigo se tornou ainda mais intenso. Ainda que a oportunidade de escapar surgisse, minhas forças necessárias para aproveitá-la estavam diminuindo. Tobias se ofereceu para ajudar como podia, mas o tratamento que ele recebia era pouco melhor que o meu, e, sem minha cooperação, as coisas só piorariam para ele.

No mesmo lugar onde eu soltara Mott e Imogen, Tobias e eu fomos interrogados sobre os planos para a guerra — dessa vez, pelo ogro idiota, Terrowic, e depois pelos homens de Kippenger. Já era difícil o bastante estar ali, com uma visão clara da colina para onde Imogen correra apenas alguns dias antes. Repetidamente, eu examinava o cume, esperando, contra toda e qualquer razão, vê-la ali, para só então voltar a atenção para mais uma das intermináveis sessões de perguntas.

— Quantos soldados você deixou em Drylliad? — perguntou Terrowic.

— Não responda! — implorou Tobias, o que lhe valeu outro soco no estômago. Ele se dobrou, arfando, e eu senti a sua dor.

— Diga um número! — O menor deles, que deu a ordem, ostentava uma grande verruga no queixo, que eu constantemente encarava com asco, sobretudo porque eu sabia que meu olhar o incomodava. — Arrancaremos essa informação de você, se preciso for.

— Não, vocês não podem fazer isso — murmurei.

Eu não duvidava da intenção deles, só que não havia mais nada em mim. Tudo o que eu tinha de valor fora drenado, restando apenas vestígios do espírito que um dia eu possuíra.

— Podemos fazer mais do que você pensa — afirmou Terrowic. — Meu rei tem se correspondido secretamente com alguém que me disseram que você conhece bem. Um nobre chamado Bevin Conner.

— *Ex*-nobre — murmurei. E isso não era nenhum segredo. Eu já tinha feito a ligação entre Conner e Vargan.

— Conner nos contou sobre a criada em Libeth, sobre seus exércitos e a briga com o capitão de sua guarda. Então, mesmo que não queira falar, ainda assim nós vamos descobrir o que queremos.

Então eu não iria falar. Tentei me afastar, mas ele ordenou que alguém pegasse um chicote.

Independentemente de ser para mim ou para Tobias, eu não podia permitir que aquilo acontecesse. Então o chamei de volta.

— Meus comandantes esperam que você arranque essa informação de mim — falei. — Eles mudarão todos os nossos planos. Você não vê como isso é inútil?

— Nós determinamos o que é inútil.

Terrowic tinha a metade do cérebro de qualquer outra pessoa naquele acampamento, mas compensava isso dobrando a força de seus socos. Ele era rotundo e corpulento, o que a princípio me fez subestimá-lo. Mas agora não mais. O pior de tudo que recebi ali viera dele.

— Estou certo de que você entende de inutilidade melhor do que ninguém — falei. — Mas eu já tive o suficiente disso. Deixe-me falar com o comandante.

Terrowic franziu o cenho.

— Você não pode enganar aquele que vê a rosa vermelha.

Sei lá o que isso significava. Talvez ele só tivesse um terço do cérebro. Terrowic ergueu a mão contra Tobias de novo, mas eu gritei:

— Chega! Vá buscá-lo agora! — Ele se deteve e eu acrescentei: — Chame o comandante, ou vou dizer que você acha que as filhas dele parecem sapos!

— Eu nunca disse...

— Disse sim, ontem à noite. Você devia ser mais cauteloso com o que fala quando passa pela minha cela.

O homem abaixou a mão, então disse ao companheiro para nos vigiar até ele e o comandante retornarem. Enquanto Terrowic partia pisando duro, o homem-verruga se colocou em um lugar estrategicamente posicionado para observar as mulheres passando com pesadas trouxas de roupas para lavar. Não me parecia exatamente a visão mais interessante, mas talvez fosse apenas porque eu tinha problemas maiores com os quais me preocupar.

Com o homem-verruga distraído, respirei fundo, esperando que isso me trouxesse certo alívio. Como a única coisa que consegui foi preocupação, virei-me para Tobias.

— Eu preciso sorrir. Conte-me algo que não seja horrível.

— Agora?

— Não poderia haver momento melhor.

— Tudo bem. — Ele sorriu quando uma história lhe veio à mente. — Nos primeiros dois dias depois que começamos a caminhar de volta para Carthya, depois que soubemos de sua morte, Amarinda e eu estávamos muito tristes.

Arqueei uma sobrancelha.

— Esta é a pior boa história que eu já ouvi.

— Shhhhh. Estou quase lá. — Os olhos de Tobias ficaram vidrados conforme ele se transportava para aquele dia. — Amarinda mal pronunciou uma palavra durante todo aquele tempo, e eu não tinha ideia do que poderia lhe dizer. Choveu à noite, e fomos forçados a nos abrigar em um denso bosque. Estava frio e tão escuro que mal podíamos ver os próprios dedos. Parecia que a noite duraria para sempre.

— Estou começando a me perguntar se você entende o que significa "que não seja horrível" — murmurei.

— Shhhhh! — Tobias sorriu novamente. — Mas a manhã seguinte estava linda, quente e ensolarada, e tudo ao nosso redor brilhava após a chuva. Mesmo em Avenia, parecia um dia perfeito para caminhar. Nós saímos à procura de algo para comer. A princesa avistou um grande arbusto de frutos silvestres e, faminta, correu em direção a ele. Ela estava de fato tão ansiosa que não viu o chão sob seus pés. Então tropeçou em uma raiz e caiu em uma poça de lama densa. E, quanto mais ela lutava para sair dali, mais suja ficava. Tentei ajudá-la, mas caí também. Quando conseguimos ficar de pé para sair dali, não havia um único centímetro do nosso corpo que não estivesse coberto de lama.

Eu ri. Em todo o tempo que passei com Amarinda, jamais a vira fazer qualquer movimento com as mãos que não fosse gracioso, muito menos com o corpo todo. Desde quando eu lhe apontara uma sujeira no rosto, as possibilidades de piadas se tornaram infinitas. Agora que eu sabia que ela não era perfeita, talvez houvesse um futuro para a gente, afinal.

— Vocês ao menos conseguiram pegar os frutos? — perguntei.

— No fim das contas, sim — ele sorriu mais uma vez. — A princípio, estávamos imundos demais para comer. Então nos afastamos da trilha até encontrar uma piscina natural onde a tempestade da noite criara uma queda-d'água em miniatura. Pareceu que horas se passaram enquanto ficamos sob a corrente de água para nos limparmos, e levou tempo também para que nossas roupas secassem. Depois nós comemos.

Meu sorriso desapareceu e estalei a língua, mas ele rapidamente balançou a cabeça.

— Perdoe-me pela maneira como soou. Não é o que você está pensando.

Ele começou a falar mais, mas então Terrowic chegou acompanhado do comandante Kippenger, que não parecia nada satisfeito por ter sido convocado.

— Precisamos de um lugar para conversar — falei. — Em particular.

— Por que não aqui?

Olhei ao redor e revirei os olhos em direção a Tobias e aos homens de Kippenger.

— Porque não é privado, obviamente.

Ele começou a dar meia-volta, mas eu acrescentei:

— Vou dar o que você deseja. Mas só se for uma conversa apenas entre nós dois.

— Não! — disse Tobias. — Jaron, o que está fazendo?

— Salvando sua vida. — Voltei-me para Kippenger. — E então?

Ele fez um aceno de cabeça para Terrowic e o homem-verruga.

— Um de vocês deve levar o amigo de Jaron de volta para a cela. O outro vai esperar aqui enquanto o reizinho e eu conversamos.

Tobias gritou meu nome enquanto tiravam suas correntes, mas nem sequer olhei em sua direção. Ele não precisava entender as minhas razões ou mesmo apreciá-las; eram minhas decisões.

Já era bem tarde da noite quando Terrowic me levou de volta para a cela. Meu tempo com Kippenger não fora tão bem quanto eu esperava, e àquela altura eu estava tão exausto e dolorido que não consegui sequer me sentar quando ele me acorrentou à parede. Tobias implorou por um pouco de sopa para mim, mas Terrowic negou. Não importava. Eu não tinha forças para tomá-la, de qualquer modo.

— Enquanto ele estiver preso, você é responsável pela vida dele — protestou Tobias. — Ele tem o direito de ser tratado com o mínimo de decência.

— Ele não tem direito a nada — replicou Terrowic. — Se seu rei quisesse alguma decência, deveria ter incluído isso no acordo.

— Que acordo? — Tobias voltou-se para mim. — Jaron, que acordo?

— Contei tudo a eles. — Precisei de todo meu autocontrole para me forçar a sentar. — Bem, quase tudo. Dei-lhes o suficiente por sua libertação. Quando você estiver longe e em segurança pela manhã, eu lhes direi o resto.

— Não! Jaron, você não fez isso!

— O que mais eu podia fazer? — gritei de volta. — Veja como puniram você pelo meu silêncio. No fim, eles me fariam falar de qualquer maneira, mas até lá você estaria morto. Pelo menos assim você viverá.

— E quanto a você? — perguntou ele.

— Eles não vão me deixar ir — sussurrei. — Você sabe disso. Por nada.

A realidade daquela afirmação era esmagadora, e eu tombei contra a fria parede de pedra. Tobias me olhou com uma expressão de compaixão, sentimento que eu odiava mais do que se o visse decepcionado ou com raiva. Eu lhe dei as costas, mas isso não fez com que eu não me sentisse miserável por ele sentir pena de mim.

— Diga-me que você não se deu por vencido — Tobias pediu. — Sei que deve se sentir assim, mas você ainda pode se levantar.

— Como você sabe? — perguntei. — Você suporta o peso de um reino todo nas costas? Tem um inimigo concentrando todos os recursos para destruí-lo?

— Não.

— E eles lhe tomaram alguém que você ama?

— Não, ela... — Então Tobias se conteve e imediatamente desconversou. — Jaron, você amava Imogen?

Se ele esperava uma confissão, não a teria. Recostei-me na parede e fechei os olhos.

— Eu amava todos que foram tirados de mim. Então não me diga quando estou autorizado a me dar por vencido.

14

Tobias deveria ter sido libertado no início da manhã seguinte, mas, quando me arrastei de volta de um sono profundo, ele estava encerrando uma conversa sussurrada com Kippenger. Depois que o comandante saiu, perguntei-lhe o que tinham discutindo.

— Sou um regente de sua corte — disse ele. — Isso me dá certo valor como prisioneiro.

Não era hora para vaidades.

— Você tem mais valor vivo para Carthya — falei. — Já devia estar a caminho de lá.

— Concordei em ficar em troca de comida de verdade e um cobertor para você. Como parte de minhas condições, eles também lhe darão o dia de hoje para descansar.

Gostaria de estar forte o suficiente para recusar a oferta e forçá-lo a partir, mas não era o caso. Eu precisava desesperadamente de comida naquele momento e vivia quase que constantemente entorpecido pelo frio. Então apenas acenei com a cabeça. Mesmo não concordando com a decisão, eu estava grato por ela.

A comida foi trazida logo depois, mas parecia uma demonstração de escárnio contra mim. Um corte grosso de carne e um grande pedaço de pão repousavam em uma pesada tigela de prata, digna de um monarca. Pelo pouco que eu havia ingerido nos últimos dias, sabia que carne seria demais para meu estômago. Tentei mordiscar o pão, mas não me caiu bem do mesmo jeito.

Empurrei a tigela para Tobias com os pés.

— Você deve comer um pouco.

— Não — disse ele, empurrando-a de volta. — Jaron, é para você.

— Eu não posso comer isso, e eles sabem. — Mandei o prato para ele mais uma vez. — Preciso me esforçar muito para empurrar isso para você, então pegue, por favor.

Ele alcançou a tigela, mas apenas a olhou.

— Eu fiz um trato com eles. Não era isso que eu queria.

— Eu tenho o cobertor, e isso é o suficiente. Agora coma. Pelo menos um de nós precisa recuperar a força.

O cheiro da comida era tão bom que renovou a dor da fome em mim. Então me enrolei no cobertor e deitei para dormir.

Permaneci daquele modo até o fim do dia, quando Kippenger entrou no calabouço e anunciou que o rei Vargan havia retornado para falar comigo.

— Você prometeu responder ao restante das nossas perguntas — disse ele. — O rei deseja fazê-las pessoalmente.

Eu nem sequer abri os olhos para responder.

— O acordo era somente se Tobias saísse daqui em segurança.

— Ele ainda está aqui por causa do acordo que fez em seu nome! Agora fique de pé. O rei Vargan está estendendo a mão para você. Ele o convida para compartilhar um chá.

O chá parecia atraente, mas eu não tinha interesse no tipo de amizade que ele estava oferecendo.

Terrowic voltou, e dessa vez carregava um casaco preto e vermelho, semelhante a seu uniforme. Eu o observei, mas permaneci em silêncio. Levantei-me lentamente, sobretudo para evitar os chutes que ele era tão generoso em me dar.

Com um brilho maldoso nos olhos, Terrowic começou a soltar as correntes que me prendiam à parede. Então atirou o casaco na minha direção.

— Vista isso.

— Trajar as cores avenianas? Você deve estar de brincadeira. Traga-me outra coisa.

Ele apontou para Tobias, silenciosamente sentado em seu canto da cela.

— Se não vestir, posso quebrar o braço dele.

— Ou poderia dizer por favor. Você não pensa em nada que não envolva crueldade? — Peguei o casaco e o devolvi a ele. — Sou um rei, e você um servo. Você deve me vestir.

Terrowic quase me bateu de novo, mas Kippenger o agarrou pelo braço.

— Você não passa de algo podre para nós. Vista isso.

Com um suspiro, coloquei o casaco sobre os ombros. Não me preocupei em fechá-lo, mas Kippenger o fez com firmeza, e então ordenou que meus pulsos fossem acorrentados novamente. Juntei-os sem resistir. Depois que eu estava algemado, Terrowic me mandou segui-lo.

— Não posso andar — falei. — Você já devia saber. É quem me bate com mais força.

Se eles não gostavam de mim quando eu era indiferente, certamente eu não estava fazendo amigos naquele momento. Kippenger bufou e ordenou ao soldado que me carregasse até Vargan.

— Não farei tal coisa. Ele pode muito bem caminhar.

— Eu vi como você o tratou ontem. Mesmo que ele consiga andar, com essas contusões vai demorar uma hora para chegar lá. Levante-o.

Com os trejeitos gentis de um buldogue raivoso, Terrowic me jogou por cima do ombro. Foi quando finalmente vi a minha oportunidade. Não estávamos nem fora da cela e consegui pegar o molho de chaves em sua cintura e deslizá-lo para dentro da manga de meu casaco.

O rei estava instalado em um edifício de tijolos apressadamente erguido, mas decorado de modo elegante. O soldado me atirou no chão em frente aos três degraus que conduziam à entrada e me disse para caminhar a partir dali, ou eu seria arrastado pelos pés. Eu me levantei, mas imediatamente desabei antes de completar um passo. Foi quando deixei as chaves escorregarem para dentro do casaco, retidas ali pelo cinto apertado. Antes que ele tivesse a chance de me chutar como esperado, eu me ergui e manquei até o topo. Essa parte não foi encenada. Caminhar era verdadeiramente doloroso.

Vargan estava sentado ao lado de uma mesa de madeira simples, que parecia completamente fora de lugar em um cenário cuja figura central se vestia elegante e majestosamente. Dessa vez, ele estava sem os óculos, mas as marcas vermelhas em ambos os lados do nariz indicavam que os usara recentemente. E os cabelos grisalhos estavam soltos, o que o fazia parecer ainda mais velho.

Toda a parte posterior do salão estava escondida por uma pesada cortina bordada que descia até o chão. Perguntei-me por um breve instante o que haveria atrás dela, mas então concluí que pouco me importava. Vargan estava cercado por pelo menos vinte soldados altamente paramentados; cada um deles um arsenal humano. Eu gostaria de crer que aqueles tantos homens eram necessários para proteger o monarca de meus truques, mas não me sobrara nenhum. Tanto minha força quanto minha vontade de lutar eram quase inexistentes. Um gatinho seria capaz de proteger Vargan de mim.

Quando entrei, ele apontou para uma cadeira do outro lado da mesa, convidando-me a me juntar a ele. Permaneci no lugar até que os soldados às minhas costas me empurraram para frente. Fui arrastado até a mesa e, sem olhar para ele, desabei pesadamente na cadeira.

Vargan me estudou com uma expressão de repulsa e, por fim, me ofereceu um prato com pão e queijo fatiado, posto entre nós. Ele esperou que eu o encarasse, e eu expressei a mais delicada das gratidões, que consistiu principalmente em juntar saliva na boca, para o caso de ele se inclinar mais para perto.

Mas Vargan se recostou na cadeira.

— Hoje à noite, Avenia dará início à marcha para Carthya. Graças à informação que você forneceu ao meu comandante ontem, sei exatamente onde e como atacar. Tenho uma centena de homens para cada um dos seus. Todos que estiverem contra mim morrerão.

Meus olhos o flecharam e então voltaram para a mesa. Apenas isso.

Ele ficou enfurecido e falou mais alto:

— Não se importa com o que está acontecendo lá fora? Com o seu país, com o seu povo?

É claro que eu me importava. Se ele me olhava e via apenas as cicatrizes em minha pele e o tom insensível de minhas palavras, então não sabia nada sobre quem eu realmente era. Quem eu sempre fora.

— Você fez um trato com meu comandante e me deve algumas informações. No entanto, nós dois sabemos que, uma vez que você fale, não haverá razão para mantê-lo vivo. — Vargan se inclinou para frente, mas era tarde demais. Eu tinha engolido a saliva. — Então lhe faço uma oferta. Junte-se a mim para acabarmos com esta guerra. Juntos, salvaremos milhares de vidas, incluindo a sua.

Ele fez uma pausa para que eu pudesse lhe dar uma resposta. Nem pisquei.

Então ele continuou:

— Carthya pagará impostos a Avenia. Eu me tornarei o imperador dessas terras. Você ainda será rei, embora sob o meu comando. Podemos negociar as condições dos impostos, em troca da paz. — Mais uma pausa, e ele acrescentou: — Sei que não quer ouvir nada disso, mas eu o avisei na noite do funeral de sua família. Você poderia ter conseguido a paz naquele momento. Eu não estava pedindo muito. Porém você ignorou meus avisos, brincou com a lealdade de meus piratas. Você tinha de piorar as coisas.

Apesar de tudo, abri um pequeno sorriso. Piorar as coisas era um dos meus poucos talentos.

— Mostrei que sou capaz de tirar o que quiser de você, e tomarei Carthya também, se preciso. Mas prefiro que cheguemos a um acordo. Com a sua assinatura em um tratado, jamais haverá outra disputa entre nossos países.

Dessa vez, quando não esbocei nenhuma resposta, Vargan se inclinou o suficiente para me tocar. Virei o rosto, mas ele apertou minhas bochechas com os dedos carnudos e me forçou a encará-lo.

— Estou lhe oferecendo a paz e sua própria vida É a única maneira de você deixar este acampamento vivo.

Ele estava perto o bastante agora, e acertei um jato de saliva diretamente em seu olho. Eu tinha mirado a bochecha, mas isso era melhor.

— Se não me importo nem com a minha própria vida — eu disse amargamente —, imagine como me sinto em relação à sua.

Ele praguejou e me deu um tapa com o dorso da mão que quase me derrubou da cadeira. Mas eu não me importava. Eu o insultara de forma muito pior.

— Eu lhes disse para acabar com ele — Vargan falou a seus homens. — Por acaso ele parece acabado?

Fazendo justiça a seus soldados, até o momento em que eu cuspira no rei deles, eu provavelmente parecia estar no fim de minhas forças. Mas isso também significava que eu seria severamente castigado. Ainda assim, a cusparada tinha valido a pena.

Vargan voltou a falar, mas Kippenger, que esperava do lado de fora, entrou intempestivamente. Ele fez uma reverência apressada e disse:

— Perdoe-me, Vossa Majestade, mas há um diplomata de Carthya indagando sobre a morte do rei Jaron. Ele pede para ver o senhor.

Virei rapidamente a cabeça para ele. Que diplomata?

Terrowic estava bem ao lado de minha cadeira e encostou uma faca em minha garganta.

— Leve-o para trás da cortina e mantenha-o quieto — ordenou Vargan. — Quero que esse garoto entenda exatamente o que está em jogo, se ele não cooperar.

Com a ponta da faca ainda encostada em meu pescoço, dois soldados me arrastaram para o fundo do salão, onde não havia nada além de caixas de suprimentos para guerra, empilhadas atrás das cortinas. Terrowic sussurrou o que faria se eu abrisse a boca, e aquilo não soou muito agradável. Mas eu não causaria nenhum problema. Mais do que qualquer um naquele salão, eu queria saber quem tinha chegado.

Como imaginava, eu teria reconhecido aquela voz a qualquer distância, e desejei que fosse qualquer outra pessoa.

— Rei Vargan, trago tristes saudações do reino de Carthya. Nosso povo está em luto. Como é meu dever neste momento, vim em busca de informações sobre o corpo de nosso monarca, o rei Jaron.

Aquela era a voz de Harlowe.

Eu queria gritar, dizer-lhe que estava ali e muito mais vivo do que os rumores faziam crer. Mas sabia o que nos aconteceria se eu tão somente limpasse a garganta.

Por razões que eu não conseguia entender, Harlowe caminhara diretamente para os braços avenianos por vontade própria. E agora, se eu não cooperasse, Vargan também o tiraria de mim.

15

Vargan se agarrou a essa nova oportunidade como uma cobra ataca um rato. Ele me forçaria a agir, mas eu não sabia como consertar essa situação. Já seria difícil o bastante sair dali levando Tobias. E agora Harlowe também? Quantos do meu reino seriam trancafiados naquele calabouço? Eu não queria a companhia deles, não ali, e, independentemente de quanto estavam tentando me ajudar, eles não estavam facilitando as coisas.

A chave das correntes ainda estava escondida em meu casaco, mas eu não conseguiria fugir antes que os guardas me matassem e depois fizessem o mesmo com Harlowe. Então, permaneci em silêncio e totalmente cooperativo. Por enquanto.

— Você está reivindicando o corpo de Jaron? — Vargan perguntou a Harlowe. — Com que propósito?

— *Rei* Jaron — corrigiu Harlowe, tranquilamente. — E é natural que queiramos enterrá-lo de acordo com as tradições de Carthya.

Vargan ficou em silêncio por um bom tempo, provavelmente com o intuito de intimidar meu primeiro regente. Bem, ele podia encarar Harlowe pelo tempo que quisesse, mas eu sabia que meu regente nem piscaria.

Por fim, Vargan desistiu e disse:

— É uma pena Jaron estar morto. Do contrário, eu teria lhe dado a chance de trocar de lugar com ele, dar sua vida no lugar da dele.

— E eu teria aceitado — retrucou Harlowe.

— Sim, mas Jaron permitiria isso? — A risada de Vargan foi grosseira e sombria. Ele estava falando com Harlowe, mas sua mensagem era para os meus ouvidos. — Ele o deixaria morrer para salvá-lo?

— Eu insistiria — respondeu Harlowe. — Se Jaron estivesse aqui, eu imploraria que ele encontrasse uma forma de continuar vivo, nem que fosse às minhas custas.

— E *se* ele estivesse aqui — disse Vargan —, eu lhe ofereceria um modo de salvar vocês dois. Tragam-no!

Os guardas ao meu lado me lançaram de volta pelas cortinas para o salão principal. Eu não estava preparado para uma mudança tão brusca, e, embora já estivesse péssimo, cambalear para o salão me fez parecer ainda pior. Harlowe se empertigou quando me viu, mas seu rosto esboçava uma profunda tristeza, não surpresa. Tentei entender aquilo. Obviamente, ele devia saber o tempo todo que eu estava vivo, mas como? Harlowe imediatamente deixou sua cadeira e se curvou aos meus pés, um movimento que enfureceu Vargan.

— Você se curvará para mim antes que isso acabe! — gritou ele. — Vocês dois se curvarão!

Harlowe se levantou e sua raiva pareceu crescer, derramando-se sobre Vargan. Ele apontou para mim.

— Olhe para ele e veja o sofrimento óbvio pelo qual passou! Se permitiu tal tratamento a um membro da realeza, então não é digno de exigir nada dele!

— Jaron entrou de forma ilegal em Avenia e atacou este acampamento — replicou Vargan. — Esses atos são dignos de um rei ou de um mercenário? Ele é meu prisioneiro e, pode acreditar, recebeu mais benevolência do que merecia.

Harlowe deu um passo à frente para continuar a discussão, mas murmurei seu nome para chamar sua atenção. Balançando a cabeça, eu lhe disse:

— Volte para casa *agora*, enquanto pode, e deixe-me lidar com as coisas aqui. Diga ao povo que estou bem.

— Mas você não está — retrucou ele. — Não vou sair do seu lado

Vargan riu.

— Palavras nobres de ambos, mas são escolhas que vocês não têm.

Ele inclinou a cabeça de modo a ordenar a seus guardas que avançassem sobre Harlowe. Puxaram seus braços para trás e quase que imediatamente o acorrentaram da mesma forma que eu.

— Rei Jaron, um pouco antes de seu regente chegar, eu estava prestes a dar ordens em relação a você. Consegue adivinhar quais?

— Você quer me libertar, para se poupar do constrangimento que certamente sentirá depois de minha fuga.

Ele estreitou os olhos.

— Eu estava prestes a ordenar sua execução. Mas sugiro que comecemos com seu primeiro regente. Seu regente mais novo será o próximo.

— Não!

— Então faça o que eu disse! Assine os papéis que tornam Carthya parte de Avenia.

Dei uma olhada para Harlowe, mas não li nada em sua expressão. Ele tinha de saber que eu jamais poderia assinar aquilo.

Com um gesto de Vargan, o homem que segurava Harlowe puxou uma faca e a posicionou contra o pescoço dele, que recuou a cabeça, mas manteve os olhos fixos em mim. Seu olhar estava tranquilo, ou pelo menos mais em paz do que o meu.

— Você assistirá à morte dele, Jaron, aqui e agora. E saberá que tudo isso poderia ter sido evitado apenas com a sua rendição! — disse Vargan.

Ainda assim, não respondi.

— Mate-o — ordenou Vargan, por fim.

— Preciso de tempo! — gritei. — Rei Vargan, você pede tudo de mim. Poderia ao menos me dar uma hora em particular com meus dois regentes para discutirmos a proposta? Preciso da orientação deles.

Vargan não pareceu convencido.

— Prometo fazer o melhor uso possível desse tempo — completei.

Ele nos dispensou, mandando-nos de volta para a cela. Os guardas me levaram primeiro, com Harlowe não muito atrás. Terrowic, o homem de quem eu roubara as chaves, de repente começou a apalpar suas roupas.

— Perdi as chaves — ele disse ao sujeito que estava comigo.

— Outra vez? O rei vai pedir sua cabeça se descobrir.

— Meus guardas nunca perdem as chaves — murmurei. — Em Carthya, não somos tão estúpidos.

Ele enterrou ainda mais os dedos no meu braço e apertou o passo. Quase perdi o equilíbrio naquela velocidade, mas consegui me manter de pé. Eu não queria tropeçar de novo e preocupar Harlowe, que já parecia preocupado o bastante.

Havia apenas dois conjuntos de correntes presos à parede. Tobias ainda estava atado a um deles e, quando entrei com Harlowe, ele se sentou, surpreso, mas não disse nada. Ataram-me às outras correntes. Sem alternativa, Harlowe foi levado para um canto e o mandaram se sentar em silêncio. Um tanto satisfeitos por terem prendido outro membro de minha corte, os carcereiros cruzaram os braços e se encostaram na parede.

— Não trocaremos uma única palavra até que vocês saiam daqui — falei. — Seu rei nos prometeu uma hora em particular para discutir a proposta dele. Vocês vão querer explicar o atraso, ou eu mesmo devo fazer isso?

Os guardas se entreolharam e saíram. Quando tive certeza de que tinham ido, perguntei imediatamente a Harlowe:

— Como soube que eu estava vivo?

— Mott esteve escondido próximo ao acampamento durante todo esse tempo, mas não conseguiu se aproximar de você. Não sabíamos da presença de Tobias, mas estou contente que esteja aqui para ajudá-lo.

— Teria feito mais, se pudesse — afirmou Tobias.

Harlowe sorriu para ele.

— E por isso você tem toda a gratidão do reino. — Então, ele se virou para mim. — Nós não podíamos salvá-lo, então decidimos forçá-lo a resgatar a si mesmo.

— Se eu pudesse escapar, já teria feito isso. Você se sacrificou por nada.

— Não fiz sacrifício algum, Majestade. Todos nós escaparemos daqui em segurança. Eu o conheço bem o bastante para ver quando sua mente está trabalhando. Agora, conte-me qual é o seu plano.

Meu último plano terminara com a morte de Imogen. Eu não confiava que podia fazer algo melhor por Harlowe e Tobias agora. No entanto, não fazer nada teria consequências muito claras para nós três. Alguma coisa tinha que acontecer.

Embora uma série de manobras e contorções tenha sido necessária, fui capaz de tirar o molho de chaves do casaco e me soltar. Em seguida, libertei Tobias, que se arrastou até Harlowe e abriu seus grilhões.

— Algum de vocês consegue lutar? — perguntei. — Receio não ser de muita ajuda no momento.

— Você sabe como luto — respondeu Tobias. — Mas farei o que puder.

— Então eu serei forte por todos nós — disse Harlowe.

Quando os guardas voltaram uma hora depois, estávamos de volta aos nossos lugares, presos à parede. Ou melhor, os grilhões estavam fechados ao redor de nossos pulsos, mas não trancados.

Assim que eles entraram, dirigi-me a Terrowic:

— Encontrou suas chaves?

Ele franziu um lado do rosto e avançou cela adentro.

— Por quê?

— Porque, se um prisioneiro as encontrasse, você teria muitos problemas.

Então ele entendeu. Lançou-se sobre mim, mas eu rolei para o lado e ele se chocou contra a parede. De onde estava escondido atrás da porta, Tobias pulou e passou suas correntes ao redor da cabeça do guarda. Com um baque surdo, Terrowic caiu inconsciente no chão.

— Você viu? — perguntou Tobias. — Eu consegui!

Harlowe rapidamente ajudou Tobias a tirar o uniforme do guarda e a vesti-lo por cima de suas roupas.

Seguimos para a porta, mas os passos dos outros guardas que tinham ouvido o barulho ecoaram em nossa direção. Nós estávamos encurralados.

16

Os guardas começaram a preencher a cela. Avancei para o meio deles, mas Harlowe me puxou para trás. Então, do topo da escada, ouvimos corpos sendo lançados ao chão. Pegos de surpresa, os homens na cela eram presas fáceis para Harlowe, que empunhava a espada de Terrowic. Instantes depois, Mott entrou pela porta com uma adaga em uma das mãos e uma longa espada na outra. Ele usava o mesmo capacete dos soldados avenianos e trajava um casaco preto e vermelho idêntico ao que eu vestia, mas sem o cinto.

Ele viu Tobias primeiro e ergueu as sobrancelhas, surpreso. Mas então me viu e franziu o cenho.

— O que fizeram com você? — Antes que eu pudesse responder, ele se lembrou do que tinha de fazer e emendou: — Não temos muito tempo. Vamos.

Tobias e eu nos abaixamos e pegamos os capacetes e as adagas de dois homens caídos. Não havia tempo para disfarçar Harlowe, mas eu tinha esperanças de que, com aqueles uniformes e armas, déssemos a impressão de o estarmos escoltando como um prisioneiro.

Assim que deixamos o calabouço, Mott me ajudou a montar em um cavalo que amarrara nas proximidades, depois se ajeitou à minha frente na sela e me disse para manter a cabeça baixa. Havia um segundo cavalo para Harlowe, que montou com uma agilidade que jamais imaginei que ele fosse capaz. Tobias subiu atrás dele, apontando-lhe a adaga para dar a impressão de que Harlowe era seu prisioneiro. Surpreendentemente, quase sem a presença de outros soldados na área, partimos.

Mott não estava nos conduzindo rumo à entrada principal do acampamento, e sim ao pântano. Passamos por várias barracas, mas havia bem menos soldados do que eu esperava. Então, em algum lugar atrás de nós, o acampamento explodiu em atividade, e eu soube que nossa fuga havia sido descoberta. Mott apenas aumentou a velocidade, tentando prestar atenção adiante e não se importar com a confusão que se instalara nem chamar a atenção.

Paramos em um local tranquilo próximo ao pântano, onde o chão já era lamacento e abundantemente coberto de taiobas e lentilhas-d'água. Mott pulou do cavalo e me pegou no colo. Insisti que conseguia andar, mas ele seguiu me carregando pela água e me jogou dentro de um pequeno barco escondido. Harlowe e Tobias subiram a bordo atrás de nós, e imediatamente o timoneiro ordenou que os dois remadores se colocassem em ação. Notei que um deles usou o remo para afastar alguma coisa antes de começarmos a nos mover. Se tivéssemos sorte, seria apenas uma cobra.

Eles colocaram um grosso cobertor sobre os meus ombros, e Harlowe me conduziu a um assento no centro do barco, enquanto nos afastávamos em silêncio da costa. Ajoelhando-se diante de mim, vestiu meias de lã em meus pés, calçou-me com botas de couro e perguntou se eu tinha algum ferimento que necessitasse de atenção imediata. Quando neguei com a cabeça, Harlowe me entregou um cantil e me instruiu a beber devagar.

O chá quente agiu como um bálsamo para o fraco fluxo de energia que ainda corria em mim. O líquido assumiu o cheiro amargo do enxofre que subia com os vapores do pântano, mas não me importei. Ingeri aquilo com gratidão, enquanto Harlowe se sentava ao meu lado em silêncio. Tobias estava em algum lugar atrás de nós, observando para ver se alguém havia nos seguido.

A noite caía mais rápido dentro do pântano, ou pelo menos parecia. A vegetação sobre a água era tão densa que, muitas vezes, nos forçava a recuar em busca de caminhos mais livres. Os cheiros asquerosos eram nauseantes e ficavam retidos na copa das altas árvores. Quando estávamos longe o bastante, ao norte do acampamento de Vargan, o timoneiro ordenou que lanternas fossem posicionadas à frente da embarcação, mas isso só fez com que as sombras se tornassem mais ameaçadoras e a água escura, ainda mais sinistra. Evitei olhar ao redor, enterrando-me no cobertor.

— Está com frio, Majestade? —Harlowe notou o movimento. — Temos mais cobertores.

— Estou bem. Nada mais é necessário. — Quando seus olhos encontraram os meus, acrescentei: — Sou-lhe grato pelo que fez lá atrás.

— Agradeça ao Mott. Foi ideia dele.

Virei-me para encarar Mott, que já estava me olhando. Acenei para ele, numa débil tentativa de comunicar-lhe a gratidão que sentia. O sorriso que ele dispensou a mim era sombrio.

— Dois homens me ajudaram a entrar no acampamento — murmurei. — Eram arqueiros...

— Eles não conseguiram sair — disse Mott. — Eu sinto muito, Jaron.

Então Vargan dissera a verdade sobre o destino deles. Ouvir a notícia mais uma vez não diminuiu a dor da perda, ou o pesar por não ter conquistado mais à custa da vida deles.

Naquele momento tinha se tornado impossível ver qualquer coisa além da luz das lanternas, mas presumi que houvesse pouco ali que valesse a pena observar. Tentei ignorar os rangidos e lamentos que davam vida ao pântano e tomei mais chá. Eu tinha passado tanto tempo sem uma quantidade substancial de comida que meu estômago estava tendo problemas com o líquido. Mas a bebida fornecia o calor necessário ao meu corpo, então continuei bebendo do cantil.

— Queria que você pudesse ver este lugar à luz do sol — disse Harlowe. — Talvez pudesse me dizer se é tão feio quanto sempre pensei que fosse.

Ergui um canto da boca. Eu não tinha visto muito do pântano, mas senti mais o cheiro do que poderia desejar. Já podia lhe dar minha opinião.

— Minha família sempre viveu aqui — continuou Harlowe. — Mas, assim que cresci, quis partir, construir meu lar o mais longe possível deste lugar horrível. Fiquei fora por um tempo, e anos atrás, em uma de minhas viagens, conheci uma garota adorável chamada Havanila. Ela achou que Libeth precisava de nós e insistiu que havia beleza no pântano. Este era o jeito dela: alguém que só via beleza ao redor.

— Havanila. Eu nunca ouvi esse nome.

— É de onde vem o nome da minha neta. — Harlowe se perdeu em pensamentos mais uma vez e então acrescentou: — Perdi minha querida Havanila há um ano, cedo demais.

Sorvi outro gole de chá. Ficou claro, pelo tom de voz dele, quanto Harlowe a amara. Quanto ainda a amava. Eu me perguntei o que seria pior: amar alguém que morreu muito cedo ou nunca ter amado.

— Como ela morreu? — Além de minha curiosidade, a pergunta servia para me distrair de meus próprios pensamentos.

As rugas no rosto de Harlowe se aprofundaram, enquanto ele ponderava a resposta. Por fim, disse:

— Acredito que de tristeza. Houve três perdas na família. Você sabe sobre a morte de meu filho mais velho, Mathis, alguns meses atrás. Talvez eu nunca tenha lhe dito isso, mas você lembra um pouco ele. Há certas semelhanças físicas, mas a maior delas se refere ao caráter. Como você, ele era teimoso, obstinado e difícil de disciplinar. Apesar dos desafios, eu o amava muito.

Pensei em meu pai, em suas batalhas sem fim tentando me controlar, me moldar e me fazer ver o mundo através de seus olhos. E eu, resistindo a tudo isso, todas as vezes. Eu queria acreditar que, apesar dos problemas que lhe causei, ele me amou tanto quanto Harlowe amou seu filho.

— Talvez não saiba disso, mas Mathis teve um irmão mais novo. Ainda bebê, ele foi sequestrado pela babá, uma aveniana que pediu uma grande quantia para devolvê-lo. Eu pagaria o valor, mas nunca mais ouvimos falar dela. O inverno daquele ano foi terrível, parece que nenhum dos dois sobreviveu à fuga. Minha mulher nunca se recuperou completamente dessa perda; tenho certeza de que essa tristeza por fim acabou levando-a à morte. Mas me conforta pensar que, se não está comigo, pelo menos ela está com os filhos agora, na vida após a morte.

— Então você crê em vida após a morte? — perguntei.

Seus olhos permaneciam fixos em mim.

— Sei que existe. Minha família espera por mim lá.

Assim como a minha espera por mim.

— Suponho que esteja lhe contando isso porque, embora nunca tenha aspirado ao papel de rei, às vezes penso em você como meu próprio filho. Fui até aquele acampamento porque não suportaria perdê-lo também.

Resposta nenhuma me veio à mente, então simplesmente me enrolei ainda mais no cobertor. Depois de um longo descanso, pedi notícias sobre os desdobramentos da guerra.

— Ainda não houve resposta de Kerwyn — comentou Harlowe. — Isso nos dá esperanças de que continua seu trabalho com o rei Humfrey, de Mendenwal, e nada de pior aconteceu.

— O exército deles rompeu nossas fronteiras há três dias — falei. — Passaram por nossas defesas próximas a Benton e seguiram para o norte.

Harlowe reagiu com surpresa.

— Sim, são centenas de soldados, uma quantidade com a qual Carthya jamais conseguiria lidar. Mas como soube disso?

— Ninguém pensou que eu deixaria aquele acampamento. Nem sempre eram cuidadosos como deveriam ao conversar perto de mim. Sei muito mais do que Vargan gostaria de acreditar. O que ignoro são os planos de Mendenwal, agora que estão aqui.

— Talvez eu possa ajudar com isso — disse Harlowe. — Um de meus espiões interceptou uma mensagem de Mendenwal para Avenia. A maior parte do exército de Mendenwal está montando acampamento no lago Falstan, onde aguardarão novas instruções avenianas.

— Então você deve enviar mais homens para o lago Falstan também. Temos um bom acampamento nas montanhas acima do lago.

— Não temos homens suficientes para vencer a batalha lá, senhor

— Essa batalha não será uma questão de números. E ninguém deve agir até que eu chegue lá.

Tobias, que estava escutando a conversa, interveio:

— Tem certeza, Jaron? Você até pode ter informações sobre Avenia agora, mas eles também sabem sobre nós. No trato que fez com o comandante Kippenger, você lhe contou todas as estratégias.

Virei-me apenas o suficiente para lhe oferecer um sorriso.

— Contei? Para que venho treinando mentir ao longo da vida, se não para usar isso naquele momento?

Tobias riu.

— Você lhe contou planos falsos?

— Isso é uma acusação, Tobias? Você duvida de que enterrei todo o tesouro de Carthya em cavernas secretas nas colinas de Benton?

— Não há nenhuma colina ao redor de Benton — respondeu Tobias. — Nem cavernas.

Arqueei uma sobrancelha.

— Talvez por isso mesmo sejam tão secretas. Tem alguma dúvida de que eu esteja derretendo as espadas de nossos guerreiros e usando o metal para armaduras? Ou que esteja procurando selar a paz com Mendenwal, oferecendo meu futuro filho a seu rei? Não? Porque Kippenger não duvidou de nada. Soube de coisas por eles, mas eles não sabem nada de nós.

Enquanto os outros riram, Harlowe retomou nossa conversa anterior.

— Podemos levá-lo ao lago Falstan, se desejar. Mas recomendo descansar primeiro.

— Farei isso no caminho até lá. Certifique-se de que seja do conhecimento de todos em Carthya que estou vivo e que estarei no lago Falstan.

— Se eu espalhar a notícia, nossos inimigos também saberão — avisou Harlowe.

— Estou contando com isso. Mas não seguirei para lá imediatamente. Tenho algo a fazer primeiro. — Virei-me para Mott. — Temos armas conosco?

Mott seguiu para a frente da embarcação e pegou minha espada e sua bainha.

— Consegui recuperá-la quando a guardaram em um depósito, algumas noites atrás.

Estiquei a mão para pegá-la, mas ele apenas a abaixou perto de si de novo. Normalmente, eu teria insistido, contudo isso pareceu demandar muito esforço e seria difícil segurá-la. Então Mott apontou para um embrulho perto de si.

— Há mais armas, embora não devêssemos precisar delas. Estaremos em Carthya logo, portanto o mais distante possível deste lugar.

Balancei a cabeça.

— Vire o barco. Precisamos de um lugar seguro para desembarcar em Avenia.

Mott fez uma careta e cerrou os punhos. Alguma coisa a meu respeito o deixava irritado, ou mais do que isso. Pelo menos dessa vez entendi a razão e tentei argumentar, dizendo:

— Tenho meus motivos.

Ele queria gritar comigo — eu sabia disso, e ele tinha motivo para fazê-lo —, mas apenas suspirou e falou:

— Lembre-se de onde estamos, Jaron. Próximos de Carthya, onde podemos aportar em segurança. Suas ordens nos conduzirão ainda mais para dentro de Avenia.

— Atracaremos em Avenia, de preferência na costa oeste. — Mott suspirou e Harlowe começou a protestar, mas eu acrescentei: — De qualquer forma, é um plano seguro. Não seria difícil para Vargan conduzir seus homens para o lado cartiano do pântano. Eles podem estar me esperando lá. Ninguém me aguarda em Avenia.

— Há um motivo para ninguém pensar nisso — disse Mott. — É tolo demais, até para você.

Eu me voltei para Harlowe, a fim de lhe dar os detalhes necessários para a próxima fase da guerra.

— Claro, Majestade — concordou ele, depois que terminei. — Mas ao menos me conte o motivo de sua permanência em Avenia.

Troquei um olhar com Tobias e Mott antes de responder:

— Estamos indo até os piratas. É hora de responderem ao chamado de seu rei

17

Aportar em Avenia foi tão fácil que me senti tentado a lembrar a Mott quão acertada havia sido minha decisão. Obviamente, tínhamos uma perigosa estrada à frente, então era cedo demais para comemorar. Mott, Tobias e eu ainda estávamos vestidos como soldados avenianos, o que nos ajudaria a passar pelo interior do país sem problema. Pelo menos eu esperava que não houvesse problema. Por mais que eu tentasse esconder, Mott certamente deduziu que seu rei não estava em condições de lutar.

Nós três deixamos o barco. Então, ordenei que os remadores e o timoneiro conduzissem meu regente em segurança de volta para Drylliad. Lembrei minhas estratégias a Harlowe, mas enfatizei que sua prioridade máxima era mandar uma equipe de busca atrás da princesa Amarinda. Se Fink tivesse chegado a Bymar, eu esperava que permanecesse lá em segurança, ou que tivesse retornado para Carthya acompanhado e protegido pelo exército de Bymar.

Para evitar discussão, expliquei apenas os pontos essenciais. Os lábios de Mott formavam uma fina linha de desaprovação, e Harlowe não parecia muito mais feliz que ele. Tobias obviamente pensou que eu tinha enlouquecido durante o tempo no cativeiro, e como isso não era totalmente impossível, eu não o contradisse. No fim das contas, eles concordaram com tudo que pedi, e Harlowe fez Mott e Tobias prometerem me manter a salvo. Mott replicou dizendo que poderia me proteger de qualquer um, menos de mim mesmo, o que achei uma promessa justa.

Depois que Harlowe partiu, Mott, Tobias e eu arranjamos comida e três cavalos robustos de um fazendeiro que vivia nos arredores do pântano. O acampamento de Vargan ficava bem ao sul de onde estávamos, e eu tinha esperanças de que nosso caminho nos mantivesse longe dali. Minhas entranhas se reviravam ao pensar em voltar para lá, por vontade própria ou não.

Lentamente o sol se ergueu atrás de nós. Estávamos nos dirigindo a oeste mais lentamente do que eu desejava, mas Mott insistiu que eu preservasse minhas forças e me recuperasse dos últimos dias. Paciência nunca foi uma de minhas virtudes e certamente não passaria a ser justo naquele momento. Mas, por enquanto, era algo necessário. Quando a noite caiu, arranjei uma estalagem onde pudéssemos ter uma boa noite de sono. Com nosso uniforme preto e vermelho e meu sotaque aveniano, ninguém prestou muita atenção em nós.

Eu me senti muito melhor na manhã seguinte, e até consegui fazer uma refeição com comida de verdade, ou a coisa mais próxima disso existente em Avenia.

Quando estávamos na estrada novamente, Tobias perguntou:

— Não deveríamos seguir para o sul para chegar a Tarblade?

— Temos outra parada para fazer antes — respondi.

Mott suspirou.

— Você lembra que estamos no meio do território inimigo, certo?

— O povo daqui não é meu inimigo — respondi. — Apenas o rei deles. Preciso mandar uma mensagem.

— Pelas mãos de um aveniano? Jaron, você pode não considerar essas pessoas inimigas, mas elas não serão tão gentis com você. Se tem uma mensagem para enviar, ela deveria ter seguido com Harlowe ontem.

— Seria uma boa ideia, se eu tivesse isso em mente ontem — rebati.

Cavalgamos por mais meia hora até chegarmos à divisa do acampamento dos ladrões, minha primeira parada antes de seguir minha jornada até os piratas. O lugar sempre fora bem agitado, e eu esperava a mesma agitação agora.

Mas tudo estava diferente.

Guardei a espada ao entrarmos no acampamento, mas mantive a mão pronta para garantir. Os poucos homens que ainda estavam por lá vieram nos saudar, mas mais pareciam catadores de lixo do que ladrões. Poucos estavam armados, e nenhum sacou a arma. Reconheci alguns deles, embora a maioria fosse gente nova. Eu não tinha nenhum amigo ali.

— Você já levou o bastante de nós! — gritou um bêbado, em meio a palavras confusas. — Ninguém aqui consegue lutar, e o último grupo de soldados sabia disso e nos deixou em paz.

Com certo nervosismo, Mott e Tobias se entreolharam, e eu me lembrei de como estávamos vestidos.

— O que aconteceu com os outros que estavam aqui? — perguntei. — Alistaram-se?

— Foram se alistar sob a mira de uma lâmina — respondeu o homem. — Levaram todos que pudessem ser úteis.

Outro homem tomou a frente, encarando-me.

— Quantos anos tem, garoto? Você não é um soldado nem um líder, se é que é um deles.

— Não sou líder entre os soldados avenianos.

Quando tirei o capacete, houve reação suficiente para deixar claro que alguns me reconheciam.

— Meu nome é Jaron. Sou o rei de Carthya, rei dos piratas avenianos e amigo de Erick, que estava no comando por aqui. Se não desejam lutar por Vargan, então se juntem a mim agora. Cavalguem comigo e deixaremos este lugar.

— Ou podemos capturá-lo e ganhar um suprimento de ouro vitalício de Vargan — falou um homem próximo a nós.

Bufei.

— Não seja ridículo. Se você fosse capaz de me capturar, já teria sido recrutado.

Eles desistiram e metade se afastou.

— Somos avenianos — disse outro ladrão, sentando-se ao lado de sua fogueira. — Vamos ficar aqui.

— Como quiserem. Mas há pouco caldo em sua panela, e eu posso ajudar a engrossá-lo. Se estiverem com fome, pagarei a seu cavaleiro mais veloz para que entregue uma mensagem em Carthya por mim.

— Não — sussurrou Tobias. — Você não pode confiar nesses homens.

Mas eu apenas o ignorei.

O homem mais próximo de mim pousou as mãos na cintura.

— Sou o cavaleiro mais rápido daqui. Qual é a mensagem?

— É para o meu comandante em Drylliad — eu o encarei. — Consegue entregá-la?

Ele sustentou meu olhar.

— Pela minha honra de ladrão.

O que, na melhor das hipóteses, eram palavras contraditórias.

— É o suficiente, eu acho. Diga a ele que, durante minha estada no calabouço, fui forçado a revelar nossas principais estratégias nesta guerra, então tudo deve mudar. Preciso que cada homem livre se dirija a Drylliad para proteger o castelo, e quero todas as armadilhas da cidade prontas. Ordeno que o tesouro de Carthya seja levado para um lugar chamado Farthenwood. Estará mais seguro lá. — Inclinei-me em sua direção. — Agora me prometa que essa mensagem chegará ao meu castelo.

— É uma mensagem muito perigosa. — Ele indicou com a cabeça o único garlin em minha mão. — Espero que esteja planejando me pagar mais do que isso.

Coloquei a moeda de volta no bolso. Aquela não era para ele.

— Sem dúvida, Vargan consideraria a mensagem muito mais valiosa do que a quantia que posso lhe dar aqui. Meus companheiros lhe darão alguns garlins agora, e você pedirá mais quando chegar a Drylliad.

Fiz um gesto para Mott, que pegou a bolsa na sela de seu cavalo e tirou dali um punhado de moedas. O homem guardou o pagamento no bolso e mandou os outros ladrões prepararem seu animal.

Agora não havia mais nada que nos prendesse ali. Desejei tudo de bom aos homens e lhes disse que seguiríamos nosso caminho. Quando nos afastamos, Mott retomou a conversa:

— Enquanto esteve preso, você mentiu para Avenia sobre suas estratégias de guerra.

— Sim.

— E agora deseja mudar todos os nossos planos verdadeiros para adequá-los a essas mentiras?

— Pareceu uma boa ideia.

Ele me encarou por um instante, depois deu de ombros.

— Espero que saiba o que está fazendo.

— Se eu não souber, você estará sempre a postos para apontar os meus erros.

Sorri com o canto da boca, e Mott riu levemente. A piada aliviou a tensão que pairava sobre nós desde o meu resgate, e até Tobias relaxou um pouco. Depois de mais algumas horas, paramos para que os cavalos pudessem descansar e para dividirmos a comida da estalagem que havíamos trazido conosco. O dia estava quente, e nos abrigamos à sombra de uma alta árvore, cuja copa frondosa se espalhava pela costa do mar Eranbole a distância. O lugar era de uma beleza incomum, e eu desejei um dia estar a bordo de um navio navegando por ali.

Antes de pegarem suas porções, Mott e Tobias se recostaram no tronco da árvore e permitiram que eu me fartasse de comer. Isso me ajudou a recuperar minhas forças, mas não a coragem para ter a conversa que eu estava evitando desde minha fuga.

Quando não pude mais evitar, dirigi-me a Mott:

— Fiz a coisa certa indo atrás de vocês naquele acampamento?

— Não. — Ele deu um longo suspiro e desviou o olhar. — Mas também não foi a coisa errada. Na noite em que me resgatou, eu soube que lhes contaria o que quisessem saber no minuto em que trouxeram Imogen. Eu teria falhado com você, Jaron.

— Eu não teria feito melhor. Não suportei muito quando usaram Tobias contra mim, e ele nem é bonito.

Tobias riu e disse que nem tentaria discordar.

Descansamos por um tempo, e então Mott disse:

— Em relação a Imogen...

Meus olhos estavam fechados, eu estava novamente pensando no último momento passado com ela.

— Eu pensei que pudesse salvá-la. E a você também.

— Você me salvou. Ela poderia ter fugido também, mas não o deixaria para trás, assim como você faria o mesmo.

— Ela levou aquela flechada no meu lugar. Deu a vida por mim.

— E você arriscou a sua por nós. Por que não mandou outra pessoa entrar? Tínhamos outros guerreiros capazes de fazer aquele resgate.

— Eu sabia que Avenia estava buscando informação, e, se outro soldado fosse capturado, eles arrancariam meus planos dele, assim como fariam com você. Mas, se eu me tornasse prisioneiro, poderia lhes dar a informação que eu quisesse, e foi exatamente o que fiz.

Tobias balançou a cabeça

— Se você ia mentir, por que não dizer tudo a eles logo no começo, antes de ser surrado?

— Nunca teriam acreditado se tivesse sido tão fácil assim.

Minha voz ficou mais suave quando senti mais uma vez todos os chutes e socos.

— Eles tinham que arrancar isso de mim, só assim aceitariam minhas mentiras. Aconteceria de qualquer jeito. Pelo menos conseguimos tirar algum proveito daquela situação.

O preço de ter dado a direção errada a eles era muito alto, tanto que quase me matara. Mas agora tínhamos uma vantagem na guerra. Avenia gastaria muita energia perseguindo sombras que não existiam.

Pouco mais foi dito até voltarmos para a estrada. Então, inevitavelmente, meus pensamentos se focaram em Imogen.

— A flecha acertou logo abaixo do ombro, mas pode não ter atingido o coração. Se ela sobreviveu à queda, eles tentariam curá-la para poderem usá-la contra mim.

— Então por que isso não aconteceu? — Tobias perguntou delicadamente, ciente de que suas palavras me causariam dor. — Se ela tivesse sobrevivido, obviamente a teriam usado, e não a mim. Por que não fizeram isso?

Eu já sabia a resposta, apesar de não conseguir encontrar as palavras para dizê-la. Imogen as dissera quando estávamos juntos. Mesmo que tivesse sobrevivido, ela tentaria se matar. Escolheria isso em vez de se tornar uma arma contra mim.

Mas esse entendimento só serviu para aumentar minhas frustrações.

— Por que Imogen deteve aquele arqueiro? Tudo que ela tinha de fazer era correr.

Mott comprimiu os lábios e então, com a mesma calma de Tobias, disse:

— Ela o deteve porque ela era assim. Não volte sua ira para o que Imogen tinha de melhor.

Talvez ele tivesse razão, mas eu ainda não tinha certeza de que ela agira bem. Abaixei a cabeça.

— Dê-me esperanças, Mott. Há alguma chance de ela estar viva?

Ele se deteve por um instante, provavelmente revivendo aquele momento como eu. Seus olhos estavam fechados, e o rosto, tenso.

— Eu a vi cair da colina e corri em direção a ela, mas os avenianos rapidamente a cercaram. Retiraram a flecha e então ordenaram que uma carruagem fosse apanhá-la.

— Uma carruagem de socorro?

Mott balançou lentamente a cabeça, como se esse simples movimento exigisse esforço.

— Para os mortos. Foi onde a colocaram. Eu sinto muito, Jaron.

Ficamos em silêncio. Até aquele instante, eu havia quase me convencido de que Mott vira algo que pudesse me dar esperança, uma pequena chance de ela estar viva. Mas a carruagem que chamaram servia para um único propósito. Por fim, falei:

— A mãe dela vive em Tithio, eu acho.

— Assim que voltarmos a Carthya, vou providenciar para que uma mensagem lhe seja enviada — falou Mott.

— Não, eu farei isso. Devo isso à mãe dela.

Peguei novamente o garlin que estava em meu bolso. Comecei a corrê-lo pelos nós dos dedos, depois mudei de ideia e o guardei.

— Cada parte de meu ser dói, Mott.

— Você já passou por muita coisa. Mas, com o tempo, todas as feridas cicatrizarão.

— Não estou falando de cortes e contusões.

— Nem eu.

— Ah.

— Jaron, ela o salvou para que você possa nos salvar. Imogen fez a coisa certa por Carthya, mas a morte dela não pode ter sido em vão. Você precisa transformá-la em um propósito e vencer esta guerra.

Eu sabia que era o que precisava fazer, e, ainda assim, isso não tornava a tarefa menos impossível. Eu compreendia apenas naquele momento que, apesar das probabilidades, eu tinha que vencer.

Pouco mais foi dito até eu apontar para um amplo descampado à nossa direita e pedir a Mott que deixasse sua espada a postos. Tobias sacou a dele também, para qualquer necessidade. Quase sussurrando, avisei:

— Fiquem alertas. Estamos em Tarblade.

18

A Baía Tarblade, o lar bem escondido dos piratas avenianos. Era muito fácil de localizar pelo mar, embora qualquer marinheiro desafortunado que chegasse perto o bastante para descobrir isso fosse capturado e morto. Por terra, a maioria dos viajantes passaria pela área sem notar a proximidade dos piratas. Eu tinha vivido ali fazia apenas alguns meses e ainda assim precisei me concentrar para me certificar de que estávamos no lugar certo.

Qualquer um que achasse necessário entrar no acampamento o faria com a espada estendida e a lâmina para baixo, para mostrar aos piratas que não tinha a intenção de ferir ninguém. Certamente não era a minha intenção, mas minha espada não apontava para baixo. Eu entraria ali como o rei deles.

Os homens nos limites do acampamento imediatamente me reconheceram, e a situação evoluiu rápido. Ouvi gritos para que Erick aparecesse e gente gritando meu nome, embora não da maneira amigável que eu teria preferido.

Erick fora líder dos ladrões e tinha sido ele a me trazer para o acampamento. Por fim, tornei-me o rei deles, mas deixei Erick no comando. Era muito bom saber que ele ainda era o líder por ali. Com base nas expressões que me encaravam, suspeitei que a única razão de ter permanecido rei dos piratas é não ter ficado ali para ser desafiado à morte.

— Você tem certeza que sabe o que está fazendo? — perguntou Mott, enquanto entrávamos em Tarblade.

— Tenho certeza que não — respondi. — Mantenha a espada a postos.

Minha recepção não ficou mais calorosa quando Erick saiu de sua cabana. Ele se parecia muito com o Erick que eu conhecera havia alguns meses, alto, magro, o curto e ralo cabelo vermelho e os penetrantes olhos azuis. Algumas coisas eram novas. Havia marcas recentes em seu rosto e uma cicatriz irregular substituíra a linha da barba raspada ao longo do queixo. Erick suspirou fundo quando me viu e murmurou alguma coisa para dois piratas próximos a ele, que saíram em direção à cozinha.

— Quem são esses? — perguntou-me Erick, apontando para Mott e Tobias. — Não gostamos de visitantes em Tarblade. Você sabe disso.

— Eles não estão de visita. São meus amigos e, como tal, serão bem-vindos.

Eu estava bem ciente da audácia perigosa de minhas palavras. Afinal, ainda não estava claro se *eu* era bem-vindo ali.

Mott e Erick se cumprimentaram com rápidos movimentos de cabeça. Tobias tentou fazer o mesmo, mas estava tão nervoso que sua coluna não foi capaz de se inclinar. Desci do cavalo e disse a Erick:

— Parece que você escolheu o lado errado da luta.

— Você parece pior.

Erick e eu nos dirigimos para a cozinha, seguidos por Mott e Tobias, que puxavam nossos cavalos atrás de nós.

— Por que está aqui?

— Você deve saber. Avenia deu início à guerra. Tenho os juramentos desses piratas de que, se houvesse guerra, eles lutariam por mim. Estou aqui para cobrar a promessa.

Erick se deteve, o rosto se contorcendo em dúvida.

— Você acha que os piratas quiseram lhe fazer tal juramento?

— Independentemente de seus sentimentos, eles juraram e vão manter a palavra.

— Continuar o líder por aqui me custou tudo o que tenho, Jaron. Eu cheguei ao poder depois de apenas alguns dias neste lugar, e apenas porque você quis assim. Eles podem até me seguir, mas vão vibrar quando alguém finalmente tomar o meu lugar. Se eles têm tão pouco respeito por mim, você deve imaginar como se sentem em relação a você.

Será que ele realmente achava que eu tinha alguma ilusão quanto a isso? Senti a raiva crescer.

— Se você soubesse tudo o que Carthya pode perder nesta guerra, tudo o que já perdi, entenderia que pouco me importa se algum de nós tem amigos por aqui. Reúna os piratas, Erick. Eu mesmo falarei com eles.

— Eu farei isso. Mas diga ao seu amigo de pele escura que mantenha a espada a postos. Ele pode precisar dela. — Então Erick fez um aceno de cabeça para Tobias, que apalpava o cabo de sua arma. — E fale para o garoto abaixar a dele, assim não vai ferir ninguém com ela. Enquanto isso, peguem algo para comer. Vi cadáveres que pareciam mais saudáveis que vocês.

Ele apontou para uma mesa próxima na qual Serena, a garota da cozinha que me ajudara em meu pior momento com os piratas, já estava servindo tigelas de ensopado para nós. Ela sorriu amigavelmente e chamou-me à mesa.

Eu me sentei, faminto, com Tobias ao meu lado. Mott permaneceu em pé e só se sentou quando eu lhe disse que ele parecia estar caçando confusão. Ele remexeu um pouco seu ensopado, mas, quando viu que eu acabara com o meu depois de poucas colheradas, passou sua tigela para mim.

— Pelo menos uma única vez não discuta comigo — disse ele. — Apenas coma.

Eu estava faminto demais para discutir. E, quando estava quase terminando o ensopado de Mott, os piratas começaram a chegar. Mott foi o primeiro a se levantar, mas não fiquei muito atrás e rapidamente fiz o mesmo. O grupo se reuniu um pouco abaixo da encosta onde estávamos. Reconheci muitos deles. Aqueles eram os homens que haviam me ferido ao descobrir minha verdadeira identidade. Eles também tinham torcido por seu antigo rei, Devlin, quando lutei com ele. Em uma lateral, vi o pirata que chutara minha perna quebrada enquanto eu lutava com Roden — a pior dor física que já suportei. Eu sempre me lembraria dele.

Erick se juntou a mim e disse aos piratas reunidos ali:

— Nem todos estavam aqui quando Jaron, o rei de Carthya, se juntou aos piratas. Mas, sem dúvida, já ouviram a história e conhecem sua força, sua coragem...

— Que coragem? — gritou alguém da multidão. — Ele se passou por um ladrão chamado Sage. Nós o teríamos matado, se ele tivesse dito a verdade.

— E que melhor razão para mentir? — replicou Erick. — Esqueçam o que quer que pensem sobre esse rapaz, qualquer sentimento a respeito de como ele se tornou rei deste lugar. Porque, gostem ou não, Jaron é o rei por aqui. E cada um de vocês jurou segui-lo. Agora ele voltou e precisa de nossa ajuda. Eu peço que todos o escutem. — Ele se virou para mim e disse em voz baixa: — Se a coisa ficar feia, não serei capaz de detê-los.

Assenti e dei um passo à frente.

— A guerra chegou ao meu país. Preciso da ajuda de vocês.

— Você nos pede para lutar contra o nosso país? — gritou outro homem.

A raiva dele era pura hipocrisia. Com a mesma intensidade, respondi:

— Vocês roubam de seus compatriotas, aterrorizam as famílias deles e matam quem quer que cruze o caminho de vocês. Agora querem proclamar sua lealdade a Avenia? Sei tão bem quanto vocês que Tarblade é sua única terra natal, não Avenia. Vocês são piratas, e eu sou seu rei. Se eu digo que lutarão por Carthya, então vocês lutarão.

— Você não tem que ser o rei.

O homem que disse isso era quase tão largo quanto alto e parecia ter sido esculpido em pedra. Uma barba negra e emaranhada ornava seu queixo, e cada ruga do rosto estava repleta de sujeira. Em meu estado atual, ele poderia me esmagar como um galho seco. Na verdade, mesmo em minha melhor forma, ele seria capaz de fazer isso.

Erick se interpôs entre nós.

— Você vai ter de passar por mim primeiro.

— E por mim — disse Mott, levantando sua espada.

Tobias não disse nada, mas ficou ao lado deles com a mão no punho da arma.

Eu me coloquei à frente de todos.

— Se quer desafiar meu poder real, é um direito seu e eu aceitarei o duelo. Mas não agora. Tenho uma obrigação com Carthya e devo garantir o fim desta guerra.

Reclamações ecoaram do grupo. Saquei minha espada e me surpreendi com seu peso. Talvez nos últimos dias eu tivesse enfraquecido mais do que imaginara. Ainda assim, eu a segurei erguida e esperei que meus braços pudessem mantê-la estável o bastante para convencê-los de que eu poderia lutar, se preciso.

— Vocês esqueceram quem eu sou? — perguntei. — Esqueceram o que fiz aqui, neste mesmo lugar? Não estou pedindo a ajuda de vocês. Não estou aqui para debater se devem ou não me seguir. Vim para lhes dar minhas ordens, cobrando o juramento que fizeram de me seguir. É o mesmo juramento que eu fiz para me tornar pirata, o que significa que sou obrigado a responder quando os piratas precisam de mim. Vocês chamarão os homens que estão no mar e reunirão os suprimentos necessários para a viagem. Erick será informado de meus planos, e nós nos veremos no campo de batalha.

— Nós sabemos o que Carthya vai enfrentar — disse um homem. — É muito perigoso.

Forcei um sorriso para ele.

— Se quisesse uma vida segura, você devia ter se tornado parteira ou talvez alfaiate. A não ser que furar o dedo com uma agulha também abale seus nervos. Não posso garantir que todos sobreviverão. Mas, para os que conseguirem, prometo uma batalha digna da lâmina de um pirata de verdade.

O silêncio se abateu sobre o grupo. Aos poucos, alguns foram se dispersando e murmúrios mais calmos escapavam na forma de sussurros e suspiros mais altos. Decidi partir enquanto estávamos em vantagem.

— Durmam bem esta noite. Vão viajar em breve.

Então me afastei sem olhar para trás. Esperei ter falado o bastante para persuadi-los. Quanto mais debatessem, menos inclinados ficariam a fazer o que eu havia pedido.

Erick caminhou comigo tempo suficiente para ouvir os detalhes de meus planos para os piratas, mas uma discussão alta já irrompia atrás de nós.

— Não o vemos por meses e agora você vem pedir a eles para morrer? Isso é demais, Jaron!

— Eu pedi que lutem com a esperança de viver para o dia da vitória. Nada mais.

— Vou fazer o possível, mas é melhor que elabore seu plano como se não estivéssemos lá.

— Já tenho um plano, e eles são a peça principal. Leve os piratas para lá, Erick. — Meu sorriso se tornou sombrio mais uma vez. — Eles devem cumprir suas promessas.

— Bem, mesmo que eles não cumpram, eu mantenho a minha. — Erick estendeu a mão e acrescentou: — Seja qual for a escolha deles, você vai me ver lá, como pediu.

Apertei a mão dele e me virei para deixar o acampamento, com Mott e Tobias ao meu lado. Erick ficou para trás a fim de participar da discussão crescente entre os piratas. Eu não conseguia entender as palavras deles, mas era óbvio que minhas ordens não tinham sido tão bem recebidas como eu gostaria.

Montamos os cavalos e deixamos Tarblade pela rota mais curta. Assim que estávamos em segurança, Tobias se dirigiu a mim:

— Por favor, diga que estamos deixando Avenia agora.

— Sim, estamos. Vamos para o lago Falstan, ou para o que restou dele.

Bocejei e dei uma olhada para o céu escurecendo para ter uma ideia do horário.

— Temos de encontrar um lugar para dormir esta noite. Mas devemos chegar lá amanhã.

Um instante se passou, então Mott disse:

— Jaron, você acha mesmo que os piratas virão?

— Não sei — resmunguei. — Eu realmente não sei.

19

Na manhã seguinte, Mott e Tobias me permitiram dormir pelo tempo que eu quis. Quando por fim acordei, fiquei surpreso ao ver como o sol já estava alto no céu.

— Suponho que ainda esteja me recuperando — disse, dando um longo bocejo. — Esperava já estar melhor a essa altura.

— Depois de apenas dois dias? — Tobias ergueu uma sobrancelha. — Nesses momentos você fica incomodado de lembrar que é apenas humano?

— Na verdade, incomoda muito. — Eu ri e olhei para Mott. — Quanta comida tem nesta estalagem? Acho que podemos pedir tudo.

Abaixando a cabeça ao meu pedido, disse que pediria o tanto que fosse possível e saiu.

Uma hora depois, estávamos com um bom suprimento de boa comida e na estrada novamente. Levaria um tempo até que os ferimentos sofridos no acampamento aveniano estivessem curados. Alguns talvez nunca cicatrizassem, mas a vida retornava a mim, e eu estava ansioso por me juntar a meus exércitos outra vez.

Depois de meio dia de cavalgada, entramos em Carthya. Era um imenso alívio estar novamente no solo que me pertencia — assumindo, é claro, que Avenia ainda não o tivesse roubado de mim. Ao chegarmos, aproveitamos a oportunidade para descansar um pouco. Tobias e eu deixamos nosso cavalo aos cuidados de Mott e nos dirigimos ao topo de uma colina, na esperança de avistar o lago Falstan. Meus olhos primeiro se voltaram para o horizonte, procurando meu acampamento, mas ainda estávamos muito distantes.

A mente de Tobias, no entanto, parecia se mover em uma direção diferente.

— Onde você acha que ela está? — perguntou ele.

— Amarinda já pode ter voltado a Drylliad — respondi. — Se não retornou, Harlowe enviará ordens de busca para todos os lugares.

— Assim como Vargan. — Ele balançou a cabeça, demonstrando sua revolta consigo mesmo. — Prometi protegê-la e falhei. Se alguma coisa acontecer...

— Confie nela, ela vai saber se proteger. Amarinda é inteligente, talentosa e mais forte do que você imagina.

— Eu sei disso tudo! — Tobias quase vomitou as palavras em cima de mim. — Sei quem ela é e provavelmente a conheço melhor do que você!

Virei-me para ele e teria sido mais enérgico se a preocupação não estivesse tão profundamente marcada em seu rosto. Em um tom gentil, falei:

— Vamos encontrá-la, Tobias.

Depois disso, ficamos em silêncio, e minha atenção se voltou para o sopé de uma colina, onde havia uma trilha que parecia ter sido pisoteada por uma centena de pés. Duvidei de que fossem cartianos. Nenhum de meus comandantes lideraria nossos soldados tão perto da fronteira com Avenia. Era muito arriscado.

Mas alguém — provavelmente soldados de Avenia ou de Mendenwal — tinha passado recentemente por ali.

Nós nos abaixamos, para o caso de estarem próximos dali, então observamos e aguardamos. Em poucos minutos, Mott se juntou a nós e discutimos se devíamos seguir a trilha ou ir para Falstan por meio de um caminho completamente diferente.

— Esperem um pouco — Tobias ergueu a mão para nos silenciar. — Vocês estão ouvindo isso?

Eu ouvi atentamente e captei algo. Soava como um lamento, subindo pela encosta de algum lugar perto da trilha.

Tobias ficou de pé, mostrando claramente sua intenção de descer para investigar, mas Mott o impediu.

— Alguém parece ferido — sussurrou Tobias. — Temos que ajudar, se for esse o caso.

— Trata-se de um inimigo — retrucou Mott. — Você o ajudará a ficar saudável o bastante para retornar ao campo de batalha e matar mais de nossos homens.

— Mas este homem não é nosso inimigo. — Tobias se virou para mim. — Não foi isso que você disse antes, que apenas o rei deles é seu inimigo?

Eu tinha dito aquilo. Mas queria mesmo dizê-lo? Obviamente se tratava de uma armadilha para nos atrair, o que era a última coisa que eu gostaria de enfrentar. Se nos encontrássemos no campo de batalha, apenas um sairia com vida. Mas, se ele estava ferido e indefeso, eu teria a obrigação de lhe salvar a vida?

Obrigação ou não, eu não poderia simplesmente deixá-lo ali para morrer. Durante o tempo que passei com os piratas, prometera a mim mesmo que não seguiria pelos caminhos sombrios que eles trilhavam. Não me tornaria o que eles eram.

Então, dei permissão a Tobias, e em seguida Mott e eu sacamos nossa espada para acompanhá-lo colina abaixo. Aquilo não parecia um truque, mas tínhamos de ser cautelosos.

Tobias foi o primeiro a avistar o homem e, para minha surpresa, começou a rir. Nós o alcançamos e não pudemos deixar de cair na risada também. Aquele homem — o suposto inimigo — não era muito mais velho que eu e tinha toda a ferocidade de um cordeiro assustado. Havia sido pego em uma armadilha de caçador, que o puxara pela perna e o pendurara de cabeça para baixo. Tudo o que não estava preso a ele caíra para longe de seu alcance, incluindo uma espada miserável que mal parecia afiada o bastante para fatiar uma ameixa. Ele usava um uniforme parecido com o nosso e devia estar de cabeça para baixo havia tanto tempo que seu rosto estava tão vermelho quanto seus cabelos. Sinceramente, era uma visão ridícula.

Quando nos viu chegando, ele nos saudou como amigos e disse:

— Imploro que me ajudem. Por favor, me desçam daqui.

Vasculhei os arredores, batendo minha espada nos arbustos próximos para me certificar de que não havia ninguém escondido por ali. Ele se virou até encarar Mott, o mais velho de nosso grupo, o que o fazia crer que era nosso líder.

— Já estou aqui há mais de um dia, senhor, e a dor está ficando insuportável. Como um companheiro aveniano, imploro que me ajude.

Com meu sotaque aveniano, perguntei:

— Qual é o seu nome?

— Mavis Tock. Meu pai é um fabricante de velas no sul.

— Ah, então você deve ter aprendido suas habilidades de luta com ele. Como foi parar nessa posição? Você está sendo punido?

— Não.

— Está sendo caçado? — Comprimi os olhos para ele. — Ou é a isca?

— Estávamos marchando, mas eu sentia uma sede terrível. Então, ao ouvir o barulho de água, dei uma escapada para beber um pouco. Quando corri para alcançar os outros, fiquei preso nesta armadilha. E eles já estavam longe demais para ouvir meus pedidos de ajuda. Não tenho certeza de que alguém notou minha falta.

Tobias pegou sua faca e foi em direção à corda para cortá-la, mas eu o impedi.

— Para onde seu grupo estava indo?

— Para o norte. Parece que os exércitos de Gelyn foram detidos na fronteira por um pequeno grupo de cartianos. Ouvi dizer que Gelyn teria vencido, mas Bymar apareceu no último instante e selou a queda dos gelinianos.

Então Bymar tinha vindo? Aquela era uma excelente notícia em duas frentes. Significava que Roden obtivera uma vitória na fronteira e que Fink também tinha cruzado com segurança. Mas, já que Mavis ainda presumia que éramos de Avenia, apenas balancei a cabeça e disse:

— Os cartianos são horrendos, não são? Que direito têm de se defenderem nesta guerra?

Mavis assentiu e então franziu o cenho, como se estivesse confuso. Por fim, desistiu e simplesmente perguntou:

— Estou realmente sofrendo. Vocês podem me ajudar a descer?

Com a minha permissão, Mott avançou e, usando a espada, cortou a corda que prendia a perna do rapaz. Ele caiu no chão, e imediatamente notamos o sangue ao redor de seu tornozelo, onde a corda cortara sua pele.

Tobias se apressou até ele e começou a examinar o ferimento.

— Como isso aconteceu?

Mavis deu uma olhada no machucado, fez uma careta e então se deitou de novo.

— Tentei me soltar por horas. Doeu, mas eu não tinha ideia de que estava tão ruim assim.

Tobias puxou do bolso um lenço, que reconheci ser de Amarinda, e me perguntei por que estava em seu poder. Ele correu em direção ao som da água e voltou um pouco depois com o lenço ensopado. Torceu o pano e se ajoelhou diante de Mavis para limpar o ferimento.

— Temos que ir — Mott sussurrou para mim. — Nós o libertamos, nada mais nos é exigido.

— E se os papéis se invertessem? Você não esperaria mais dele?

— Claro. — Frustrado, Mott chutou o chão. — Só que não gosto da sensação de estar tão exposto nesta trilha.

Aquilo também não me agradava, mas Tobias olhou para cima, na minha direção, e sacudiu a cabeça. Agora que ele havia limpado o sangue do tornozelo de Mavis, estava claro que o dano fora grave. O corte profundo se tornaria muito doloroso assim que o sangue começasse a correr pela perna novamente. Mesmo agora, Mavis começava a dar sinais de tensão e apertava a coxa, como se aquilo fosse ajudar.

Tobias se levantou e me puxou de lado.

— Se não fizermos nada, vai infeccionar. Ele vai perder a perna e não será capaz de andar, provavelmente acabará morrendo.

— Não há nada que possamos fazer quanto a isso — falei. — Descê-lo é uma coisa, mas não somos médicos. Não temos suprimentos para ajudá-lo.

— Estudei um pouco de medicina. — Tobias sorriu com humildade, quase como se estivesse com vergonha de admitir. — Imaginei que, tendo você como rei, saber tratar ferimentos seria uma boa ideia. Por favor, Jaron, me deixe ajudá-lo.

Assenti e Tobias imediatamente começou a trabalhar, pedindo a Mott que buscasse um pano limpo e um cantil nos cavalos. Virando-se para mim, ele descreveu uma planta de caule grosso e folhas pontudas, que precisavam ser cortadas e unidas. Dentro delas havia um gel do qual Mavis precisava.

— Onde encontro isso?

— Perto da água e sob o sol.

Eu assenti e corri em direção ao riacho. Depois de Mott e Tobias terem sido tão cuidadosos comigo nos últimos dias, era desconcertante estar sozinho, e meus sentidos permaneciam apurados. Estávamos muito próximos de Avenia. Certamente em algum momento os outros notariam a ausência de Mavis e viriam procurá-lo.

Esquadrinhei o chão, procurando uma planta que se encaixasse na descrição de Tobias e questionando minha decisão de passar um tempo tão precioso ali. Era a coisa certa a fazer. Eu sabia disso, mas ainda assim a insinuação de Mott de que eu estava fortalecendo um inimigo também pairava em minha mente. Mavis podia não ser um guerreiro, mas isso não significava que fosse incapaz de nos fazer mal.

Por fim, percorri distância suficiente pela margem do rio para encontrar a planta de Tobias. Puxei minha faca para recolher algumas folhas, mas, naquele ângulo, algo me chamou a atenção, o brilho de um rubi lapidado como um diamante. Aquilo era estranho.

Quando me virei para olhá-lo, reconheci imediatamente o objeto ao qual o rubi estava preso. Era um sapato, mas não um calçado comum. Sem nada melhor para fazer, enquanto trepidava dentro da carruagem de fuga de Tobias havia tantos dias, olhei para aquele mesmo rubi por um longo tempo e o reconhecia agora. Aquele sapato pertencia a Amarinda. A princesa havia, em algum momento, estado naquele mesmo lugar.

20

Peguei o sapato e me levantei, procurando algum sinal de Amarinda, ou pelo menos uma pista de onde ela poderia estar naquele momento. Nada dava indício de quanto tempo o calçado estivera ali ou para qual direção a princesa seguira. Seria possível que ela tivesse passado por aquele local como prisioneira do exército de Mavis?

Cortei as folhas e então corri de volta para Tobias. Mott já estava com ele e permanecia vigilante, atento a qualquer aproximação, enquanto o companheiro seguia cuidando do tornozelo de Mavis. Eu me dirigi ao jovem ferido e coloquei o sapato diante de seu rosto.

— Você sabe de onde veio isto?

Mavis arregalou os olhos, mas não ficou claro se reconhecia o sapato, ou se estava surpreso por ver um calçado feminino daquela qualidade em um lugar como aquele.

— Eu fiz uma pergunta! — gritei. — Agora responda!

— Você não é aveniano — ele respondeu friamente. — Foi fácil perceber. Você perdeu o sotaque e esses dois falam como cartianos. Você é o mais jovem de todos. Por que dá as ordens?

Ele me encarou, pousando por um instante os olhos em meu antebraço, na marca dos piratas, nos hematomas ainda visíveis em meu rosto e na espada em minha mão.

— Sei quem você é... Jaron.

Então Mavis não era tão estúpido como eu pensava. Ou isso, ou eu era menos esperto do que queria acreditar. O que não melhorou minha autoestima nem minhas esperanças de passar por aquela área sem ser notado.

Reassumindo seu papel de guardião, Mott veio em nossa direção, mas não achei que Mavis estava em posição de me ferir. Ajoelhei-me a seu lado, com uma das mãos ainda segurando o sapato, e a outra, a planta de que ele desesperadamente precisava.

— Me ajude — falei. — E eu o ajudarei.

Seus olhos permaneceram focados na planta.

— Entendi. Ou eu lhe conto o que sei sobre esse sapato, ou você vai me deixar morrer aqui. É isso, não é? Cartianos não são melhores que avenianos.

— Como ousa dizer isso depois que o resgatamos, sabendo quem você era? Está em meu país. Você nos atacou!

Mavis se virou.

— Sigo ordens sem questionar, como um bom soldado. Você pede o mesmo dos seus.

— Não, eu peço a eles que sejam boas pessoas. Dessa forma, se seguirem minhas ordens, saberei que estou fazendo a coisa certa. — Tobias estendeu a mão e eu lhe entreguei as folhas que segurava. — Faça o que puder por esse rapaz e seguiremos viagem.

Mas Tobias apenas apertou as folhas.

— Se ele sabe algo sobre Amarinda...

— Ele quer brincar conosco. É melhor seguirmos o rastro dela enquanto é recente. Enfaixe a perna dele e vamos embora.

Tobias abriu as folhas para revelar, em seu interior, um gel amarelo e pegajoso, que ele recolheu com os dedos e aplicou na perna do soldado aveniano. Mavis arqueou as costas ao sentir a dor na ferida, mas o pior já tinha passado quando Tobias enfaixou sua perna com um pano do alforje de Mott.

Ele entregou as folhas restantes ao rapaz.

— Você precisa dar uma olhada na ferida com frequência e mantê-la com o gel até o corte estar totalmente cicatrizado. Pode não curar a infecção por completo, mas, se você fizer o que estou dizendo, ficará fora de perigo.

Com isso, Tobias se levantou e nós nos apressamos até os nossos cavalos.

Mott ergueu seu alforje e pegou um pouco de comida, que jogou para o rapaz.

— Você está em dívida conosco agora — disse. — Lembre-se disso.

— Sou o mais insignificante dos soldados de Avenia — retrucou Mavis. — Não tenho nada com que retribuir a um rei.

— Você encontrará um modo de fazer isso — afirmei.

— Vamos. — Tobias começou a se afastar com seu animal. — Nós devemos nos apressar.

Mott e eu o seguimos, mas, antes que tivéssemos nos distanciado muito, Mavis gritou:

— Vimos a menina que usava o sapato. Fomos atrás dela, mas ela fugiu. Não sei para onde foi, mas ela não está com o meu exército.

Voltei os olhos para os dele e assenti em gratidão. Então, sem dizer nada, virei-me e disparei atrás de Mott e Tobias, já no caminho para encontrar a princesa.

21

Certa vez, Mott me disse que era bom em seguir rastros, mas não lhe dei o devido valor até vê-lo em ação. Assim que perdemos as pegadas da princesa no solo fofo às margens do riacho, ele desceu do cavalo e começou a me mostrar como trabalhava.

Algumas coisas eu já tinha entendido — devíamos procurar grama pisoteada ou galhos quebrados que indicassem que alguém tinha passado por ali. Mott usou um graveto para medir a distância das passadas e com essa informação estimar, a partir do ponto em que as pegadas haviam sumido, onde a trilha recomeçava. Era um trabalho lento, que exigia que nossos cavalos fossem pacientemente guiados. Mas, depois de termos percorrido uma curta distância, as pegadas sugeriam que Amarinda estava caminhando, não correndo, e as marcas estavam ali havia menos de um dia. Se nos mantivéssemos na trilha, devíamos encontrá-la.

Continuamos naquele caminho por várias horas, até o sol partir e, com ele, nossas esperanças de encontrá-la antes do cair da noite. A certeza veio quando nos deparamos com outro riacho e nenhuma pegada visível à sua margem oposta.

— Ela pode ter andado pela água, subido ou descido o rio, e ter saído em qualquer lugar. — A frustração de Mott era evidente. — Está escuro demais para prosseguirmos. Devemos acampar e recomeçar amanhã.

— Precisamos continuar, ou ela se afastará ainda mais — argumentou Tobias. — Vamos tentar riacho acima. Esse caminho a levaria para mais perto de Drylliad.

— E dos soldados que a perseguiram — lembrei. — Ela já está muito mais ao sul do que eu esperava. Deve ter continuado nessa direção.

Diante de uma escolha tão incerta quanto a outra, Tobias relutantemente concordou em montar acampamento. Mott acendeu uma fogueira enquanto Tobias e eu preparávamos um cozido. Depois de comermos, nos acomodamos ao redor das chamas sem ter muito a dizer. Tobias foi o primeiro a se deitar, insistindo que retomássemos a busca por Amarinda ao raiar do dia. Mott foi um pouco depois, e eu me deitei perto do fogo bruxuleante, mas o sono não veio. Nós deveríamos ter chegado ao lago Falstan naquele dia, e, apesar de não estar arrependido por ter ajudado Mavis — e certamente a busca pela princesa era uma prioridade —, eu ainda me sentia desconectado da guerra que eu deveria estar liderando. Eu estava preocupado com o colapso de meu país, mesmo que estivesse andando inutilmente em círculos em torno da ação.

Finalmente me deixei levar pelo cansaço, mas caí em um sono agitado, repleto de pesadelos que me deixaram no limite da vigília. Neles, Amarinda estava na mesma colina de onde Imogen caíra, me implorando para ir atrás dela. Dizendo-me que era inteligente e forte e que lutaria por mim. E então ouvi o silvo de uma flecha...

Acordei de súbito, com suor na testa. Mas logo me dei conta de que não havia sido o pesadelo que me despertara. Algo perto de nós fizera barulho.

Os cavalos estavam amarrados próximos dali, mas não no nosso acampamento. O que é que tenha feito aquele barulho, era pequeno, mas certamente perturbara os animais.

Tão silenciosamente quanto possível, peguei a espada, cutuquei Mott e Tobias e, quando eles despertaram, acenei para que me seguissem. Só tínhamos dado alguns passos e logo ouvimos o som de nossos cavalos em fuga. Começamos a persegui-los, com Mott correndo muito à frente de mim e de Tobias. Um dos cavalos devia ter sido solto. Mott o agarrou, saltou na sela e partiu para se colocar diante do ladrão e forçá-lo a voltar.

Tobias e eu continuamos correndo na direção do barulho. Gritei para ele seguir pela direita, para o caso de nosso ladrão de cavalos atacar por trás. O ladrão continuou à frente. Outro animal escapou e cavalgou em direção a Tobias, que conseguiu segurar as rédeas e acalmar o cavalo o suficiente para montá-lo e partir, me deixando sozinho.

Não demorou muito para perdê-lo de vista, e Mott já estava longe demais. Eu não estava certo sobre qual caminho tomar até ouvir os gritos de Tobias, minutos depois.

— Ajudem! Eu o vejo!

Eles estavam vindo na minha direção, e eu corri para interceptá-los. O ladrão chegaria primeiro a mim e seria saudado pela ponta afiada de minha espada.

Só que isso jamais aconteceu. Quando Tobias gritou por ajuda, o ladrão respondeu:

— Tobias?

Era a voz da princesa.

Ainda correndo, eu a vi se aproximar sob a luz do luar. Amarinda roubara nossos cavalos e, agora que reconheceu uma voz amiga, imediatamente se virou e partiu em direção a Tobias. Quando estavam próximos um do outro, ela desmontou do animal, assim como ele. Eu estava perto o bastante para chamá-la, mas alguma coisa me silenciou. De alguma forma, aquele encontro pertencia a eles, não a mim. Então, apenas observei a princesa chamar Tobias e correr para abraçá-lo. Vários dias antes, quando eu os vi se juntarem no pequeno espaço no assoalho da carruagem de fuga, eles pareceram desconfortáveis e estranhos um ao outro. Obviamente, isso era coisa do passado.

— Como chegou aqui? — ela perguntou. — Quando você foi capturado, eu pensei que... — a voz dela falhou — tinham feito com você o mesmo que fizeram com Jaron.

Tobias me viu atrás deles e a soltou, como se ela estivesse em brasas. Com um olho em mim, ele disse:

— Alteza, o que nos contaram sobre Jaron era mentira.

Então, ele a virou para que ela pudesse me encarar, e Amarinda hesitou por um instante, como se fosse incapaz de crer nos próprios olhos. A luz sobre nós era escassa, mas pude notar que seus longos cabelos castanhos caíam emaranhados pelas costas, seu vestido fino estava rasgado e amassado, e ela mancava por estar usando um único sapato. Estava suja, maltrapilha e claramente exausta. Mas, apesar de tudo, parecia linda como sempre.

— Jaron? — ela hesitou, sem acreditar. — Isso é possível? Disseram que você estava morto.

— Cheguei bem perto de estar.

— Mas como... — Amarinda se aproximou o suficiente para me tocar, e seu rosto transbordava de carinho. Ela esticou o braço para tirar uma mecha de cabelo que me caíra sobre o rosto, revelando um hematoma escuro em minha testa. Um presente do carcereiro Terrowic para mim.

— Jaron, o que fizeram com você?

Em vez de responder, segurei a dela mão e a beijei, então disse:

— Fale-me de você. Do que precisa?

Ela sorriu.

— Está tudo bem, meu rei, mas estou faminta.

— Temos comida em nosso acampamento.

— Eu sei. Senti o cheiro quando estavam cozinhando e, na verdade, foi assim que encontrei o acampamento. Mas, quando cheguei lá, vi os uniformes e os cavalos com selas avenianas. Eu não tinha ideia de que eram vocês. Meu plano era soltar os cavalos e, quando todos fossem atrás deles, me esgueirar pelo acampamento e roubar comida.

— Foi um plano arriscado.

— Sim, mas eu estou com muita fome. E correr o risco valeu mais a pena do que eu podia esperar.

Neste momento, Tobias trouxe seu cavalo até nós. Apesar do abraço que acabara de compartilhar com Amarinda, ele estava envergonhado quando a ajudou a montar. Juntei-me a ela na sela para voltarmos ao acampamento. Ela passou os braços ao redor de minha cintura, mas notei que olhava para Tobias quando partimos. Isso transformou em certeza uma suspeita que havia um tempo se insinuara em minha mente.

Tobias e a princesa estavam apaixonados.

22

Mott se juntou a nós logo depois de chegarmos ao acampamento, e era evidente que estava tão aliviado quanto o restante de nós por ter encontrado a princesa sã e salva. Mas eu percebi que ele me olhava com uma ruga de preocupação entre as sobrancelhas. Obviamente, ele entendera que algo me incomodava, porém sabia que não deveria perguntar.

Realimentamos a fogueira para Amarinda se aquecer. Nós lhe oferecemos chá e Mott foi esquentar a comida, enquanto Tobias e eu reorganizávamos o espaço para que a princesa tivesse conforto e privacidade. Para a segurança dele, eu teria preferido que Tobias trabalhasse o mais distante possível de mim, mas ele parecia muito concentrado no que fazia para notar minha raiva. Enquanto preparávamos as coisas, Amarinda nos contou o restante da história a partir do instante em que Tobias fora capturado.

— Eu sabia que devia atravessar a fronteira de Carthya — ela disse enquanto comia. — Mas estavam me procurando com tanto afinco ao norte que fui forçada a ir para o sul. Por fim, consegui adentrar os limites de Carthya, na esperança de encontrar alguém que me ajudasse a chegar a Drylliad.

— Todo mundo já foi para lá — eu disse. — Aqui não é seguro para as famílias ficarem por conta própria. E não é seguro principalmente para você. Por que não foi para Bymar, como planejamos?

Meu tom foi mais duro do que deveria, e seria mais do que justo que ela respondesse com a mesma entonação. Mas, em vez disso, Amarinda respondeu com suavidade:

— Eles disseram que você estava morto.

— Eu podia mesmo estar morto! Essa é mais uma razão para você se proteger!

— Não, isso significava que eu tinha de voltar para o castelo, para que o nosso povo tivesse a certeza de que o trono estava seguro! Se as pessoas sabem por que lutam, elas continuam lutando, porém, se a notícia de sua morte se espalhasse, elas começariam a se questionar. Eu tinha que voltar para poder lhes dar um propósito para resistirem.

Parei o que estava fazendo para estabilizar minhas emoções. Independentemente do que eu sentisse, palavras como aquelas a definiam como uma nobre de verdade. Não havia dúvidas quanto à sua coragem ou realeza.

Tobias disse:

— Na noite anterior à nossa partida do castelo, você pediu a ela que governasse se algo lhe acontecesse e que encontrasse um marido de Carthya. Ela fez apenas o que você desejava, Jaron.

— É mesmo? — Eu não precisava que ele me explicasse isso. Ele já me ajudara bastante. Senti a raiva ressurgir. — Isso é o que vocês dois pensam que eu queria?

Amarinda tomou fôlego para falar, chamando minha atenção, mas permaneceu em silêncio. Continuamos nos encarando até que Mott se levantou e disse:

— Vou dar uma olhada nos cavalos. — Ele fez um aceno de cabeça para Tobias. — Você devia me ajudar.

— Por quê? — Tobias claramente não estava interessado em sair dali. — Eles estão alimentados, hidratados e bem amarrados.

— Porque eu estou dizendo para vir ajudar!

Pelo tom de voz de Mott, Tobias certamente percebera que aquilo não tinha nada a ver com os cavalos. Mas não deixei de notar seu olhar para Amarinda, repleto de compaixão por ela ter de ficar ali sozinha comigo e lamentando o fato de não lhe ser permitido ficar também.

Coloquei mais gravetos na fogueira e me sentei em um tronco para observar o fogo arder. Aquela noite parecia durar para sempre, e tudo que eu desejava era que ela acabasse. Amarinda veio se sentar perto de mim, e nós ficamos juntos observando o fogo. Algo precisava ser dito, mas eu não tinha ideia de por onde começar.

Apesar do céu aberto ao nosso redor, de repente me senti enclausurado e meu coração disparou, sem ter certeza do motivo. Eu estava com raiva? Na verdade não, apesar de ter todo o direito de estar. Magoado? Sim, apesar de que, ao crer em minha morte, a afeição de Amarinda por Tobias certamente não tinha a menor intenção de me entristecer. Talvez eu me sentisse deslocado, como se não pertencesse a lugar nenhum, a ninguém. Apesar de toda a glória de ser rei, eu ainda era um órfão indesejado das ruas.

Finalmente, ela disse:

— Enquanto você estava com os piratas, Tobias passou muito tempo tentando me ajudar a entendê-lo.

— Sim, posso imaginar que isso tenha levado muitas horas — zombei.

— Dias, na verdade. — Ela sorriu de volta, mas não de forma insolente. Duvidei que Amarinda fosse capaz desse tipo de indelicadeza. — Ele me contou que, em Farthenwood, você disse certa vez que não tinha vontade de ser rei. É verdade, ou apenas parte de seu disfarce como Sage?

Um suspiro silencioso me escapou dos lábios.

— Nada do que eu disse em Farthenwood foi mais sincero.

— Somos pessoas muito diferentes, Jaron, mas nesse sentido somos bastante parecidos. Você jamais quis a coroa, eu também nunca a desejei. Em toda minha vida, nunca me perguntaram o que eu realmente queria.

Como aquilo me soava familiar. Minhas queixas não eram de forma nenhuma diferentes.

— Desde que nasci fui prometida a seu irmão. Quando alcancei a idade certa, deixei minha casa em Bymar e fui morar em Drylliad, para conhecer Darius melhor. Com o tempo, entreguei meu coração a ele e previ uma vida de felicidade a seu lado. Então, numa manhã, ele estava morto. Ele se fora. E, quase tão rapidamente quanto isso, era esperado que eu deixasse de lado tudo o que sentia por ele, que fingisse não estar completamente vazia por dentro. Na mesma noite em que o assassinato de Darius foi confirmado, fui prometida a outro homem, você. Sei que é assim que as coisas devem ser, mas acho que ninguém entendeu como foi difícil para mim encará-lo, tão parecido com Darius e uma lembrança constante de que ele se fora.

— Por favor, me perdoe. — Eu me senti extremamente egoísta por ter me concentrado tanto em meus próprios desejos e frustrações, a ponto de durante todo esse tempo não levar em conta a dor que ela devia ter sentido.

— Não há nada a perdoar — disse ela. — O noivado não era mais seu desejo do que meu. No entanto, apesar disso tudo, nós construímos uma amizade. E então, quando a guerra começou, você se tornou a primeira pessoa a me perguntar o que eu queria fazer: me casar com você ou escolher meu próprio caminho. E eu lhe agradeço por isso. De muitas maneiras, foi a maior prova de amor que alguém já me deu. — Ela respirou profundamente e então prosseguiu: — Você prometeu nunca mentir para mim, certo?

— Sim.

— Então eu tenho de lhe fazer uma pergunta e pedir que responda com honestidade. — Eu assenti, e ela continuou: — Antes de sairmos do castelo, Kerwyn sugeriu que você e eu nos casássemos logo. Por que concordou com a sugestão dele?

Eu não esperava tal pergunta e, na verdade, mal pensara a respeito daquilo desde então. Lutei para encontrar as palavras corretas.

— Porque Kerwyn estava certo. Se algo acontecesse comigo, preservaríamos você como rainha.

Ela comprimiu os lábios.

— Acha que esse é um bom motivo para um casamento?

Em um mundo perfeito, haveria apenas uma única razão para duas pessoas se unirem: se amarem mais do que sua própria existência. Mas na vida real havia outros fatores a ser considerados, razões mais práticas. Casamentos para ganhar um provedor, uma cozinheira ou um companheiro eram comuns, e, para muitas pessoas, o suficiente. Amarinda e eu devíamos nos casar por causa de um tratado firmado entre nossas famílias. Talvez as pessoas se casassem por outras razões que não o amor, mas, quando refleti sobre isso, um tratado me pareceu o mais ridículo dos motivos.

— Não — eu respondi. — Espero me casar por amor, e por nenhuma outra razão.

Ela se aproximou e senti o calor de sua presença. Quando Amarinda falou, sua voz era baixa e suave.

— Jaron, você me ama?

Ela poderia muito bem ter me pedido para resolver os mistérios do universo. Eu jamais me fizera essa pergunta porque nunca precisara da resposta. Como parte das condições para assumir o trono, eu tinha de me casar com a princesa. Por que questionar o que precisava ser feito?

Mas era isto: eu sempre senti que *precisava* me casar com ela. Eu nunca *quis* isso.

— Claro que amo você. — Minhas palavras soaram como uma confissão, e era bom pronunciá-las. — Mas como uma irmã ou uma amiga querida. Eu não estou *apaixonado* por você.

E, com essas palavras, qualquer raiva que eu sentisse por ela e por Tobias desapareceu. Eu não podia culpá-la por não ter emoções que eu mesmo não sentia. E, se eu realmente tinha afeição por Amarinda, então o que ela queria deveria ser minha prioridade. Eu tinha de aceitar que a felicidade dela estava em alguém que não era eu.

A tensão no semblante de Amarinda também se esvaiu.

— Tobias não tem sua sagacidade com as palavras ou sua força com a espada. Mas ele é bom e gentil, e consigo ser eu mesma quando estou com ele.

Eu não podia negar nada disso. Minha opinião sobre Tobias fora a pior possível quando nos conhecemos, mas, assim que chegamos a um entendimento, ele me serviu lealmente como nenhum outro. Melhor do que isso: ele se tornou o mais verdadeiro dos amigos.

— Com a inteligência e a posição dele como regente, ele deve lhe dar uma vida confortável, mas não a de uma rainha.

Ela deu de ombros.

— A vida de princesa foi um grande presente do rei do meu país. Mas eu nunca pedi isso.

— Você sempre se encaixou perfeitamente no papel.

— Também vou me encaixar perfeitamente em meu novo papel. Como Tobias é um regente, se nós nos casarmos, o acordo entre nossos países será cumprido.

Era bom saber disso, *se* eu ainda tivesse um país ao fim da guerra. Peguei a mão de Amarinda e a beijei, menos triste com sua rejeição do que esperava. Talvez não lhe tenha sido possível partir meu coração porque ela nunca fora dona dele. Ou talvez porque meu coração já estivesse em pedaços, por uma perda maior.

Forcei um sorriso para encobrir esses pensamentos sombrios.

— Tobias deve estar lá se perguntando se vou mandar executá-lo. Acho que pode ser divertido fazê-lo crer nisso.

— Duvido que ele vá apreciar a piada tanto quanto você.

A expressão de Amarinda era séria, mas tive certeza de ter captado um leve brilho em seu olhar.

Por fim, Mott e Tobias voltaram. Mott parou à margem do acampamento, aguardando permissão para se juntar a nós. Imaginei que ele falara com Tobias enquanto estiveram juntos, já que, em vez de se aproximar, Tobias se ajoelhou onde estava, abaixando a cabeça. Se ele suspeitava que eu estava furioso o bastante para ordenar sua decapitação, aquela não era a posição mais inteligente. Eu me dirigi até ele, que disse:

— O dia mais sombrio de minha vida foi quando disseram que você estava morto. Por favor, acredite em mim, Jaron.

— Eu acredito. E só tenho a agradecer por tudo o que fez para ajudar a princesa. Derramo minhas bênçãos sobre vocês.

Tobias levantou a cabeça e abriu um sorriso para Amarinda, que sorriu de volta para ele. Ela se virou para mim.

— Obrigada, meu rei. Então posso estender meus desejos a você e Imogen? Onde quer que ela esteja agora, ela o ama, Jaron. E está destinada a ser sua.

À menção do nome de Imogen, eu congelei e tentei me lembrar de respirar. Toda vez que eu pensava nela, me sentia como uma carne vazia. E eu não tinha ideia de como reagir naquele momento — jamais me ocorrera que Amarinda não sabia de nada.

Mott se inclinou e sussurrou algo para ela. Ao ouvir a notícia, seu queixo caiu e ela deixou escapar um suspiro de horror. Amarinda arregalou os olhos e as lágrimas escorreram por seu rosto como rios de tristeza.

— Pensei que, se você tinha escapado do acampamento, ela havia feito o mesmo — soluçou. — Ninguém me disse nada.

Ainda balançando a cabeça, ela cambaleou para frente e me envolveu em um firme abraço.

Eu não estava certo se a estava confortando, ou ela a mim. Mas o fato de Amarinda chorar em meu ombro me permitiu dar vazão ao luto, como eu tão desesperadamente precisava. Quando por fim ela me soltou, a tristeza ainda permanecia, mas eu me sentia purificado do pior. Segurei sua mão, a beijei e então a pousei sobre a de Tobias.

— Ela será sempre da realeza — eu disse a ele. — Ame-a como tal.

Ele se curvou humildemente e falou:

— Estaremos eternamente em dívida com você. O que podemos fazer?

— No acampamento de Avenia, você me perguntou se eu tinha me dado por vencido. — Respirei fundo, recordando quão perto eu havia chegado da morte. — Sim, eu tinha me dado por vencido. Mas me reergui e eu estou pronto para lutar esta guerra. Ajude-me a vencer, Tobias. Vargan precisa ser detido.

23

Muito tempo depois que Tobias e Amarinda tinham adormecido, eu me sentei perto do fogo, exausto, mas incapaz de dormir. Enquanto meus dedos roçavam a única moeda em meu bolso, assisti às chamas dançarem por entre os gravetos e o redemoinho de fumaça que se espalhava pelo ar na direção que o vento o levasse. Como será que é, eu me perguntei, ser algo simplesmente lançado de um lado para outro, sem vontade própria. Desde sempre eu tinha sido o oposto disso, incessantemente compelido a lutar contra qualquer força que me obrigasse a ir para onde eu não queria, mesmo que fosse para o meu próprio bem. Como pude ser tão tolo? Jurei tentar mudar isso em mim. Mas só se o resto do mundo parasse de tentar me forçar.

Depois de me deixar um tempo sozinho, Mott também veio se sentar ao lado do fogo. Ele acenou com a cabeça para Tobias e Amarinda e, em um tom abafado, disse:

— Foi nobre o que fez esta noite. Eu esperava mais raiva de sua parte.

— Por quê? Eles não fizeram nada de errado e merecem a felicidade.

— Você não se sentia assim antes desta noite.

— Não, mas agora me sinto. — Eu me virei para encará-lo, a fim de que ele pudesse ver minha sinceridade. — Eles devem ser felizes. Têm uma vida longa pela frente.

— Assim como você, Jaron.

Suspirei suavemente.

— As chances de que isso aconteça não estão exatamente a meu favor.

Mas Mott apenas disse:

— Se estivesse aqui, Imogen diria o mesmo a você.

Ao fechar os olhos, o rosto dela me veio à mente, como sempre acontecia, no momento em que seus dedos acariciavam meu cabelo. Mais de uma vez, enquanto estava na prisão de Vargan, eu sonhara com Imogen, que estávamos juntos em algum lugar na vida após a morte e eu lhe implorava perdão por meus erros. E, embora os detalhes dos sonhos recuassem para as profundezas de minha mente como ondas em uma praia, a certeza de que Imogen fizera as pazes comigo permanecia dentro de mim.

Quando abri os olhos, virei-me para Mott e disse:

— Acho que ela me amava.

— É claro que amava.

— Por que não pude ver isso antes?

— Você sempre soube. Mas havia a princesa, sua obrigação com o noivado.

— O que eu cumpri. — Suspirei e olhei novamente para o fogo. — Vilões, intrigas e inimigos são coisas simples para mim. Mas as amizades são complicadas, e o amor é ainda mais difícil. Isso tem me ferido de maneiras que uma espada jamais seria capaz.

— Se você se magoa profundamente, significa que ama profundamente, também. O amor é algo poderoso, Jaron. No fim das contas, o amor o ajudará a vencer esta guerra.

Eu ri.

— Seria uma boa estratégia, creio eu. Quando o inimigo empunhar a espada contra mim, eu simplesmente expressarei meu amor por ele. Eles ficarão tão chocados que sofrerão um colapso e a vitória será minha.

— Eu me atrevo a dizer que você será o primeiro a reivindicar a vitória dessa forma. — Seu riso suave esmaeceu quando ele notou que meu semblante se tornara sombrio. E acrescentou: — Amanhã vamos retornar à guerra. Por isso, chegou a hora de decidir quem você é. Será levado por este vento que sopra contra nós, ou permanecerá firme para enfrentá-lo?

Se ao menos as complicações da vida pudessem ser simplificadas desse modo. Eu disse:

— Isso não é um vendaval.

— É a *sua* tempestade, e o futuro de todos nós depende agora de você. Então quem você é? Sage, o órfão que se preocupa apenas consigo mesmo? Ou o príncipe rebelde e indisciplinado que seu pai mandou embora? A vida testou sua capacidade de resiliência, seu vigor e sua força de vontade, e você passou no teste de maneira que ninguém jamais imaginou ser possível. Mas a tormenta nunca esteve pior, e tanto pode destruí-lo como defini-lo. Depois que tudo lhe foi tirado, você ainda é capaz de se postar diante de nós como Jaron, o rei ascendente de Carthya?

Fechei os olhos novamente, mas não para visualizar Imogen em minha mente. Eu estava me lembrando do momento em que desci de minha carruagem após retornar do acampamento dos piratas, com o corpo ferido e uma perna quebrada. Era como se todo o reino tivesse ido me recepcionar e me dar boas-vindas. Eles haviam se curvado e me saudado como o rei ascendente. Isso significou surgir da noite mais escura e trazer a alvorada ao meu país. As forças contra nós nesta guerra eram esmagadoras. Mas, se eu não encontrasse uma saída, nosso destino estava selado. Jamais haveria um único dia em que eu não amasse Imogen, não desejasse tê-la de volta. No entanto, mais uma vez, eu teria de me erguer.

— Vamos dormir um pouco — eu disse a Mott. — A partir de amanhã, daremos início ao fim desta guerra. Vamos salvar Carthya.

24

Na manhã seguinte, Mott estava sozinho no acampamento quando de repente se viu cercado por soldados avenianos. O bando atacou por todos os lados, lhe tomando a espada e o obrigando a se ajoelhar. Os cinco homens estavam armados e eram brutos, e um deles disse algo sobre terem voltado para procurar um soldado desaparecido. Provavelmente Mavis.

Todos os intrusos eram horrorosos, algo dificilmente incomum para avenianos, mas foi o mais asqueroso deles que se dirigiu a Mott. Ele usava um tapa-olho e o cabelo, fino e sem graça, parecia grama de inverno brotando do crânio irregular.

— Onde está o seu rei? — perguntou o homem.

— Não muito longe — respondeu Mott. — E ele não ficará feliz em vê-los aqui. Sugiro que saiam agora.

O sujeito riu, revelando dentes manchados. Era surpreendente que ainda lhe restassem alguns.

— Um de nossos recrutas teve problemas perto daqui. Ele nos contou sobre vocês.

— Ele nos falou sobre vocês também — retruquei, acima deles. Mais cedo naquela manhã, eu subira no galho de uma árvore, um mirante seguro de onde eu poderia esperar a chegada deles. Sendo tão desatentos quanto inteligentes, não notaram minha presença ao se aproximarem. — Embora ele não tenha feito uma boa descrição de seu odor. Ele disse que vocês cheiravam a gambás, mas acho que isso é uma indelicadeza com os pobres animais.

Eu empunhava o arco que Mott trouxera consigo, com a flecha encaixada e pronta para ser atirada. Minha mira não era a melhor, mas eles estavam perto o bastante, e acertá-los não seria problema. O homem no centro encostou uma faca na garganta de Mott e só então notou que seus companheiros já haviam se afastado.

— Largue isso agora, antes que vocês se machuquem. — Aquele era o único aviso que eu pretendia dar.

Um dos outros homens disse:

— Por quê? Mesmo aí em cima, ainda podemos pegá-lo.

— Em teoria, sim. Mas vocês não vão.

Inclinei a cabeça para as árvores atrás deles. Tobias e Amarinda estavam lá em cima. Juntos, seguravam uma longa corda que descia do tronco da árvore, com um nó de caçador na ponta. Quando a puxaram, a corda passou esticada ao redor dos tornozelos dos avenianos, atirando todos ao chão e os enlaçando. Não era muito diferente do que acontecera com Mavis, e eu esperava que eles apreciassem a ironia. Assim que viu que estava sozinho, o homem atrás de Mott largou a faca e ergueu as mãos, se rendendo.

Mott se levantou e recolheu as armas enquanto eu saltava do galho onde estava para o solo diante deles.

— Vocês fazem tanto barulho que já sabíamos que chegariam uma hora atrás. Eu já estava ficando entediado com a espera. — Então eu me virei para o homem que havia falado. — Nós atraímos vocês para cá como fazemos com peixes e minhocas. Diga, vieram por minha causa?

O Bafo de Peixe não parecia interessado em falar até que Mott retribuiu a gentileza e o espetou com a ponta de sua própria faca.

Ele gritou e ergueu os braços ainda mais alto.

— Eu já disse, viemos por causa de um dos nossos soldados.

— E para onde seu exército está indo? Para o lago Falstan?

— Não tenho nada a dizer para um reizinho — desdenhou o Bafo de Peixe.

— Como quiser.

Fiz um gesto para que Mott o arrastasse para longe, mas ele se contorceu ao ser pego e gritou:

— Você não vai me matar!

— Tem certeza disso? Porque estou pensando se deveria.

— Deixe-me viver e eu lhe darei informações.

Fingi ponderar a oferta.

— Bem, se forem interessantes, eu o manterei vivo. Mas, se desperdiçar meu tempo com mentiras, então o acordo estará anulado.

Seus olhos percorreram toda a área ao redor antes de ele falar, e, quando o fez, sua voz era mais calma, possivelmente porque, onde quer que estivesse, o rei Vargan não o ouviria entregar seus segredos.

— Vargan está seguindo direto para a capital. Mendenwal já está por lá, com ordens para destruir Drylliad e aniquilar todos que estão dentro de suas muralhas. Os vencedores se juntarão aos que já estão acampados no lago Falstan para pôr fim à guerra ali.

Amarinda suspirou fundo e procurou a mão de Tobias. Olhei para eles sobre Mott, ponderando a veracidade da informação.

— O combate já começou em Drylliad? — perguntei.

— Se ainda não, começará em breve. Fui informado de que o capitão de sua guarda formou uma linha de defesa perto da cidade e a reforçou com os exércitos de Bymar. No entanto, eles não durarão muito tempo. Assim que descobrirmos como romper essa linha, será fácil avançar até Drylliad.

Meus olhos se estreitaram enquanto eu o estudava.

— Acho que está mentindo.

— Não estou! Ouvi isso diretamente de um homem chamado Kippenger, um dos principais comandantes de Vargan.

Kippenger. Aquele nome era como vinagre em minha língua.

Peguei uma pedra.

— Com que mão empunha a espada?

O Bafo de Peixe tremeu sob a ameaça implícita, mas ergueu a mão esquerda.

— Por favor, não faça isso. Você disse que não ia me matar.

— E você disse que não mentiria para mim. Você apontou a faca com a mão direita. — Ergui a pedra ainda mais alto.

— Isso é tudo o que sei! — O pânico fez sua voz se tornar mais estridente. — Escute, você vai encontrar os soldados de Mendenwal lá, e o meu exército com eles na batalha. Eles pretendem destruir Drylliad.

Franzi o cenho e esfreguei o queixo, principalmente porque isso parecia deixá-lo nervoso.

— Tudo bem — eu disse por fim. — Vou deixá-lo viver, mas, para o seu bem, é melhor que existam outros em seu exército dispostos a vir buscá-lo. — Então fiz um movimento de cabeça para Mott. — Amarre-os.

Enquanto Mott prendia os homens nas árvores ao redor de nosso acampamento, Tobias e Amarinda desceram para ajudá-lo, e eu reuni nossos cavalos. Tínhamos de sair imediatamente dali. Quando o vi pela última vez, Roden ainda não havia descoberto como ser o capitão de seus próprios soldados. Se ele ainda não tivesse aprendido a liderá-los, as linhas de defesa fora de Drylliad não durariam muito.

Depois que partimos, Mott perguntou:

— Você pretende ir a Drylliad?

— Claro. A cidade não pode cair.

— A batalha será perigosa — disse Amarinda. — Tem certeza de que está preparado?

Com um sorriso, respondi:

— Terei mais de dez minutos para me preparar antes de avistar os primeiros sinais de que a batalha se aproxima. Deve ser a luta para a qual me dirijo mais bem preparado, de todas que já enfrentei.

Cavalgamos o mais rápido possível a Drylliad, mas, quando chegamos às margens do rio Roving, eu me virei para Tobias.

— Você e Amarinda podem subir o rio até o acampamento no lago Falstan?

— Sim. Mas, se está indo a Drylliad, devo ir com você. Teremos homens feridos por lá, e eu poderei cuidar deles.

— E quanto a Amarinda? — perguntei.

— Eu posso ajudar Tobias — respondeu ela. — Deixe-me ser útil nesta guerra.

Os olhos dela encontraram os meus, e eu falei:

— Os arranjos de nosso noivado podem ter mudado, mas nada mudou em relação ao trono. Se alguma coisa acontecer comigo antes de isso acabar, preciso que governe como rainha. Você já é útil e deve se manter segura.

— Eu garanto a segurança dela, Jaron — prometeu Tobias. — Isso também não mudou.

Eu assenti e então disse a Amarinda:

— Você e Tobias irão ao acampamento Falstan e lá montarão uma tenda de assistência médica. Em alguns dias, ela será tão necessária lá quanto no lugar para onde estou indo. Ordenem que o comandante envie a Drylliad o maior número de homens de que puder abrir mão.

Amarinda assentiu, e então ela e Tobias partiram, enquanto Mott e eu rumamos para o norte.

Cavalgamos em um ritmo forte para Drylliad, com pensamentos sombrios a respeito do que aconteceria se o inimigo não pudesse ser contido pelas muralhas que protegiam a capital. Harlowe fora encarregado de preparar um exército para defender a cidade se preciso, mas suas opções eram limitadas. Muitas das famílias que vieram buscar abrigo dentro das muralhas jamais tinham duelado contra algo que não fosse um lobo ou um cão selvagem que ocasionalmente atacava os rebanhos. Ali dentro haviam restado apenas as mulheres encarregadas da proteção das crianças e dos idosos, e seus maridos já haviam se juntado à guerra.

Talvez Harlowe pusesse em prática seu plano de esvaziar as prisões. Eu me perguntava se os condenados lutariam por Carthya, ou se debandariam na primeira oportunidade. Mas Harlowe me prometera não incluir Conner entre os libertos. Independentemente de quão desesperadora se tornasse a situação, eu não confiaria minha própria vida ou a vida de meu povo a Conner.

Já era fim do dia quando nos aproximamos da última colina antes de alcançarmos Drylliad. Mott me chamou e parou, fazendo com que eu me detivesse também. Ele disse:

— Estive observando-o desde que deixamos o acampamento aveniano. Você não está tão forte como antes. Tenho visto o jeito como ergue a espada, agora com as duas mãos.

Tudo o que eu podia fazer era olhar para frente.

— Estou mais forte a cada dia. Além disso, minha determinação está firme como sempre, e é isso o que mais importa.

— Mas a batalha está apenas a uma colina de distância.

— Sim, e se preciso lutarei segurando a espada com as duas mãos.

Mott não estava convencido.

— Onde está sua armadura e seu escudo?

— Onde estão os seus? — rebati. Deixei a irritação se esvair e apenas suspirei. — Nenhum bom rei envia seu povo para a batalha a menos que esteja lá, ao lado dele.

— E nenhum bom servo deixa seu soberano sozinho.

Olhei para ele, sempre agradecido.

— Você não é um servo, Mott. Nem para mim, nem para ninguém. E não há outra pessoa com a qual eu prefira cavalgar em batalha.

— Então iremos juntos — disse Mott. — Rumo à vitória, Majestade.

— Rumo à vitória!

Retomamos o caminho e não avançamos muito antes que os primeiros sons da guerra chegassem aos nossos ouvidos. Mott e eu nos entreolhamos, desembainhamos nossa espada e cavalgamos rumo à batalha.

25

A linha de defesa estabelecida por Roden estava a menos de oitocentos metros das muralhas de Drylliad, e se tornou visível no momento em que alcançamos o topo da colina. Ainda que os soldados de Bymar e de Carthya estivessem lutando contra outros soldados no campo à minha frente, o rio Roving, ao longe à nossa direita, havia se tornado uma espécie de marco, e Roden determinara que ele jamais poderia ser cruzado pelo inimigo. Ao longo de todo o rio, uma grande cobertura de madeira fora erguida para proteger os homens das flechas, e a terra fora escavada e amontoada, formando uma trincheira contra os ataques de frente. O rio era estreito, mas profundo, e, exceto por algumas pontes temporárias, não havia como atravessá-lo sem nadar. Seria difícil para o inimigo romper nossas fileiras, mas não impossível.

No entanto, eu pretendia tornar isso impossível.

Meu objetivo era atravessar as muralhas do castelo, ou melhor, enviar um mensageiro até lá. Mas tínhamos de nos apressar. Então, em vez de mergulharmos no coração da batalha, Mott e eu cavalgamos para o sul e nos deparamos com alguns homens nas cercanias. Pelo que pudemos ver, eram sobretudo soldados de Mendenwal, mas, como ainda trajávamos uniformes avenianos, estavam de guarda baixa e não esperavam a lâmina de nossas espadas quando atacamos.

No entanto, conforme nos aproximávamos das linhas de defesa, esses mesmos uniformes se tornaram um problema. Cavalgamos rumo a um pequeno vale que se estendia do rio Roving até as muralhas do castelo. Estávamos quase dentro do vale quando de repente um grupo de mulheres veio em nossa direção, correndo e gritando para criar confusão e distração. E funcionou. Muitas carregavam estacas de madeira, unidas em pares por tiras de tecido do tamanho de um cobertor. Antes que eu pudesse reagir ou mudar de direção, as mulheres se apressaram pelas laterais de nossos animais. E, sem que nos déssemos conta do que elas fariam, os cobertores esticados nos levaram da sela para o chão.

Com um baque surdo, caí de costas no chão, enquanto meu cavalo fugia livre. Mott se saiu melhor do que eu, mas as mulheres não desistiram até que ele estivesse ao meu lado no solo.

Mais adiante, algumas garotas já haviam apanhado e montado em nossos cavalos. Outro grupo de mulheres se aproximou, pressionando espadas contra nosso peito e recolhendo nossas armas. Tínhamos sido dominados pelas mães e filhas de Carthya, e isso era bom. Talvez elas devessem se tonar meus comandantes, pensei eu.

A mulher que me ameaçava era alta e estava vestida de forma simples, mas empunhava a espada com confiança.

— Invasores do nosso país são sentenciados à morte, sob o nome do rei Jaron de Carthya. Quer dizer suas últimas palavras?

— Sim, na verdade eu quero. — Tirei o elmo para que ela visse meu rosto. — Antes de usar a espada, você deve saber que meu nome *é* rei Jaron de Carthya.

Ela engasgou e arregalou os olhos, sinais de que me reconhecia, e agradeci aos santos por isso. Implorando perdão, afastou a arma do meu peito e caiu de joelhos, assim como todas as outras.

Mott veio me ajudar a levantar, e pedi às mulheres que fizessem o mesmo. Aquela que me abordara me disse seu nome: Dawn.

— Um nome que carrega sentimentos de paz e cordialidade — comentei. — Seus pais não poderiam ter consciência do que você seria capaz quando lhe deram esse nome.

Ela sorriu para mim.

— Poucos soldados aqui sabem do que somos capazes, Majestade. Mas Roden, o capitão de sua guarda, nos confiou este rio. Se algum dos nossos precisa chegar à cidade, nós garantimos sua passagem em segurança. Mas nenhum outro passará por aqui. Peço que nos perdoe por não reconhecê-lo.

— Na verdade, agradeço por ter feito parte de sua demonstração — eu disse, ainda esfregando o traseiro dolorido. — Sinto nos ossos quanto você me impressionou.

— Obrigada, senhor — Dawn hesitou e olhou para as outras mulheres. — Meu rei, havia rumores sobre seu destino em Avenia. O lorde Harlowe nos garantiu que o vira vivo. Isso nos deu esperanças, mas é um grande alívio vê-lo com meus próprios olhos.

— É um grande alívio ser visto. — Então me dirigi a todas as mulheres e suas filhas. — Alguma de vocês seria voluntária para subir o rio e entrar no castelo? — Era o mesmo caminho que eu percorrera meses antes de reivindicar o trono, e pude visualizá-la perfeitamente. — Quando chegar lá dentro, preciso que diga ao povo que o rei solicita cada litro de óleo, gordura animal e piche da cidade. Ao meu sinal, tudo deve ser derramado no rio.

— Por que acabar com todo o nosso óleo? — perguntou uma mulher atrás de Dawn. — Como vamos cozinhar ou alimentar nossas lanternas?

— Comeremos comida fria no escuro, se isso salvar a nossa vida — respondeu Dawn. — Nós obedecemos ao rei.

— Enviarei um sinal quando estiver pronto — continuei. — Uma única flecha flamejante para o ar, em linha reta. — Olhei para as meninas, corajosas como as mães, embora a maioria não tivesse mais idade que Fink. — Quem vai fazer isso por mim?

Uma pequenina quase fora do grupo ergueu a mão. Ao examinar suas feições, eu soube imediatamente que se tratava da filha de Dawn. Confirmando minha desconfiança, ela caminhou na direção da menina, delicadamente passou a mão sobre os ombros da garota e se agachou para encará-la.

— Não deve haver perigo nenhum entre nós e as muralhas — disse Dawn. — Ainda assim, você deve correr o mais rápido que puder e não olhar para trás. Quando estiver dentro do castelo, diga que tem uma mensagem do rei.

A menina fez uma reverência para mim e então partiu tão velozmente que duvidei que o vento pudesse alcançá-la. Agradeci às mulheres e dirigia-me aos cavalos quando ouvi Dawn nos chamar. Em cada uma das mãos ela carregava uma brigandina de couro azul e dourada, as cores de Carthya. A minha ficou um pouco grande, e a de Mott, um pouco pequena, mas eram infinitamente melhores do que nossos frágeis casacos avenianos.

— Nós mesmas costuramos essas brigandinas — contou Dawn, enquanto afivelava a minha. — Podem não ser dignas de um rei, mas são boas o bastante para os orgulhosos guerreiros de Carthya.

— Isso é tudo que peço — falei, feliz por finalmente ter me livrado das cores avenianas. — Como podemos alcançar nossa retaguarda por aqui?

Dawn indicou a melhor rota, e nós seguimos para lá, cientes de que o caminho nos levaria para o meio da batalha. Mott ficou à minha frente durante a maior parte do percurso, me protegendo com a força de vários homens. Fiz a minha parte, mas ele tinha razão: muitas vezes precisei de ambas as mãos para erguer a espada, e me senti cansado mais cedo do que deveria. Jurei que isso não aconteceria na próxima batalha.

Eu não podia adivinhar quantos soldados Mendenwal tinha ali, mas, pelo que eu podia ver, não havia avenianos em lugar nenhum. Felizmente, Carthya fora socorrida por um grande número de homens de Bymar. Amarinda me dissera certa vez que seus exércitos se constituíam basicamente da cavalaria, contudo eu não dera o devido valor às suas habilidades até vê-los em batalha. Um soldado de Bymar à minha frente lutara tanto à esquerda quanto à direita, conforme necessário, e usava seu cavalo para combater o inimigo à frente. Animal e homem agiam como um só, o cavalo parecendo conhecer instintivamente as necessidades de seu mestre. Minhas habilidades não eram nem de longe afiadas como as dele, e prometi a mim que, assim que a guerra terminasse, iria procurar os bimarianos para ser treinado como eles.

Mott gritou para o soldado bimariano, dizendo que estava comigo e que precisávamos da ajuda dele para ficar atrás das linhas de combate. Ele se virou para nós.

— Seu capitão já deu ordem para recuarmos. As passagens sobre as trincheiras serão removidas em breve, e o exército de Mendenwal não vai estar muito atrás de nós.

— Mostre-nos o caminho — ordenei.

— Tudo bem, mas não vai servir de nada. Seremos invadidos antes do cair da noite.

— Não — eu lhe assegurei. — Não seremos.

Ele avançou e, com a nossa ajuda, cortamos caminho até as linhas de defesa. Embora eu visse grande coragem em meus homens, a guerra não era nada além de trevas e horror. Decidi mais uma vez pôr um fim nisso o quanto antes.

Cruzamos as fileiras nas quais os homens estavam se organizando para o próximo momento da batalha. Éramos cada vez menos, e não era difícil prever que, se aqueles soldados fossem enviados novamente para a frente de batalha, a maioria não voltaria. No entanto, eles estavam calmos e concentrados, prontos para o que viesse. Assim que Mott e eu nos abrigamos sob a cobertura de proteção, fui imediatamente reconhecido por muitos dos soldados. Perguntei onde estava Roden, e eles me informaram que o capitão se dirigira a uma torre no centro das trincheiras à espera do último momento possível antes de erguer as passagens, para que o maior número de nossos homens pudesse chegar ali em segurança.

— E se os homens de Mendenwal conseguirem atravessar? — perguntei a um homem.

— O capitão disse que devemos nos manter nesta posição, assim como fizemos na fronteira com Gelyn.

— Ele tem razão. — Aproximei-me dele e perguntei: — Como o capitão é recebido por seus exércitos agora?

O homem refletiu por um instante e então respondeu:

— Eu daria minha vida por ele, Majestade.

Eu teria feito mais perguntas, mas, naquele instante, Mott já havia encontrado alguns arqueiros para nos acompanhar e nós nos apressamos para trás das fileiras. Estabeleci meu plano pelo caminho, e, com largos sorrisos, eles me disseram que aquilo não era exatamente como costumavam trabalhar, mas que, de qualquer forma, estavam ansiosos para tentar.

A notícia de minha presença ali rapidamente se espalhou, e um homem se aproximou e disse que o capitão Roden gostaria de saber se eu tinha ordens para ele.

— Quanto tempo você acha que temos antes que Mendenwal alcance nossas fileiras?

— Eles recuaram para se reagrupar, senhor. Nós os manteremos afastados com catapultas e flechas, mas não vai funcionar por muito tempo. Devem estar aqui em uma hora.

— Então diga ao capitão para manter os nossos homens dentro destas linhas.

— Mas se esperarmos...

— Sim, faremos isso. Vamos esperar.

Ele estava confuso, porém se curvou e, em seguida, se apressou para transmitir a mensagem. Mott apenas sorriu. Ele sabia o que eu tinha em mente.

Durante a hora seguinte, esperamos os soldados de Mendenwal. E eles se aproximaram. Sob a fraca luz, conseguimos ouvi-los muito antes de avistarmos o topo de seu capacete ou a agitação de suas cores. Os homens de Mendenwal marchavam em linhas e em perfeita harmonia. Avançavam em nossa direção. E vinham rapidamente. Era impossível saber quantos avançavam, exceto pelo ruído crescente de sua marcha.

O progresso deles era acompanhado da batida dos tambores da infantaria na retaguarda. Cada batida os empurrava para a batalha iminente. Os repiques se tornaram mais altos, ousados. A mensagem no ritmo era clara. Eles estariam aqui muito em breve, trazendo nossa derrota. Os homens perto de mim mexiam as pernas e alguns até olhavam para os lados, como que se perguntando para onde fugiriam quando Mendenwal chegasse. Eu até ouvi um comentário aleatório de que seria melhor irmos para o castelo e lutar de lá.

Mas, naquele instante, o ritmo da marcha se aproximando lembrou um velho hino cartiano. Provavelmente, muitas das mães daqueles soldados haviam lhes entoado aquela canção quando eles eram crianças, como minha mãe fizera para mim. Subi em uma escada para me posicionar acima do grupo e comecei a cantar:

Deixe os ventos soprarem, soldado
Deixe cair a neve abundante.
Deixe as estrelas brilharem, soldado
Sua batalha só dura um instante.

Outros se juntaram a mim nos versos seguintes, e de repente o ritmo dos tambores, que parecia tão ameaçador, agora nos fortalecia.

Deixe a treva chegar, soldado
Não pergunte nada agora.
Depois da batalha, soldado
Nós veremos a luz da aurora.

Eles continuaram cantando, mesmo depois que me virei para assistir à chegada do exército inimigo. Quando achei que era o momento certo, pedi a um arqueiro que cortasse o céu com uma flecha em chamas. Independentemente do que Mendenwal nos traria, a batalha ainda não estava perdida.

26

Quando eu era mais jovem, meu irmão e eu costumávamos esculpir pequenos barcos de madeira e vê-los descer pelo leito desse mesmo rio. Demoravam cerca de quinze minutos para deixar as muralhas do castelo e percorrer essa extensão de água. Eu esperava que a carga oleosa de Drylliad levasse o mesmo tempo.

As forças de Mendenwal levaram quase vinte minutos para avançar sob o ataque pesado de nossos arqueiros e catapultas. Não havia como saber se os óleos tinham percorrido todo o trajeto — daquela distância, a água não parecia diferente. Mas tinha sido uma boa sincronia.

Os soldados de Mendenwal entraram juntos no rio, fileiras inteiras de homens se movendo por ele ao ritmo da batida de seus tambores.

Quando as trincheiras estavam cheias, ordenei que os arqueiros acendessem suas flechas e atirassem. Eles não miraram nos homens — eram um contingente grande demais para que pudéssemos abater todos. Eles miraram na água.

As primeiras flechas penetraram na água e o fogo que carregavam imediatamente se extinguiu. Mas as da remessa seguinte encontraram o óleo que flutuava na superfície, incendiando-o de imediato e fazendo o rio brilhar tão intensamente quanto o sol do meio-dia. O fogo avançava pelo rio em ondulações sobre a água, incendiando onde quer que achasse combustível e lambendo os homens em seu caminho. Os soldados se esforçavam para se livrar daquilo, mas as chamas não seriam interrompidas tão facilmente. Os que ainda não haviam entrado no rio correram para evitar o fogo, que começava a se espalhar pelas margens. Em poucos segundos, as fileiras de Mendenwal foram tomadas pelo caos, e seus líderes estavam tendo dificuldade para recuperar o controle das tropas. Os tambores, eu notei, haviam silenciado.

Depois que o fogo se extinguiu, ouvi Roden gritar da torre. Ainda de pé na escada, mudei de posição até conseguir avistá-lo o máximo possível.

— Vocês vieram para a guerra como agricultores, alfaiates e comerciantes — disse ele. — Mas agora estão aqui como soldados, em defesa de seu rei, de seu país e de sua família. Nada é mais sagrado do que a vida deles, e aquele que tomba em sua defesa será conduzido para a vida após a morte em asas de anjos. Não hesitem. Não vacilem. Jamais duvidem de nossa vitória. Nós celebraremos juntos no fim desta noite!

Com um grito alto, ele enviou os soldados que ainda estavam na retaguarda para terminar a batalha. Permaneci estupefato por um instante. O Roden que eu conhecia era lento com as palavras, cheio de hesitações e autocomiseração, e jamais teria sido capaz de inspirar nem mesmo o guerreiro mais afoito. Aquele discurso viera mesmo de sua boca?

Mas é claro que sim. Vislumbres daquele homem tinham aflorado nos momentos em que estivemos juntos em Farthenwood, mesmo quando ele ainda não havia se dado conta disso. Eu sabia que ele trazia isso em si, mas não podia imaginar que esse novo homem encontraria seu caminho de maneira tão rápida e bem-sucedida. Talvez fosse arrogância me parabenizar por ter escolhido esse excelente capitão, mas não pude evitar. Roden era exatamente o líder que eu esperava que fosse.

Quando ergui a espada e me juntei aos homens que seguiam para o campo de batalha, Mott me pediu para ficar para trás, para minha própria segurança. Revirei os olhos para que ele soubesse que eu não tinha a menor intenção de fazer isso, e então, sem hesitar, ele saltou sobre os montes de terra ao meu lado e mergulhamos no fragor da batalha. O combate continuava duro, mas era evidente que muitos soldados de Mendenwal tinham fugido quando o fogo começara. O rei deles não estava ali, e seus comandantes estavam muito dispersos pelo campo para ser eficazes. Era provável que muitos daqueles homens não soubessem mais do que eu por que estavam naquela guerra.

Em uma hora, mais solados cartianos chegaram pelo mesmo caminho que eu e Mott fizéramos. Certamente, eram os soldados vindos do lago Falstan, e estavam descansados e ansiosos para as demonstrações em campo. Com a ajuda deles e o apoio contínuo de Bymar, uma ordem para bater em retirada foi dada por Mendenwal, e clamores de vitória se ergueram de meus exércitos. Os soldados inimigos debandaram mais rápido do que eu podia imaginar, com Bymar e Carthya ainda a seu encalço.

Roden veio ao meu encontro pouco depois. Ele montava seu cavalo e parecia exausto, mas, pelo que eu podia dizer, não estava ferido. Trazia consigo outro cavalo, menor que o seu, e o ofereceu a mim. Salientei que ele deveria me passar o cavalo em que estava montado, mas Roden insistiu que o outro era bastante confortável e que, se eu o rejeitasse, acharia alguém que ficasse feliz em aceitá-lo. Enquanto ríamos, Mott disse que ficaria por ali para ajudar os feridos e então me encontraria atrás das fileiras.

Subi em minha montaria e Roden falou:

— Você não precisa ficar aqui esta noite. Harlowe me contou o que você passou em Avenia. Vai descansar melhor se eu o levar para o castelo.

— E perder toda a diversão? Não, já fiquei tempo demais longe de meus exércitos. Meus homens vão me ver aqui. — Cavalgamos mais um tempo antes que eu retomasse a conversa. — Eles são *seus* homens também?

Roden ponderou aquilo em silêncio, e, quando pensei que jamais responderia, sua voz ressoou em meus ouvidos:

— Sempre serão os seus exércitos, Jaron. Mas são meus homens agora.

— O que mudou?

Ele deu de ombros.

— Eu mudei. Eu me dei conta de que não podia esperar que pensassem bem de mim se eu mesmo não fazia isso. Então, enquanto acreditava ser muito jovem, estúpido ou inexperiente para ser capitão, eu era examente isso.

— E em que acredita agora?

Recusando a pergunta, ele apenas riu.

— Acredito que você precisa de uma boa refeição. Achei que, da forma como Mott cuida de você, ele estaria mais preocupado com a sua saúde e enfiaria um pedaço de torta de carne em sua boca cada vez que você a abrisse.

Eu ri com ele.

— Ele provavelmente gostaria de tentar fazer isso, apenas para me impedir de falar e me meter em problemas o tempo todo.

— Não é uma má ideia. Não temos tortas de carne atrás de nossas fileiras, mas haverá comida boa para celebrar a vitória.

— Como estão as pessoas em Drylliad? Têm comida suficiente?

Roden deu de ombros.

— Essa é uma preocupação constante. Vieram muito mais pessoas para a cidade do que era esperado e a carência chegou com eles. Lorde Harlowe precisava de mais suprimentos, mas os homens não podiam manter os portões abertos e defendê-los ao mesmo tempo.

— Então como...

— Você conheceu as mulheres no rio, não? — Quando eu disse que sim, ele continuou: As mulheres de Drylliad nos disseram que, se pudéssemos levar a batalha para longe dos muros da cidade, elas manteriam as linhas de abastecimento abertas. Os homens podem ter lutado pela cidade, mas foram as mulheres que a salvaram.

Elas me lembraram Amarinda, que arriscara a vida para voltar ao trono durante minha ausência. E Imogen, que dera sua vida pela minha. Levaria toda uma existência — e talvez para além dela — para os homens de Carthya merecerem suas mulheres.

No jantar daquela noite, os soldados brindaram a mim e a Roden pelas estratégias que nos deram a vitória. Ergui minha taça a eles, mas sementes de preocupação brotaram em minha mente e, por fim, tive de me retirar. Eu não conseguia explicar o que estava errado, mas uma inquietação crescia dentro de mim.

Quando Roden me seguiu para perguntar o que havia de errado, eu disse:

— Só eu sinto que a luta de hoje foi muito fácil?

— Fácil? — Roden apontou para o campo de batalha. — Você sabe quantos homens morreram ali? Como chegamos perto de ser derrotados?

— Sim, e eu não quero tirar a importância do que aconteceu. Mas alguma coisa não está certa.

Claramente irritado, Roden se postou bem na minha frente.

— Se parece fácil para você, é porque esteve tempo demais longe da guerra. Cada homem que está aqui lutou muito por sua vida e o fez enquanto seus irmãos caíam à sua volta. Fique conosco por mais de um dia e você vai mudar de ideia a respeito da facilidade das coisas por aqui.

Tentei argumentar, mas ele se afastou. Mott veio até mim e, quando tentei explicar o que sentia, ele apenas pegou minha tigela vazia e disse que traria mais comida.

Só muito mais tarde descobri por que a batalha me parecera tão fácil. Mott estava dormindo naquele momento, assim como a maioria dos homens. Roden ainda não tinha retornado, mas havia outra fogueira não muito longe de onde eu estava, e suspeitei que tinha sido para lá que meu capitão rumara. Estivesse ele ainda com raiva ou não, eu o faria me ouvir.

Mott e eu tínhamos ido para lá por causa do que o Bafo de Peixe nos dissera: que o rei de Avenia romperia nossas linhas de defesa. Eu havia notado alguns soldados avenianos na batalha, mas não muitos, e certamente não um exército. Além disso, o rei Vargan não estava ali, nem havia qualquer sinal de seu estandarte.

Talvez Bafo de Peixe tivesse mentido, ou talvez os planos tivessem mudado desde que ele os ouvira. De qualquer forma, não importava. Tínhamos vencido uma batalha contra o exército de Mendenwal, mas isto era tudo: uma batalha. Vargan estava me fazendo perder soldados, enquanto permanecia ao longe. Avenia continuava lá fora em algum lugar, espalhando destruição pelo meu país como uma praga silenciosa. Eu precisava encontrá-los. Porque, até que Vargan fosse derrotado, a guerra não teria fim.

27

Ouvi a voz de Roden muito antes de vê-lo. Ele não falava alto, mas tudo ao redor estava calmo e tranquilo. Captei o som do meu nome e, silenciosamente, me dirigi até ele. Ele ficara com raiva pelo que considerou um insulto meu às suas habilidades no campo de batalha, e eu podia imaginar o que ele teria a dizer a meu respeito naquele momento.

Distingui sua silhueta de costas para a fogueira, e me plantei atrás de uma árvore próxima, onde não podia ser visto. Reconheci vagamente o homem com quem ele conversava. Era o soldado de Bymar que tinha nos levado para trás das fileiras, um comandante belamente uniformizado que os outros chamavam de lorde Orison.

— Perdoe-me a observação — disse Orison. — Mas você é tão jovem quanto seu rei. Por que Jaron o escolheu como capitão?

— Eu ainda me faço essa pergunta — respondeu Roden. — Se descobrir a resposta, por favor compartilhe-a.

Eu já lhe respondera isso semanas antes, quando tivemos de lutar diante dos piratas. "Qualquer um que seja brutal o suficiente para ameaçar Carthya é feroz o suficiente para defendê-la", eu lhe dissera, e era verdade. Quando se tratava de uma batalha, Roden não piscava.

— Só pergunto porque todos sabemos como o rei Vargan está obcecado em recapturar seu rei. Ele deixou suas intenções muito claras, e nós dois sabemos o que aconteceria com Jaron se Vargan o capturasse de novo.

Roden concordou com a cabeça, mas eu particularmente não gostei do rumo que a conversa estava tomando.

Orison continuou:

— Se o comando desta guerra se tornar seu, você é capaz de fazer isso?

Roden deu de ombros.

— Jaron não vai se deixar capturar novamente, e ele sabe como sobreviver em um campo de batalha.

— Sim, mas, se algo acontecesse, você *poderia* tomar a frente nesta guerra?

Houve um longo silêncio enquanto Roden ponderava sobre a questão. Eu me aproximei, ansioso para ouvir o que ele tinha a dizer. Por fim, Roden respirou fundo e falou:

— Quando Jaron me enviou pela primeira vez a Gelyn, eu era um garoto com uma espada, apenas fingindo ser o capitão de um exército. Mas, depois de várias batalhas muito duras, não sou mais aquele garoto.

Não, ele não era o mesmo. Mas ainda não dera a resposta que Orison queria ouvir.

Depois de outra pausa, Roden continuou:

— Fui para Gelyn com quarenta dos melhores homens de Jaron. No começo, pensei que estava lá para lhes ensinar a me seguir, mas isso não era tudo. Na verdade, eram eles que estavam lá para me ensinar a conduzi-los, para me tornar o capitão que Jaron desejava que comandasse suas tropas. Eu nunca terei a coragem ou a sagacidade de meu soberano. Mas sim, se preciso, eu poderia ganhar esta guerra para Carthya.

Eles tomaram alguns goles do que estavam bebendo, e então o comandante bimariano retomou a conversa:

— Sei pouco sobre Jaron, a não ser as histórias que os cartianos contam.

Revirei os olhos ao ouvir aquilo. A última coisa que eu precisava era de alguém rindo do menino que fui um dia. A guerra já era dura o bastante; eu não precisava lutar contra a minha própria história também.

Mas, quando Roden perguntou de que histórias ele falava, Orison respondeu:

— Ouvi dizer que o povo de Carthya seguiria seu rei até o covil do diabo e de volta. É verdade?

— Sim, e eu seria o primeiro entre eles — respondeu Roden. — Eu seguiria Jaron aonde ele fosse, e confio com todo o meu coração que ele vai vencer esta guerra.

— Como pode ter certeza?

Os olhos de Roden miraram o fogo e ele baixou a voz.

— Alguns meses atrás, Jaron foi ao encontro dos piratas de Avenia. A marca deles está no antebraço direito do rei. Ele tenta mantê-la coberta, mas às vezes é possível notá-la.

— Eu vi, quando ele lutou perto de mim. — Orison umedeceu o lábios. — Notei que você tem a mesma marca. Há rumores de que Jaron é o rei dos piratas.

— Ele não fala sobre isso — disse Roden —, mas é verdade. Você sabe como ele ganhou esse título?

Orison deu de ombros.

— De acordo com o que ouvi, ele lutou contra o rei dos piratas e venceu, embora a batalha tenha terminado com a perna de Jaron quebrada.

— Ele deixa que acreditem nisso, mas essa não é a verdadeira história. — Agora Roden encarava o companheiro. — Por poucas horas, fui o rei dos piratas. E a luta não *terminou* com Jaron de perna quebrada. Ela *começou* assim. Jaron escapou de uma cela segura, escalou a lateral de um penhasco e me derrotou, tudo isso com a perna quebrada. Ele pode até desistir da própria vida um dia, mas ela jamais lhe será tirada.

Orison deixou escapar um baixo assobio.

— Por que ele não conta essa história? As pessoas deviam saber.

— Jaron crê que isso fará seus exércitos se voltarem contra mim.

— Ah. Ele pode estar certo, infelizmente. — Orison ficou em silêncio por um instante. — Como você passou de inimigo a capitão?

— Jaron nunca nos encarou como inimigos. Ele arriscou a vida para me fazer enxergar isso também. — Roden mudou de posição, como se de repente se sentisse desconfortável com o rumo da conversa. — Eu devo tudo a ele.

— Assim como esses homens devem a você. É jovem ainda, mas estou ansioso para vê-lo progredir como capitão. Acredito que chegará o dia em que você será um dos maiores líderes de toda a terra.

— Só enquanto me for permitido servir a um dos maiores reis. — Roden ponderou o que dissera por um instante e então se levantou. — Ele estava tentando me dizer algo esta noite. É melhor eu ir encontrá-lo.

Ele deixou a fogueira e passou por onde eu havia me escondido. Só que agora eu estava encostado na árvore, com os braços cruzados e um sorriso que sabia que o irritaria.

Roden umedeceu os lábios enquanto me encarava.

— Diga que não ouviu tudo o que falamos.

— *Um* dos maiores reis? — Meu sorriso se alargou. — Só isso? Por que não *o maior*?

— Só faria sua arrogância aumentar, tenho certeza.

— Sério? Você acha possível?

Ele riu.

— Você sempre pode piorar as coisas, Jaron.

— Pensei exatamente a mesma coisa.

Ficamos em silêncio por um instante antes de ele dizer:

— Eu não devia ter ficado bravo. Por que acha que a batalha foi fácil?

Fiz um gesto para que ele me acompanhasse até um lugar mais tranquilo, e então lhe expliquei o que Bafo de Peixe contara e sobre a ausência do rei de Avenia. Quanto mais eu falava a respeito daquilo, mais tinha certeza de que algo estava muito errado. Vargan queria Drylliad, claro, mas deixara a tarefa a Mendenwal. Ele não se importava com quem sobrevivesse ou morresse na batalha, porque a cidade não era seu verdadeiro objetivo.

— O comandante com quem acabei de falar acredita que Vargan quer capturar você mais uma vez — disse Roden.

— Bem, ele não vai. Já tive o bastante de Vargan por uma vida toda.

Mais uma vez, houve silêncio entre nós, e então Roden perguntou:

— Quanto da minha conversa você ouviu?

— A partir do momento em que ele perguntou se você poderia ganhar a guerra. Por quê?

— Ele disse algo antes disso, algo de que você não vai gostar.

— O quê?

Roden respirou fundo, hesitando tempo suficiente para eu saber que não eram boas novas.

— Fink conseguiu chegar a Bymar, e é por causa dele que temos os soldados daquele país lutando conosco.

— Sim, eu sei disso. Ele foi para lá por ordem de Amarinda.

— Todos os dias, desde que voltamos dos piratas, Fink me perturbava para treiná-lo em luta de espadas. Por fim, eu lhe dei uma espada de madeira e disse a ele para me procurar somente quando tivesse ganhado um ou dois músculos.

— O que aconteceu com ele? — Eu não conseguia esconder a preocupação em minha voz, ou a onda de pânico crescendo dentro de mim.

— De acordo com o comandante, Fink estava transtornado com a sua morte, e dizia a todos que não podia ser verdade. Então voltou para Avenia para encontrar você. Creio que o tenham capturado na fronteira. Ninguém ouviu nada sobre ele desde então. — Roden suspirou. — Eu devia ter ensinado Fink a usar a espada.

— Eles farão Fink falar — eu disse. — E ele vai levá-los ao lago Falstan. É o único lugar sobre o qual Fink sabe que tenho planos. Vargan me quer e espera me encontrar lá.

Conforme eu começava a me afastar, Roden disse:

— Se Vargan quer encontrá-lo no lago Falstan, você não pode ir para lá.

— Ah, sim — respondi. — É exatamente onde ele vai me encontrar.

28

Antes de partirmos para o lago Falstan, Mott, Roden e eu traçamos um plano. Mott e eu sairíamos imediatamente e chegaríamos ao acampamento de Falstan ao amanhecer. Enquanto isso, Roden levaria seus soldados para o leste, em busca de outros inimigos. E, sem dúvida, os encontraria.

Mott argumentou que eu deveria dormir durante a noite para que déssemos início à nossa jornada descansados pela manhã, mas eu retruquei que para mim seria impossível dormir e que não ganharíamos nada com isso. Além do mais, como meu país continuava sendo invadido por soldados inimigos, eu acreditava ser mais seguro viajar sob a proteção da escuridão.

A cavalgada para o acampamento Falstan foi tranquila e levou menos tempo do que previ. O comandante que nos recebeu se parecia muito com Mott, exceto pelos cabelos trançados até o meio das costas. Ele disse que Mendenwal continuava com um acampamento nas proximidades, mas me garantiu que não havia sinal de Avenia por ali. Pelo menos naquele momento, tudo estava quieto.

— Eu não estou equivocado — eu disse a Mott, conforme o comandante nos guiava até as tendas. — Avenia está a caminho.

— Avenia enviou Mendenwal para fazer o trabalho difícil na batalha de ontem — falou Mott. — Talvez estejam fazendo isso de novo aqui.

O comandante deu um passo à frente.

— Meu rei, o senhor parece esgotado. Uma tenda já lhe foi preparada, e não esperamos problemas esta noite.

— Por favor, vá dormir — disse Mott. — Amanhã será melhor se você puder encarar tudo com a mente descansada. Além disso — ele acrescentou quando comecei a protestar —, eu não posso dormir se você não for, e também estou exausto.

Eu não sabia se conseguiria fechar os olhos, mas estava disposto a tentar. As dores da batalha tinham me atingido e até mesmo me abaixar dentro da tenda parecia impossível. Desmaiei na cama portátil completamente vestido e já estava adormecido antes de Mott sair.

Dormi pesadamente até o primeiro raio de sol, quando me levantei e comecei a trabalhar. Primeiro troquei o casaco manchado da batalha que Dawn me dera por uma camisa cinza simples e um cinto para as minhas armas. Então, depois de uma farta refeição, fui sozinho inspecionar a área, me dirigindo por fim ao mirante do vale Falstan. Muito abaixo de mim, desembocava o rio Roving, dando origem a um belo e amplo lago. Ou assim costumava ser, pelo menos.

O rio Roving começava em algum lugar nas montanhas de Gelyn e acabava ao sul, passando por Carthya e fornecendo água para a maior parte de nosso povo. Esse mesmo rio corria por Farthenwood, e foi onde fui parar depois de cavalgar loucamente um dos cavalos não treinados de Conner, e foi também onde eu revelara minha verdadeira identidade a Mott. Dawn e as mulheres de Drylliad agora vigiavam aquele rio perto das muralhas do castelo.

Conforme deixava Drylliad, o rio Roving gradualmente adentrava na terra, correndo por um desfiladeiro profundo. Naquele momento, eu estava agora de pé sobre um dos lados do desfiladeiro, não muito longe do acampamento.

O lago Falstan e o vale em torno dele tinham recebido esse nome em homenagem a um antigo explorador daquelas terras. Ele descrevera em seu diário a bela visão do encontro do rio com a água azul fria do lago. Nosso povo desfrutara disso desde então. Eu também tenho muitas boas lembranças de me balançar sobre essas águas pendurado em uma corda que pendia das árvores às margens do rio.

No entanto, havia mais de um mês que o lago estava seco. Tudo o que descia do fundo do vale endurecido agora era um fino veio de água do rio, apenas uma pálida sombra do que costumava ser.

O lago Falstan ainda existia, ou pelo menos a água do lago ainda existia. Só que, em vez de formar um amplo e profundo espelho, estava represada no desfiladeiro às minhas costas, presa atrás de uma íngreme parede de pedras, troncos e lama. À medida que a água subia, também se elevava a barragem de detritos. Agora estava quase da altura da falésia sob meus pés. Até onde eu podia ver, parecia que uma encosta inteira havia desabado e seus detritos se acomodado por aqui.

Como o comandante observara na noite anterior, não havia indícios dos exércitos de Avenia, mas os de Mendenwal estavam entrincheirados não muito longe do antigo leito do lago. Os soldados daquele acampamento tinham água suficiente para cozinhar, beber e manter seus animais. Mas era só. Certamente não havia água bastante para banhos, e eu esperava que o cheiro de suor e de soldados sujos os estivesse sufocando. Não que eu pudesse julgá-los. Após tantas batalhas e quilômetros de estradas poeirentas, eu mesmo precisava de um banho. No momento, eu tinha certeza de que o meu odor ofendia até os demônios, o que não era pouca coisa.

O exército de Mendenwal devia saber que nosso acampamento estava aqui e ainda assim não nos atacou. Por quê? Talvez estivessem esperando Vargan e seus homens, ideia que me surpreendeu. Mendenwal tinha milhares de homens ali, muito mais do que deslocara para a batalha perto de Drylliad. Certamente sabiam fazer contas e perceber que estavam em vantagem.

Pelo que pude determinar, Mendenwal agrupara seus soldados em uma cabeça de ponte que seria quase impossível para os meus homens tomarem. Eles estavam perto do leito seco do lago, mas cercados por encostas íngremes. Seria um longo percurso para nos aproximarmos pelo sul e atacarmos por cima das escarpas. E eu tinha certeza de que as entradas para o acampamento estavam muito bem guardadas para tentarmos um ataque direto. A única maneira de derrotá-los era atraí-los para fora. E eu tinha algumas ideias a esse respeito.

Depois de uma cuidadosa inspeção da área, voltei ao acampamento e me reuni com Mott, Tobias, Amarinda e meus líderes militares. Relatamos o que tínhamos visto em nossas batalhas, e eles me levantaram problemas semelhantes. Pouco do que foi discutido era encorajador.

Mott compartilhou com o grupo uma mensagem que chegara de Drylliad mais cedo naquela manhã, dizendo que a proximidade da batalha do dia anterior provocara desordem na capital.

Como suspeitáramos de que seria necessário, Harlowe abrira as prisões para qualquer um que jurasse lutar em defesa do país. Mas, com a cidade tomada pelo caos, o prisioneiro ao qual não fora oferecida a oportunidade de lutar por Carthya conseguira escapar.

— Conner — sussurrei. — Onde está Conner?

Claro, ninguém ali poderia me responder, mas o desaparecimento dele me incomodava de todas as maneiras possíveis. Ainda mais agora, que eu sabia que ele estivera em comunicação com Vargan. Eu não tinha tempo a perder me perguntando para onde ele tinha ido, porém era evidente meu erro de tê-lo mantido vivo durante todo esse tempo. Eu odiava a ideia de ele estar livre no mundo; provavelmente nunca mais seria capturado e, sem dúvida, trabalhava arduamente por mais destruição.

Mott apenas deu de ombros em resposta à minha pergunta. Ninguém tinha notícias de Fink também, o que me perturbava do mesmo jeito.

Depois, discutimos sobre o vasto exército de Mendenwal acampado nas proximidades e a crença de meu comandante de que eles estavam se preparando para atacar. Embora eu preferisse esperar por Avenia, era vital que atacássemos primeiro, antes que o inimigo avançasse. Assim, com um mapa da área aberto sobre a mesa em minha tenda, dei as ordens aos meus tenentes. Mas as expressões sombrias ao meu redor mostravam claramente a relutância deles em segui-las e, em termos claros e respeitosos, alguns compartilharam suas preocupações. Infelizmente, nada do que disseram estava errado. Nós *estávamos* nos arriscando demais e dependendo muito da sorte para nos conduzir à vitória. A confiança que eu sentia desde o início vacilou sob aqueles argumentos.

— Será a dúvida nossa inimiga agora? — perguntei a eles. — Porque ela vai nos derrotar muito mais rapidamente que qualquer exército. Nenhum plano é perfeito, mas isso não é motivo para desistirmos. A menos que alguém tenha uma opção melhor, vamos seguir em frente conforme planejado.

E, contra todos os indícios, eu esperava não estar conduzindo meus homens à morte.

Um dos meus tenentes se inclinou para frente.

— Majestade, vamos segui-lo até o fim. Mas vimos a quantidade de soldados inimigos. Creio que estamos em desvantagem por mais de cinco para um.

Eu me recostei na cadeira e sorri.

— Apenas cinco para um? Devemos considerar enviar para casa metade do nosso exército para não intimidá-los!

Uma risada perturbadora se espalhou pelo grupo e meu sorriso se alargou. Eu não podia demonstrar, mas, na verdade, estava tão ansioso quanto eles com a batalha iminente. Provavelmente mais.

E então estávamos nos aproximando do fim de uma longa reunião, e eu me sentia exausto. Apesar de muito mais forte desde que escapara do acampamento aveniano, o dia anterior fora de uma difícil batalha e o seguinte exigiria ainda mais de mim. Com tão poucas horas de sono, o peso de tudo que recaíra sobre meus ombros se tornava quase insuportável. Eu mal havia levantado a mão para que todos saíssem e Mott já os dispensava como se eles carregassem a peste.

— Você é o pajem ideal de um rei — eu disse a ele. — Defendendo-me com a espada em uma mão e usando a outra para me colocar na cama para uma soneca à tarde.

Mott sorriu.

— Para defendê-lo, preciso das duas mãos. Então você pode ir sozinho para a cama, ou fazer o que for necessário para dormir um pouco.

— Como poderei fechar os olhos? — Minha expressão se desfez, e eu senti uma necessidade urgente de me levantar e caminhar. — Mesmo se tudo correr bem amanhã, nós dois sabemos que Avenia ainda está em algum lugar lá fora.

— Então o que eu posso fazer?

— Selecione cinco homens para esta noite — falei. — Que saibam escalar.

Mott franziu as sobrancelhas.

— Jaron, você não tem condições de escalar encostas desde que lesionou a perna.

— Eu nunca disse que faria isso. Agora, selecione os cinco. E diga aos outros para descansarem quanto puderem. Vamos nos mover antes do raiar do dia.

Ele fez uma reverência e então se afastou para sair da tenda.

— Eu encontrarei seus homens, mas só se você descansar também.

Fiquei deitado por um tempo, mas não dormi, então me levantei e comi, enquanto estudava os mapas da área. Meu acampamento estava em terreno mais elevado, o que dificultava para os homens de Mendenwal lançarem um ataque surpresa sobre nós, mas não era impossível. Havia uma trilha estreita e íngreme que levava diretamente do acampamento deles até as escarpas acima. Provavelmente o caminho não comportaria um exército inteiro, mas era a rota mais rápida até o meu acampamento.

Considerei me juntar aos outros do lado de fora para discutir o assunto, exceto pelo fato de Mott já ter me repreendido por não dormir, e a conversa não era assim tão urgente.

O dia seguinte provaria ser muito importante. E eu, sinceramente, esperava não me arrepender.

Conforme solicitado, cinco soldados se dirigiram à minha tenda pouco antes de escurecer. Àquela altura, eu havia conseguido dormir um pouco e me sentia pronto para o que estava por vir. O mais silenciosamente possível, expliquei o que eu precisava de cada um deles e o grande perigo envolvido na missão, dando-lhes a chance de desistir, se assim o desejassem. Nenhum homem recuou, o que me fez sentir mais orgulho da coragem de meus soldados. No entanto, antes de sairmos dispensei dois deles. Um porque eu sabia que tinha uma jovem família à sua espera, e o outro porque massageava discretamente o pulso. Independentemente da causa de seu desconforto, ele não era o mais adequado para os meus planos.

Eu lhes mostrei um pequeno baú de ferro e madeira que viera de Drylliad semanas antes e ordenei que os dois mais fortes o carregassem para o lado do penhasco com vista para o antigo leito do lago. Enquanto caminhávamos, expliquei mais detalhadamente os riscos e desafios que enfrentariam. Se o exército de Mendenwal tivesse o bom senso de uma colônia de bolor, estariam atentos ao nosso ataque. Assim, embora a encosta ao lado do paredão da represa fosse íngreme e escorregadia, eles teriam de descê-la silenciosamente na escuridão, usando pouco mais que a inteligência e a experiência em terrenos quase verticais. Além disso, precisariam levar consigo o pesado baú e então aguardar meu sinal para usá-lo.

— Digam-me que são capazes de fazer isso — falei. — Tudo vai depender de vocês amanhã.

Os três homens juraram pela própria vida que completariam a missão. Eu tinha a lealdade deles, agora só podia esperar que se mantivessem em segurança. Não teríamos uma segunda chance se falhassem.

Quando eles partiram, retornei ao acampamento, onde Mott aguardava ordens ao lado dos chefes de meus exércitos.

— Quantos homens temos aqui? — perguntei.

Um dos comandantes respondeu:

— Quase mil, senhor.

— Então quero que reúna os cem mais fracos. Com poucas armas, mas a cavalo.

— Vai sacrificá-los? — perguntou outro capitão, desconfiado.

— De forma nenhuma — retruquei. — Serão os heróis de Carthya. Eles vencerão a batalha de amanhã para nós. Quando a lua estiver mais alta no céu, reúna-os do lado de fora da minha tenda.

— E o restante de nós? — perguntou Mott.

— Todos devem se preparar para cavalgar. Lutaremos amanhã.

Comecei a me afastar e Mott me segurou.

— Jaron, seu plano parece imprudente e perigoso. E, se eu o conheço bem, provavelmente impossível.

— Quase isso.

Ele riu.

— Você está pronto para o que está por vir?

Sorri enquanto olhava de soslaio para ele.

— Estou pronto. A batalha de ontem foi apenas uma distração para o plano maior de Vargan. Amanhã, os rumos desta guerra mudarão.

29

Consegui dormir um pouco mais naquela noite, mas já estava acordado quando um vigia veio me dizer que os cem homens estavam reunidos. Sobre uma espessa cota de malha, eu trajava uma brigandina de um azul profundo bordada com o escudo dourado de Carthya e com placas de metal pregadas ao tecido para proteger meus braços e torso. Mott desaprovou completamente meu uniforme. Ele queria que eu usasse uma armadura de batalha, mas era pesada demais para mim, sobretudo porque eu ainda não havia recuperado toda a força que tinha antes de minha estada no acampamento de Vargan. Além disso, eu não era nem o maior nem o mais forte homem naquela batalha. Esperava apenas ser o mais rápido e, para isso, precisava de um uniforme leve. Trazendo boas notícias, Mott me informou que meu cavalo, Mystic, fora enviado ao acampamento antecipadamente à minha chegada. Fiquei eletrizado com isso. Mystic me conhecia bem e cooperaria melhor com os meus planos do que qualquer outro animal menos audacioso. Dispensei Mott para que ele preparasse meu cavalo para nossa partida enquanto eu terminava de me aprontar. Tudo o que faltava era prender a espada e sussurrar aos demônios que não interferissem em meus planos.

Só que dessa vez isso não me parecia suficiente, e meus pensamentos se voltaram aos santos. Quando eu era mais novo, os sacerdotes sempre franziam o cenho e sussurravam entre si cada vez que, semanalmente, eu entrava na capela. Admito que talvez isso se devesse ao fato de eu raramente perder a chance de fazer piadas em voz alta para o meu irmão a respeito de seus sermões tediosos. Os sacerdotes diziam que eu jamais receberia um favor dos santos até que levasse a sério aquelas preleções, mas eu tendia a acreditar que os santos estavam tão entediados com aquilo quanto eu. Além disso, eu nunca me considerara o tipo de pessoa que os santos estariam interessados em ajudar. Enquanto refletia sobre o dia que estava por vir, eu esperava estar errado quanto a isso.

No silêncio de minha tenda, pensei no que os sacerdotes diziam sobre vida após a morte. A ideia de que os mortos permaneciam como parte de nossa vida, velando eternamente por nós, me atraiu de forma que nunca ocorrera quando eu era mais jovem. E, se os sacerdotes estavam certos, Imogen devia ser uma santa agora, assim como todos de minha família. Os santos me ajudariam. Imogen os *faria* me ajudar — eu sabia que sim. Assim, pela primeira vez, eu não temia os demônios e suas artimanhas. Cavalgaria para a batalha nas asas dos santos.

Quando deixei a tenda, as rédeas de Mystic foram postas nas minhas mãos. Montei meu animal e imediatamente percebi que Mott já estava em seu próprio cavalo.

— O que você está fazendo aqui? — perguntei.

— É muito embaraçoso — respondeu ele. — Acontece que sou um dos cem homens mais fracos.

— Você não é.

— Receio que sim. — Mesmo enquanto falava, Mott não podia deixar de sorrir. — É uma situação muito constrangedora, Majestade, e eu suplico que não me questione mais sobre isso.

Ri novamente, então cavalguei para onde todos os homens poderiam me ver.

— Meus amigos, o que estamos prestes a enfrentar não é como as batalhas de seus antepassados, nem seguiremos estratégias já testadas. Isso nunca foi feito, ou, para ser justo, nunca foi feito com sucesso. Mas é isso o que nos tornará grandiosos. Vocês contarão a seus filhos e netos sobre este momento. Na velhice, seu último sorriso será pela memória do que estamos prestes a fazer. Certamente seus comandantes lhes disseram que eu queria os mais fracos de nossos exércitos para cavalgar comigo hoje. Sejam gratos por ter sido escolhidos, pois será por meio dos mais fracos que o braço forte de Carthya exercerá sua força. Meus amigos, nós cavalgaremos como os fracos sempre o fizeram: em silêncio e sem chamar a atenção nem mesmo do pássaro adormecido para o nosso caminho. Sigam-me!

Apenas algumas fracas lanternas iluminavam a expressão séria dos soldados, mas vi bem o rosto de Mott. Ele sorria para mim de um jeito que me era familiar: ele me considerava o maior tolo que já conhecera e esperava que essa minha qualidade singular pudesse salvar a todos. E eu também esperava.

Liderei o caminho ao longo de uma trilha que estudara anteriormente. Ela nos levaria de nosso acampamento, com uma vista panorâmica do vale abaixo, por um caminho estreito, em grande parte escurecido por densas árvores e altos arbustos. Ela desembocaria não muito longe de onde eu pretendia fazer armadilhas para o exército de Mendenwal.

Nosso grupo viajava em completo silêncio. Obviamente, os cavalos faziam muito barulho, mas, como era comum nas noites por ali, o vento se encarregou de dispersar o som por todo o vale. Contanto que tivéssemos cuidado, o barulho que fazíamos não seria levado até o acampamento de Mendenwal.

Quando veio a alvorada, eu estava sobre Mystic na outra extremidade do vale, facilmente ao alcance de Mendenwal. Mott permanecia ao meu lado, e a centena dos soldados menos impressionantes de Carthya em cavalos às minhas costas. O que lhes faltava em habilidade era compensado com a postura confiante e o silêncio tranquilo.

As sentinelas de Mendenwal nos viram à primeira luz e rapidamente cavalgaram de volta para o acampamento com gritos de alarme.

— Eles vão reunir seus exércitos agora — anunciei. — Fiquem todos a postos e esperem aqui.

Assim que o primeiro grupo de Mendenwal surgiu do fundo do vale, eu avancei, flanqueado por Mott e por nosso porta-estandarte, que trazia a bandeira de Carthya tremulando na brisa da manhã. Estava adornada com o brasão de minha família sobre o azul e o dourado, cores que sempre simbolizaram a compaixão e a coragem de meu país. Paramos próximos um do outro, nada além do necessário.

O comandante de Mendenwal trouxera dez homens com ele. Como eu estava acompanhado apenas por Mott e um porta-estandarte miseravelmente armado, a proporção entre nossas respectivas forças parecia exata ali. Interpelei o comandante:

— O que leva Mendenwal a guerrear contra Carthya? Não temos nenhuma disputa com vocês.

— Cavalgamos sob as ordens do rei Humfrey. As razões dele só dizem respeito a ele.

— E você está certo de que tais razões valem sua vida? — Mott pigarreou, como que me dando um aviso, mas eu apenas sorri e levantei a voz. — Não quero ofender seu rei, obviamente, mas é evidente que sua capacidade de raciocínio o abandonou. Talvez você deva reunir seus exércitos e ir para casa, enquanto ainda podem.

— Você não vai insultar o rei de Mendenwal! — gritou o comandante.

— Não é um insulto. Apenas uma observação. As únicas razões pelas quais o rei Humfrey invadiria meu país seriam porque foi ameaçado ou porque Avenia lhe prometeu riquezas como ouro e diamantes. Por favor, acredite quando digo que Avenia não cumprirá suas promessas. Eles estão usando vocês para me destruir, e vocês serão os próximos. Para o seu próprio bem, comandante, insisto que cavalgue de volta para casa tão rapidamente quanto a sua montaria capenga puder levá-lo.

O rosto do comandante se contraiu, o que quase me fez rir. Eu não deixava alguém tão irado de propósito desde que o professor Graves tentara me alfabetizar em Farthenwood muitos meses atrás, e aquilo era bom.

O comandante gesticulou para os cem homens atrás de mim.

— Este é o seu exército, rei Jaron? Ou você trouxe os gatinhos mais ferozes de seu país?

Olhei brevemente para eles.

— Que sirva de aviso. Nossos gatinhos vão arranhar como leões. Os homens atrás de mim são os que desejam a honra de esmagar seu exército.

— Eu poderia enviar minhas amas para lutar contra esses homens.

— Sinto muito que você dê tão pouco valor a suas amas. Nós as convidamos a se tornarem cidadãs de Carthya. Você foi avisado, comandante. Vamos derrotar todo o seu exército acampado aqui hoje. Eu reafirmo o que disse antes. A maioria de seus homens não sobreviverá. Inclusive você.

O comandante riu.

— Renda-se a mim agora, Jaron.

— Não, você se renda a mim! — gritei. — Estou cansado desta conversa. Prometa deixar Carthya agora e vai viver, ou traga seu exército. Eu mesmo aniquilarei os primeiros mil homens em batalha. Talvez mais, se não forem mais astutos do que você parece ser.

O comandante olhou para os companheiros, que transpiravam de desprezo por mim, e então replicou:

— Muito bem, rei Jaron. Você selou o seu destino.

— Foi o que disse o último homem que derrotei. Pode ir, então! Traga-me os seus piores, e depressa! Acordei cedo e espero tirar um cochilo esta tarde.

Quando o grupo de Mendenwal partiu, Mott se virou para mim.

— Você está maluco? — Apenas sorri, e ele acrescentou: — Claro que está. Por favor, me diga que tem um plano.

— Aqui está ele — respondi. — Ficaremos exatamente onde estamos. Você conhece alguma melodia para assobiarmos enquanto esperamos?

Aparentemente, Mott não conhecia nenhuma, mas fez um coro de grunhidos e suspiros.

Os exércitos de Mendenwal deviam estar preparados para marchar, porque não demorou muito para que eu os avistasse. Eram espadachins bem treinados e disciplinados. Havia homens demais para andar a cavalo, de modo que quase todos entraram no vale a pé. Vi o comandante e seus líderes em suas montarias, mas eles conduziam da retaguarda, como eu esperava. Eles queriam que seus homens menos valiosos, os que vinham à frente, levassem o que de pior meus exércitos tivessem a oferecer.

— Quantos homens estão vindo? — perguntei a Mott.

Ele estreitou os olhos.

— Estimo que pelo menos mil já estejam em marcha, mas não consigo ver o fim das fileiras. Você não pode esperar lutar contra todos eles.

— Não — retruquei. — Eu não espero lutar contra nenhum deles.

Quando estavam perto o bastante para iniciar a batalha, foi dada a ordem aos soldados para que avançassem sobre nós três. Fiz um comentário em voz alta sobre a infeliz tendência das mulheres de Mendenwal de ter verrugas brotando no rosto, dei meia-volta e comecei a me afastar. Não muito rapidamente. Apenas um pouco mais do que eles seriam capazes de correr.

— Nossos cem homens não serão páreo para eles — disse Mott. — Alguns são lutadores muito fracos.

— É por isso que estão aqui, e não com os outros.

Mott apressou seu animal para mantê-lo ao passo do meu.

— Eu não posso acreditar que você vai sacrificar estes homens por nada. Isso não é do seu feitio.

Eu apenas sorri.

— Quantos soldados estão ao nosso encalço?

Ele olhou para trás e disse:

— As fileiras estão desordenadas. Mas o vale está se enchendo rapidamente.

No momento em que alcancei meus homens, o pânico no rosto deles era evidente. A maioria sacara a espada, prontos para uma batalha fadada a terminar em massacre.

— Por que parecem tão preocupados? — perguntei, cavalgando em volta deles. — Vocês já viram o belo sol que nasceu hoje? Alguém mais está com calor?

A julgar pelo suor na testa deles, todos estavam. Ou talvez não tivesse nada a ver com as altas temperaturas. Os homens estavam aterrorizados.

— Vamos cavalgar — eu disse. — Não muito rápido. Mas fiquem à frente do exército deles.

Então pusemos os cavalos em marcha. Dando crédito aos soldados de Mendenwal, alguns eram excelentes corredores e aparentemente incansáveis, então nos movemos mais rápido do que eu teria preferido. Atrás de nós, o amplo vale continuava a se encher, e os soldados inimigos estavam ficando cada vez mais irritados.

Por fim, nos aproximávamos da parte final do vale. O acampamento cartiano, acima de nós, estava totalmente vazio agora. Não teríamos uma segunda chance, nenhum apoio e, se as coisas não dessem certo, nenhum lugar para onde fugir. Com os homens de Mendenwal a nosso encalço e escarpas inacessíveis à nossa frente, eu jamais conseguiria salvar a todos.

Só que eu não tinha intenção de chegar ao ponto mais alto do vale. Apenas um pouco mais adiante de onde estávamos naquele momento.

Cavalguei até a retaguarda de meus homens e ergui minha espada. Então gritei aos exércitos de Mendenwal:

— Abaixem suas armas agora e vivam! — Eles apenas continuaram correndo em minha direção, o que foi uma infelicidade, mas não de todo inesperada. — Muito bem — murmurei.

Independentemente do final, era a hora de pôr em prática o plano que eu traçara havia meses. Nos minutos seguintes, viveríamos uma retumbante vitória ou uma sangrenta derrota.

30

A menos de um minuto de ficarmos literalmente prensados contra o penhasco, aumentei o ritmo do meu cavalo. Com Mott ao meu lado, voltamos para a dianteira do grupo e sinalizamos para os três homens que haviam descido a colina protegidos pela escuridão. Escondidos no sopé do paredão, eles estavam agora em posição. Ao meu sinal, uma tocha flamejante foi erguida. Depois eles acenderam um grosso pavio que levava ao baú de ferro e madeira aberto e correram para as colinas.

— Devemos cavalgar mais rápido — eu disse a Mott.

— Isso é o que penso? Você me disse que a pólvora que pegou no acampamento do Vargan era tudo o que tinha.

— Tudo o que eu tinha comigo — eu o corrigi. — Não tudo o que eu tinha.

— Você vai explodir aquele paredão de pedras?

Meus olhos estavam focados no fogo crescente à nossa frente.

— Não é um paredão de pedras, Mott. É uma represa.

Um de meus primeiros atos como rei fora enviar todo homem livre para aquela região, a fim de represar o rio Roving. Eu queria uma barragem que parecesse ter sido criada pelo fluxo natural de detritos, e isso havia sido executado à perfeição. Na verdade, tinham me dito que a maior parte da represa fora construída simplesmente fazendo detritos descerem pelo rio para entupir o desaguadouro.

Agora, a toda velocidade, eu e meus homens cavalgávamos pelo vale rumo às colinas. A princípio, os soldados de Mendenwal pareciam mais interessados no fogo que queimava na base da represa do que em suas consequências. Quando percebessem o que estava acontecendo, seria tarde demais.

A explosão se deu antes que meus homens chegassem às colinas, e o chão tremeu como um violento trovão. Aterrorizado, Mystic tentou dar uma guinada, mas, na batalha de vontades entre nós, eu pretendia ganhar. Era a única chance de sobrevivermos. Apertei firmemente as pernas contra seu flanco e o encorajei a seguir adiante. Com o barulho da detonação, campainhas soavam em meus ouvidos, enquanto ondas de ar comprimido acertavam minhas costas.

A base da represa explodiu com uma fúria que eu jamais teria imaginado. No mesmo instante, a parede desmoronou, liberando não apenas água, mas rochas e troncos que se lançavam pelo vale como um ataque em grande escala.

Meus homens estavam encharcados no momento em que chegaram à encosta, mas estávamos todos lá. Os soldados de Mendenwal, que tinham enchido o vale como formigas agitadas, foram arrastados pelas águas ferozes. O lago Falstan estava retornando ao seu leito. Em alguns preciosos segundos, mais da metade do exército inimigo havia desaparecido.

Meus homens se animaram, mas a batalha tinha apenas começado. Nem todos os homens de Mendenwal tinham entrado no vale, e naquele instante deviam estar em pânico e precisando de tempo para se reagrupar e determinar novas linhas de comando. Não permitiríamos qualquer recuperação. O restante de meu exército deixara o acampamento e já estava avançando pela retaguarda.

— O jogo está mais justo agora — eu disse a Mott. — Nós podemos vencer. — Então, voltei a atenção aos homens que estavam comigo. — Vocês passaram no teste de coragem, que é o mais difícil de todos. Agora é hora da luta, e sei que vocês podem encará-la. Permaneçam na montaria e sempre em movimento. Empunhem a espada, mas lembrem que cada parte do corpo é uma arma. Vocês têm pernas e costas fortes e, o melhor de tudo, têm cérebro. Nunca deixem de pensar, nunca parem de olhar para frente e planejar. Enquanto pensarem, vocês sobreviverão.

Ávidos por se exibir em uma batalha de verdade, os homens vibraram novamente, e eu os conduzi de volta ao acampamento de Mendenwal. Às margens do lago restabelecido, os poucos soldados que haviam escapado da fúria da água represada afundavam na lama, encharcados e atordoados. Talvez tivessem sido arrastados para lá pelo peso das armaduras, ou tinham sido fortes o bastante para nadar desesperadamente. Desarmados e em pânico, correram em direção ao acampamento deles quando nos viram cavalgando em sua direção. Eu os deixei ir. Era melhor tê-los reunidos em um único lugar quando os alcançasse.

Cavalgamos para o acampamento de Mendenwal em meio a uma batalha caótica com o restante dos meus exércitos, que avançavam pela direção oposta. O acampamento estava situado ao fundo de um vale com pouca vegetação e rodeado por altas escarpas de pedra cinza. Entramos por um lado, e meu exército bloqueara a única outra saída. Dentro dessa cavidade, centenas de soldados lutavam sobre cavalos e de pé. Os homens de Mendenwal estavam claramente irritados, o que era vantajoso para os meus exércitos. Ordenei a meus cem homens que cercassem o acampamento da melhor forma que pudessem, de modo que ninguém escapasse, então localizei o caminho estreito que vira nos mapas a noite anterior, aquele que subia pelas paredes do penhasco e conduzia até a base acima do campo de batalha.

Cavalguei naquela direção empunhando minha espada e a usei quando necessário, para abrir o caminho à frente. Com a maior parte de seu exército eliminado, incluindo a maioria dos líderes, Mendenwal não podia ter esperanças de vencer, independentemente de quanto tempo lutassem. Mas eu também não queria que a batalha durasse muito. Cada soldado perdido tinha alguém em casa que o amava. A maioria tinha esposa, filhos ou mãe que dependiam deles para sobreviver. Cada cartiano caído pelo qual eu passava fazia meu coração se encolher. Era hora de dar fim à batalha.

Antes de iniciar a subida pelo caminho íngreme, embainhei a espada e empunhei uma tocha. Era uma lenta e dura subida para Mystic, e a trilha coberta de cascalhos era mais escorregadia do que eu gostaria. A beirada íngreme sob mim prometia queda livre diretamente até o fundo do vale, mas Mystic tinha um trote tão seguro quanto forte. Quando eu estava no topo da montanha, inspecionei a batalha. Meus cem homens tinham mantido suas posições cercando o acampamento. Quase todos estavam lutando, mas nós controlávamos as saídas. Mendenwal ainda tinha mais homens, mas seu contingente também diminuía rapidamente. Sem comando, eles só seguiam lutando desesperadamente para sobreviver. Tudo o que precisavam era de um motivo para parar e de uma chance para sobreviver. Eu lhes ofereceria isso.

Primeiro, tirei uma corda do alforje de Mystic e amarrei uma das pontas a uma árvore. Depois, corri até uma grande rocha próxima. Usei toda a minha força para rolá-la até a beirada, então, sem dúvida, um empurrão dos santos me ajudou a lançá-la encosta abaixo. A pedra gigantesca ganhou força conforme despencava e desalojou muitas outras — um bônus absoluto. O barulho ensurdecedor e a ameaça de esmagamento fizeram com que muitos homens no caminho parassem de lutar e corressem em busca de proteção.

Finalmente, eu tinha a atenção deles. Com a tocha em uma das mãos e a corda na outra, ergui os dois braços e gritei:

— Na outra ponta desta corda há mais do mesmo explosivo que detonou a represa. Se eu a acender, a mesma coisa acontecerá, só que vocês serão cobertos por pedras, e não água. Vocês viram o que aconteceu com seus irmãos no leito do lago, a rapidez com que foram reduzidos à metade. Imaginem o que acontecerá aqui. Meus homens sabem como sobreviver à explosão. E vocês?

Meus soldados olharam para mim e sorriram. Na verdade, nenhum deles sabia como sobreviver à explosão, provavelmente porque não tinha como. E ainda assim confiavam em mim para fazer aquilo acontecer.

— Vocês têm duas opções — continuei. — Abaixem suas espadas e lhes será concedida uma passagem segura para voltar para casa em paz. Ou tentem manter suas armas e serão atingidos pelo soldado cartiano mais próximo. Se eu não tiver a cooperação de todos, acenderei este pavio e provocarei uma explosão duas vezes maior do que a que acabaram de ver. Nenhum de vocês jamais voltará para casa ou verá sua família novamente.

Os soldados de Mendenwal se entreolharam, fazendo suas escolhas silenciosamente. Eu esperava que escolhessem o caminho que eu desejava.

Deixei meu braço com a tocha pender um pouco.

— Isso está ficando pesado, então não posso lhes dar muito tempo para decidir se querem viver ou morrer. Que tal cinco segundos?

E a minha contagem regressiva começou. No cinco, quase metade dos soldados de Mendenwal abaixou imediatamente a arma e ficou de joelhos. No três, o barulho das espadas caindo ao chão era audível. Mas, no fim da contagem, eu ainda via muitos homens desafiadores que preferiam morrer de pé a se render ao rei menino.

Eu respeitava isso — de verdade —, mas não podia tolerar. A batalha tinha que terminar.

Assim, dei um passo à frente e, com a ponta da corda estendida, disse:

— Então nos reencontraremos na vida após a morte. Vocês chegarão primeiro por lá; guardem um bom lugar para mim.

E eu acendi a ponta da corda, reforçando o blefe. Aqueles que se recusavam a ajoelhar foram forçados ao chão pelos próprios companheiros, apavorados. O grosso pavio queimou apenas poucos centímetros antes que eu contemplasse a incondicional e completa rendição de Mendenwal.

Apaguei a chama com a minha bota e ordenei a meus comandantes que imediatamente iniciassem a evacuação de Mendenwal.

— Vocês deixarão todas as armas, mas podem levar os feridos e os suprimentos necessários. E jamais entrarão em guerra contra Carthya outra vez. Depois que aceitarem esses termos, estarão livres para ir em paz.

Então, apoiei a tocha contra a beirada do penhasco e me sentei para acompanhar o que estava acontecendo. A retirada das tropas inimigas provavelmente levaria horas, e eu precisava de tempo para estabelecer nosso passo seguinte. Eu sabia o que desejava fazer contra Avenia em uma batalha, só não sabia como. Além disso, precisava descansar. Sobrecarregado e com muito calor devido à cota de malha e à brigandina, finalmente as removi para me reclinar de maneira mais confortável, trajando apenas uma camisa simples.

No vale abaixo, a evacuação estava acontecendo mais rápido do que eu imaginava. E, com isso, aprendi o grande segredo para vencer uma batalha: faça o outro lado acreditar que você é mais louco do que ele. Os soldados de Mendenwal queriam estar o mais longe possível antes que eu enlouquecesse de vez e reacendesse o pavio. Obviamente, não havia sobrado pólvora nenhuma, não havia nada lá em cima, mas eu gostei de vê-los deixando Carthya tão rápido quanto suas pernas podiam correr.

Por fim, um grito ecoou, avisando que o último homem de Mendenwal deixara o acampamento. Eu ficara naquele posto por tempo demais e de modo muito egocêntrico. Era hora de me reencontrar com meus comandantes e avaliar nosso próximo passo.

31

Com os exércitos de Mendenwal se retirando por completo, eu me levantei e guardei a cota de malha no alforje de Mystic. Vesti novamente a brigandina e guardei a espada, me preparando para descer novamente a falésia. Mas, em algum lugar ao longe, nos campos atrás de mim, ouvi uma voz familiar chamando meu nome. Procurando por mim.

— Fink?

Agarrei a espada e corri em direção àquela voz. Fink não era muito maior que algumas das plantas da região, mas continuava chamando por mim.

Finalmente eu o vi, mancando pesadamente e com as mãos atadas diante de si. Sua camisa estava rasgada e havia um hematoma escuro em uma das bochechas, mas de resto parecia bem.

Comecei a correr em sua direção, mas, quando me viu, ele apenas meneou a cabeça, soluçando.

— Me desculpa! — gritou ele. — Jaron, eu sinto muito!

— Por quê?

Ele já tinha o meu perdão, e sempre o teria, mas eu precisava saber o que havia acontecido.

— Eu contei a eles sobre Falstan. É por isso que não estavam aqui. Eles permitiram que os exércitos de Mendenwal fossem engolidos pelas águas do lago e esperaram até que tudo estivesse acabado.

— Quem?

— Os exércitos de Vargan. Eu sinto muito!

Enquanto ele pronunciava essas palavras, ouvi um rumor crescente vindo da base da colina onde estávamos. Cavalos resfolegavam conforme batiam furiosamente os cascos nas pedras e na terra. Não estávamos sozinhos, e eu sabia que quem quer que estivesse chegando não era meu amigo.

Ao longe, um oceano de soldados a cavalo se aproximava. Mesmo dali, eu podia distinguir os casacos pretos e vermelhos. Tendo estado cercado por eles durante tanto tempo, o uniforme de Avenia me era dolorosamente familiar. Muito à frente deles, havia um grupo a cavalo, e eu conhecia quase todos ali. Na liderança, o rei Vargan, acompanhado do comandante Kippenger e do porta-estandarte de Avenia. Outro homem cavalgava com eles e não trajava as cores de Avenia, mas as finas vestimentas de um nobre. Estreitei os olhos para vê-lo melhor. Não podia ser...

Mas era. Bevin Conner cavalgava ao lado do rei de Avenia. Conner foi o primeiro a apontar para mim, e Vargan mudou o curso em minha direção. Eu disse para Fink ficar atrás de mim e então ergui a espada, ansioso para testar a precisão do fio. De todas as arrogantes alegações de Conner, defendendo que tudo o que fizera tinha sido em prol de nosso país, aquela era a mais completa prova de deslealdade a Carthya. Independentemente de qual tenha sido a barganha que fizera para cavalgar ao lado de Vargan, ele jamais poderia justificar aquela traição, nem mesmo para si.

— Vamos correr — disse Fink.

— Não há lugar para onde ir — murmurei.

Pelo que eu podia ver à nossa frente, não havia nada além de uniformes vermelhos e negros ocupando todo o horizonte. E não havia nada às nossas costas além de um penhasco e de uma queda interminável.

Minha espada estava pronta quando eles pararam à nossa frente. Eu ainda não tinha decidido qual deles atacaria, já que provavelmente alcançaria apenas um alvo antes de ser detido pelos demais. Eu ficaria satisfeito se fosse Conner, mas o sorriso de escárnio no rosto de Vargan acendeu minha ira, e Kippenger participara ativamente da tortura que eu havia sofrido no acampamento de Vargan. Eu devia uma resposta a cada um deles.

Vargan foi o primeiro a me cumprimentar.

— Rei Jaron, como é bom vê-lo novamente. Peço desculpas por ter me atrasado para toda a sua diversão com Mendenwal.

— Gostaria que tivesse chegado mais cedo. Eu adoraria que você encontrasse o mesmo destino que eles. Teria preferido, na verdade.

Vargan arqueou uma sobrancelha.

— Não sobrou ninguém?

— Não, exceto os excelentes nadadores. De qualquer maneira, eles não estão mais a seu serviço.

— Outros soldados de Mendenwal estão em seu país — disse Vargan. — Você não acabou com todos eles.

— Não — retruquei. — Ainda não. Mas eu e meu capitão fizemos uma aposta. Quem ganhar o maior número de batalhas pode derreter sua coroa e guardar o ouro. Pretendo vencer a aposta, já que temos negócios a resolver. Fiz uma promessa nesse sentido.

Vargan riu, seguido pelos homens a seu lado. Então falou:

— Estou ansioso para vê-lo tentar destruir meus incríveis exércitos, rei menino.

Se eu fosse o único naquela montanha, minha decisão já teria sido tomada. Eu teria avançado sobre Vargan com a espada erguida, pouco me importando com as consequências. Mas Fink ainda estava atrás de mim, e eu não podia abandoná-lo.

— Você precisa tomar uma decisão difícil agora — disse Kippenger. — Ou nos ataca e perde o garoto atrás de você, ou tenta escapar, mas, de novo, perde o rapazote.

— Tudo o que queremos é você, — falou Vargan. — Abaixe a espada e deixaremos o garoto ir.

— Não existe nada além de você? — perguntei. — Ele é só um garoto, não um peão em nossas disputas.

— Um garoto que, segundo ouvi dizer, é muito importante para você. — Vargan olhou para Fink, ávido por qualquer ato de insana crueldade que pudesse me atingir. — O que você vai me dar para salvar a vida dele?

— Um corte profundo com a minha espada — respondi. — Carthya nunca se curvará a você, Vargan.

— Carthya já se curvou a mim! Você pensou que a minha oferta de deixá-lo com o trono duraria para sempre? Não, Jaron, você teve a sua chance. As coisas mudaram. Agora, lorde Conner será o rei de Carthya e se submeterá ao império de Avenia. Nosso acordo está feito.

Conner arqueou o pescoço e olhou para mim. Então, no fim das contas, ele ficaria mesmo com o trono.

— Ele não é um rei — retruquei. — Governantes não se fazem apenas sentando no trono. Um verdadeiro rei serve ao povo, protege sua gente e zela pela felicidade de todos.

Os lábios de Conner se curvaram quando ele perguntou:

— E quanto a morrer por seu povo?

Por um instante, meus olhos dardejaram para ambos os lados.

— Sim, ele morreria, se preciso. Embora eu espere estar falando sobre a sua morte, não a minha.

— O rei Vargan e eu fizemos alguns acordos — disse Conner em seu tom de zombaria. — Ele vai garantir vida longa e próspera a um de nós dois. Você consegue adivinhar a quem?

Virei-me para Vargan.

— Você pode ser um rei desprezível, aliás, uma pessoa abjeta. Mas Conner é ainda pior. Ele é um traidor assassino. Tenha cuidado com o que negocia com ele.

— Se estou sendo acusado de ser traidor, posso muito bem agir como tal — respondeu Conner. — E, quanto à sua outra acusação, pretendo causar apenas mais uma morte, a qual aguardo há meses.

A minha.

O sorriso de Vargan revelou sua ânsia para que aquilo acontecesse.

— Você está preso aqui, Jaron, com um penhasco às suas costas e milhares de meus homens espalhados em todas as direções. Não há como escapar desta vez.

Uma rápida olhada para as colinas revelou o tamanho de seus exércitos, além de qualquer coisa que eu poderia esperar vencer. A maioria ainda se movia rumo ao vale, onde meus homens estavam situados sem a menor ideia do que vinha na direção deles. Da mesma forma que tínhamos bloqueado a fuga de Mendenwal, eles logo bloqueariam a nossa.

— Você nos acompanhará, lorde Conner e eu, a Farthenwood — disse Vargan.

— De jeito nenhum — balancei a cabeça para enfatizar minha recusa. — Conner já me levou a Farthenwood uma vez. Pode acreditar, ele não é tão bom anfitrião quanto finge ser.

Conner riu sombriamente.

— Achei que ficaria feliz com a notícia, em ver seu reinado findar onde começou.

— Farthenwood é o lugar onde você encontrou sua queda, Conner. Não é onde eu encontrarei a minha. — Meus olhos focaram o rosto enrugado de Vargan. — Se devemos conversar, então vamos fazer isso em Drylliad. Não há razão para irmos a Farthenwood.

— É claro que há. — Vargan riu, como se ele e Conner conhecessem uma piada que ainda não tinham compartilhado comigo. — Você mesmo escolheu Farthenwood. Lembra quando?

A mensagem que eu enviara pelo ladrão aveniano. Ele a levou a Vargan em vez de manter a promessa que fez a mim. Essa era a piada deles.

Conner parecia quase desapontado.

— Eu esperava mais de você, Jaron.

— E eu esperava menos de você — sorri. — Embora imaginasse que, se você e Vargan combinassem suas inteligências, talvez tivessem o suficiente para lidar comigo. Quase.

Vargan enrijeceu com o insulto.

— Eu o verei enforcado ainda esta semana, e matarei todos que estiverem com você, como fiz com Imogen.

Meu coração bateu forte quando ouvi o nome dela, mas finalmente vi um propósito em sua morte. Não importava o que mais acontecesse naquela guerra, eu não permitiria que nenhuma outra pessoa que eu amava morresse. E tinha de encontrar um jeito para isso.

Com isso em mente, meus olhos passaram de Conner para Vargan.

— Entendo seu interesse em me enforcar — falei. — Mas primeiro devo cumprir minha promessa de destruí-lo. E posso precisar de um pouco mais de tempo para isso, agora que incluí Conner na lista. — Fiz um gesto para o comandante Kippenger. — Aliás, provavelmente você também.

— Peguem-no! — ordenou Vargan.

Kippenger cavalgou em minha direção. Com um gesto rápido, arremessei a faca alojada em meu cinto na direção de Conner. A lâmina atingiu seu cavalo, que empinou, assustando a montaria de Kippenger. Ambos, Kippenger e Conner, foram lançados ao chão, o que deixou os animais ainda mais confusos. Eu me virei e puxei Fink comigo. De algum lugar às nossas costas, Vargan gritava ordens para nos perseguirem conforme corríamos em direção ao abismo.

— Eles estão vindo! — gritou Fink.

Eu não podia descer pela trilha íngreme por onde tinha subido. O risco de nos alcançarem era grande demais. Mas, quando chegássemos à beirada do penhasco, eu sabia que restaria apenas uma opção, e ela não era boa.

— As cordas que prendem suas mãos estão muito apertadas? — perguntei a ele.

Ele tentou separar os punhos, sem sucesso.

— Sim, muito.

— Coloque-as sobre meus ombros. — Eu me abaixei o suficiente para ele obedecer enquanto agarrava a corda que queimara parcialmente para assustar o exército de Mendenwal. Fiz um nó, e então dei duas ou três voltas ao redor de minha cintura. Não havia tempo para fazer aquilo da maneira adequada.

Fink tentou se livrar de mim.

— Não, Jaron. Por favor, não.

— Sim, Fink. Feche os olhos, se preciso.

Kippenger nos alcançou primeiro e me golpeou com sua espada. O golpe atingiu meu braço, mas eu já estava correndo. Com Fink nas minhas costas e gritando em meu ouvido, saltei para o abismo.

32

A coisa mais estúpida que eu já tinha tentado ao longo da vida fora aos sete anos, quando testei o poder de uma velha catapulta contra um alvo montado nas dependências do castelo. Darius e eu havíamos acabado de ter uma lição sobre o funcionamento das catapultas, e eu estava curioso. No entanto, minha mira falhou e, em vez de acertar o alvo, a pedra fez um buraco no teto dos aposentos de meu pai. Felizmente, os quartos estavam vazios naquele momento, exceto por um servo azarado que salvou sua vida mergulhando nas águas fétidas de uma latrina.

Isso *tinha* sido a coisa mais estúpida que eu já fizera na vida, até me jogar de um penhasco com Fink agarrado ao meu pescoço e com uma corda amarrada à minha cintura. No último segundo antes de pular, me ocorreu que eu não tinha checado se o nó entre a corda e a árvore estava firme o suficiente, ou quanto tempo a corda aguentaria antes de se partir. Será que Fink e eu nos chocaríamos com o chão do vale antes de a corda se esticar?

De qualquer forma, eu tinha os homens de Vargan ao meu encalço, então meu destino era certo se não pulasse. Eu só esperava que, se aquilo falhasse, minha morte fosse rápida. Odeio sentir dor.

Como pude comprovar, os santos devem ter ouvido quando implorei ajuda. Pelo menos não fomos parar no fundo do vale. Mas os demônios certamente tiveram sua cota de diversão quando despencamos todo o comprimento da corda.

A primeira coisa que senti foi a corda me puxando forte pela cintura e, depois, apertando como um laço minhas costelas. O que senti depois disso foram os braços de Fink em minha garganta. Essa tinha sido a única maneira de ele se segurar em mim quando pulei, mas agora o garoto estava me estrangulando de verdade. Ali, colidimos com a parede do penhasco. Recebi o impacto diretamente no ombro, o que quase me fez largar a corda — a única coisa que nos impedia de cair ainda mais. Eu havia passado a corda duas ou três vezes em volta da cintura, não mais que isso. Só quando batemos na parede do penhasco foi que percebi, com o ardor, que o atrito com a corda queimara minhas mãos.

Estávamos vivos, mas nossos problemas estavam longe de acabar. Tínhamos descido apenas metade da parede do penhasco, o que era alto demais para pular e perigoso demais para subir. Muitos de meus homens viram o que tínhamos feito e gritavam alarmados lá debaixo. No topo, Vargan percebeu que fora visto. Mas eu senti vibrações na corda vindas do alto e sabia que eles não iriam embora até arruinarem minha fuga.

— Agarre-se à parede! — gritei para Fink. — Eles estão cortando a corda!

Girei o corpo dele para a frente do meu, então me firmei contra a parede enquanto ele transferia seu peso para a rocha. Assim que ele fez isso, procurei uma posição melhor, mas, quando me movi, a corda arrebentou e despencou. Eu teria ido com ela se Fink não tivesse enroscado o pé em minha fraca perna direita.

Vargan olhou sobre a beirada.

— Disseram-me que você nunca mais escalou uma montanha desde que voltou do acampamento dos piratas. Você vai cair.

Não respondi. Eu precisava de toda concentração para não fazer nenhum movimento que provasse que ele estava certo.

Vargan rosnou para mim, mas nesse momento meus arqueiros já apontavam suas flechas para ele, e não lhe restava escolha a não ser correr. Gritei para baixo, ordenando que Carthya se reagrupasse para uma rápida retirada. Eu já tinha visto os exércitos de Vargan. Não éramos páreo para eles.

Ordens foram berradas em todas as direções abaixo de mim, mas uma voz se elevou sobre as outras. Mott.

— Vamos descer vocês daí. Aguentem firme! — gritou ele.

— O exército está chegando — berrei. — Vá embora!

Mas Mott me ignorou e, em vez disso, pediu ajuda aos escaladores que poderiam chegar até mim. Era humilhante. Antes de Roden quebrar minha perna, eu teria sido capaz de escalar aquela parede em minutos. Agora estava paralisado nela.

Contorci-me para alcançar um punhal preso à minha bota e o usei para desamarrar as mãos de Fink. Quando estavam livres, ele as usou para se agarrar com ainda mais força ao paredão, embora seus dedos estivessem brancos e seu rosto, tenso.

— Ouça — eu disse a ele. — Subir é uma coisa, mas a maioria das quedas acontece na descida. Cada movimento que fizer é importante. Você não pode cometer nenhuma estupidez enquanto estiver descendo, nem uma única sequer.

— Estupidez? — gritou Fink. — Como pular de um penhasco? Porque essa é a maior estupidez de todas, Jaron!

Ele ainda estava apavorado demais para fazer escolhas seguras. A parede diretamente abaixo de nós era muito lisa para descermos, e os escaladores jamais conseguiriam subir para nos resgatar. Ao longe, à nossa direita, havia uma árvore enraizada na rocha. Não era robusta, mas aguentaria nosso peso. Eu ainda contava com a ponta da corda que usara para saltar. Se eu a amarrasse ao tronco da árvore, isso nos levaria muito mais para perto do chão.

Fiz um sinal com a cabeça para a árvore.

— É para lá que estamos indo. — Em seguida, gritei para Mott: — Estou ordenando a sua retirada! Vargan está trazendo seu exército direto para este vale. Seremos apanhados se você não sair daqui!

— Ninguém vai abandonar você! — Mott gritou de volta.

Isso colocou uma pressão terrível sobre meus ombros, mas eu me balancei tanto quanto ousava. Apesar de estarmos a certa distância um do outro, tentei fazer com que Mott visse a seriedade em meu rosto.

— Vá embora! — gritei. — Mott, estas são as minhas ordens! Faça todos partirem, ou eles morrerão! Vou encontrar uma maneira de descer!

Dessa vez, Mott assentiu. Ele se juntou aos outros comandantes que emitiam ordens e os mandou mover nossos homens para longe do lago. Quando as tropas se puseram em movimento, ele voltou para a base do penhasco e me chamou novamente:

— Agora tome seu caminho. Mas eu não vou deixá-lo até que esteja comigo.

Foi a minha vez de acenar de volta. Entreguei a corda para Fink e disse o que ele tinha de fazer se eu caísse. Esperava que os meus braços e a minha perna boa pudessem me manter no penhasco de modo a me mover horizontalmente, mas isso não era certo. Meus músculos estavam significativamente enfraquecidos devido à minha antiga lesão na perna e à prisão no acampamento de Vargan. Minhas mãos ardiam pelo salto e meu ombro latejava mais do que deveria. Eu realmente não sabia se seria capaz de me manter ali em cima.

Então fizemos cada movimento lentamente. Evitei colocar peso na perna direita e escolhi onde me apoiar com muito cuidado. Depois dei a Fink instruções específicas sobre cada ponto em que ele deveria se apoiar. Essa foi a parte mais difícil, já que ele era menor que eu e não tinha o meu alcance. Éramos inexpressivos em velocidade, mas pelo menos estávamos nos movendo. Com um pouco de paciência e grande dose de resistência, alcançaríamos a árvore. E, uma vez lá, seria simplesmente desamarrar a corda e deslizar até o chão.

Mas nada na minha vida era simples. E dessa vez não seria apenas eu quem sofreria. Para além da cavidade do vale, exatamente onde meu exército em retirada devia estar, os sons de uma enorme batalha se ergueram. O exército de Vargan os encontrara. Falhamos em recuar a tempo.

Mott também estava ciente disso e nos encorajou a descer do penhasco o mais rápido possível. Empurrei Fink para que se movesse um pouca mais rápido, mas seus músculos ainda tremiam pelo esforço. Tentei distraí-lo, perguntando como ele havia sido capturado por Vargan.

— Depois que deixei Bymar, achei que não haveria dificuldade em passar por Avenia de novo — disse Fink. — Ninguém tinha me incomodado. Mas Vargan recrutou quase todos os ladrões de Erick para seu exército, e, quando tentei atravessar a fronteira para Carthya, um deles me reconheceu. Eles sabiam que agora eu estava com você, então me mandaram direto para Vargan, para um interrogatório.

Mostrei a Fink seu apoio seguinte na parede, e então perguntei:

— Além de meus planos para o lago Falstan, você disse mais alguma coisa a Vargan?

— Sim — sorriu Fink. — Eu disse que ele não tinha chance de ganhar esta guerra contra você. Foi quando ele ficou furioso.

Continuamos o nosso percurso em direção à árvore. Era impossível ignorar os sons da batalha, e eu temia pelo que pudesse estar acontecendo. Era uma tortura ouvir os gritos dos feridos, as ordens sendo dadas e as explosões metálicas de espada contra espada, tudo isso enquanto eu permanecia preso àquela parede. Na melhor das hipóteses, eu era inútil e, na pior, uma distração mortal.

Abaixo de nós, Mott avisou que Mystic descera o penhasco por conta própria. Dei uma olhada para baixo por tempo suficiente para ver meu cavalo e então franzi o cenho. Talvez tivesse sido melhor ter levado Fink pela trilha. Provavelmente não. Vargan sem dúvida o teria seguido. Mas Mystic não parecia afetado pela jornada ladeira abaixo, enquanto Fink e eu estávamos machucados, esgotados e ainda avançando lentamente para salvar nossa vida.

— Não consigo mais — disse Fink, por fim.

Olhei para ele. Estávamos perto da árvore, há apenas quatro ou cinco cuidadosos apoios de distância.

— Você consegue — encorajei-o.

— Eu não consigo! Estou dizendo, Jaron, se me fizer seguir em frente, vou cair!

— Ouça — eu disse com firmeza. — Se você cair, a dor será maior do que a que está sentindo agora, e você vai morrer. Quando estiver morto, pedirei aos santos que recusem sua entrada na vida após a morte. Você vai vagar para sempre como espírito, sem jamais ter um momento de descanso.

Minha ameaça funcionou.

— Você não ousaria! — disse ele.

— Você sabe que farei isso. Então aguente firme.

Em seguida, cerrei os dentes e me apressei. Se minha perna estivesse boa, eu teria alcançado a árvore em menos de um minuto, e os músculos de Fink agora tremiam incontrolavelmente. Como teste, coloquei bastante peso na perna direita e tentei alcançar um ponto mais alto em direção à árvore, mas algo desmoronou sob os meus pés. Perdi todo o apoio e minha mão direita escorregou. Naquele instante, tudo o que me mantinha preso ao penhasco era a articulação do meu dedo indicador esquerdo, firmemente agarrada a uma pequena raiz que se arqueava para fora da pedra.

Fink gritou quando escorreguei, e, em algum lugar lá embaixo, Mott correu para se posicionar abaixo de mim. Mas eu apenas praguejei e me puxei de volta ao lugar onde estava.

— Não faça isso de novo! — gritou Fink.

— Shhhhh!

Com raiva de mim mesmo por uma fraqueza que ainda não podia dominar, eu me forcei a subir mais e cheguei à árvore. Passei a corda em volta do tronco, atei-a firmemente e então a enrolei debaixo dos meus braços. Agarrei Fink e o puxei até lá.

Com isso, soltei a corda de minha cintura, a passei na dele e, cuidadosamente, o desci pela lateral do penhasco. Quando ele chegou lá embaixo, Mott o empurrou para o lado, em segurança. A batalha continuava furiosa fora do vale, e, se ela se movesse em nossa direção, rapidamente nos levaria para a briga. Eu precisava me juntar aos meus homens, mas senti minhas forças se esvaindo. Muito tempo havia se passado desde minha última escalada, e eu não apreciara as exigências impostas aos músculos que raramente usava para outros fins.

— Pegue a corda, Jaron! — ordenou Mott.

Dessa vez, não me senti ofendido com sua tentativa de mandar em mim e imediatamente agarrei a corda. Mas eu estava descendo mais rápido do que queria, sobretudo porque, com os braços cansados, era difícil manter o controle da queda. E, quando eu estava mais alto do que devia estar, meu apoio falhou e eu simplesmente caí, meio que aterrissando sobre Mott, que antecipara minha queda. Isso me salvou de um ferimento mais grave, embora eu ainda tivesse caído sobre a perna mais fraca. Uma onda de dor percorreu toda a minha espinha, e eu agarrei a perna para acalmar os tremores. Mas não disse nada.

— Você pode andar? — perguntou Mott, se levantando.

Eu não estava totalmente certo se podia. Fink correu até mim e colocou o ombro sob meu braço. Com a ajuda dele e de Mott, me ergui e me equilibrei. Mott me ajudou a montar em Mystic, então cavalguei o suficiente pelo vale para ter uma visão da periferia da batalha. A maior parte da luta já havia se afastado de nós, mas muitos dos meus homens estavam caídos por ali. Não estávamos combatendo o inimigo; éramos os alvos de uma carnificina.

Quando Mott e Fink estavam cavalgando ao meu lado, perguntei:

— Para onde a luta está se movendo?

Mott esquadrinhou o horizonte.

— De volta para terrenos mais elevados. Para longe do lago.

— Em direção ao nosso acampamento? — Meus olhos se arregalaram de horror. — Tobias e Amarinda ainda estão lá em cima!

— Não temos como atravessar o campo de batalha para avisá-los — disse Mott.

Segurei as rédeas de Mystic para mantê-lo parado enquanto pensava.

— Subiremos por onde estava a represa.

— Você explodiu a maior parte daquela encosta — disse Mott. — Tem certeza de que há algo ali para ser escalado?

— Se não houver, construiremos um caminho até o topo — respondi. — Temos de avisá-los antes que Vargan os alcance.

33

Mott estava certo sobre o atalho até o nosso acampamento — o que restava dele estava em péssimas condições, e certamente não seria seguro tentar uma subida a cavalo. Mas a batalha entre meu exército e o de Avenia se movia pelo vale em nossa direção. Para evitá-la, aquela teria de ser a nossa rota.

Largamos os cavalos na base da colina. Odiei deixar Mystic para trás, mas seria uma dura subida sobre rochas soltas e trilhas estreitas, íngremes e quase inexistentes. Não tínhamos escolha.

Minha perna ainda latejava desde a queda do penhasco, mas eu não disse nada a Mott. Ele provavelmente já sabia disso pela forma como eu me comportava. Pelo menos, ele se posicionou bem atrás de mim para me ajudar sempre que necessário.

Quando nos aproximamos do topo, nos dirigimos à beirada da trilha, de onde era possível avistar a batalha que se desenrolava logo abaixo. Meu coração parou quando me dei conta de que a luta estava muito pior do que eu temia. As colinas estavam empapadas de sangue e cobertas de corpos de mortos e feridos, esses últimos se contorcendo de dor e gritando por ajuda. Centenas de avenianos haviam tombado, mas ao menos a mesma quantidade de meus homens tivera o mesmo destino, e os sobreviventes do meu lado lutavam contra um exército inimigo que não parava de crescer. Nós seríamos derrotados.

Ao meu lado, Mott e Fink pareciam hipnotizados pela mesma cena horrível. Por fim, Mott deu um tampinha no meu ombro e disse:

— Está vindo para cá, Jaron. Devemos alcançar ao topo.

Terminamos a subida como se houvesse fogo em nossos calcanhares, e o que encontrei quando alcançamos o acampamento me surpreen deu. Os homens que haviam ficado ali rapidamente juntavam lençóis, macas e mesas para receber os feridos.

Alguns já estavam ali, e Tobias corria de um homem para outro, na tentativa de lhes curar as feridas. Quando ele afirmara estar estudando para se tornar médico, eu não tinha ideia da extensão de seus estudos. Tobias ia muito além de fazer curativos ou ministrar medicamentos. Ele costurava ferimentos, estancava sangramentos e parecia até ter realizado cirurgias mais complicadas. Em meio ao caos e aos gritos, ele dava o melhor de si, trabalhando rápida e arduamente. Amarinda estava a seu lado, servindo de assistente e confortando cada ferido da melhor forma possível

Diminuí o passo tempo suficiente para observar os dois. Eles funcionavam como uma equipe, um era a metade do outro. Eles se completavam.

Amarinda nos viu primeiro. Ela agarrou um balde de água e correu em nossa direção. Ofereceu-me a concha e, enquanto eu bebia, inspecionou o corte que a espada de Kippenger fizera em meu braço. Quando terminei, passei a concha para Mott e Fink e acompanhei Amarinda até onde Tobias estava.

Os olhos dele permaneciam atentos, porém calmos quando ele me viu. Tobias apontou para o homem ferido diante de si e falou:

— Todo o meu conhecimento vem dos livros, mas estou fazendo o que posso.

— Vai ter de fazer isso em outro lugar — eu disse. — A batalha está vindo para cá. Vocês devem ir.

— Não! — Tobias continuou costurando a ferida do soldado. — Eu não posso lutar, sou inútil para qualquer estratégia de guerra e só vou atrapalhar como regente. Mas posso ajudar a salvar esses homens.

Amarinda tocou meu braço.

— Queremos fazer isso, Jaron.

Cada vida que pudessem poupar aqui importava para Carthya. Mas fiz um gesto para o acampamento e disse:

— Em alguns minutos, toda esta encosta será um campo de batalha. Vocês e Fink devem sair daqui agora, ou eles capturarão a princesa. Amarinda está em perigo.

Sem que mais um segundo se passasse, Tobias deu o nó no ponto que fechava a ferida e guardou seus equipamentos. Ele deu a mão para Amarinda enquanto ela pedia ajuda para carregar os feridos até as carroças, para partirem imediatamente.

Enquanto isso, Mott reuniu os soldados que tinham permanecido no acampamento e nos encontrou novos cavalos. Ele me ajudou a montar e subiu no seu animal.

— Quais são as suas ordens, Majestade?

Quando estávamos sozinhos, Mott raramente se dirigia a mim por meu título, e aquilo me surpreendeu, até eu me dar conta do que ele pretendia falando comigo daquela maneira. Olhei rapidamente para trás e vi Fink ajudando Tobias e Amarinda. Eles partiriam em breve, mas o melhor que podíamos fazer era atrasar o máximo possível a chegada do exército aveniano.

Voltei-me para Mott e desembainhei a espada.

— Cavalguemos.

Mott sorriu e ergueu sua espada, seguido por outros soldados atrás de nós. Juntos, galopamos em direção à batalha.

Rapidamente encontramos um pequeno grupo a cavalo, perto demais do acampamento para que eu pudesse ter paz de espírito. No entanto, eles estavam esgotados por ter levado a batalha tão longe, e eu, ansioso por lutar. Dominamos aqueles homens com bastante facilidade e seguimos adiante.

Havia apenas um soldado atrás deles, mas grande como um pirata e igualmente forte. Nossas espadas se encontraram, e ele me atingiu com força suficiente para me derrubar do cavalo. Caí e rolei para evitar ser esmagado por um dos animais. Ele seguiu avançando, então se deu conta de quem eu era e se aproximou novamente. Nese momento, Mott se lançou contra ele como um aríete, e o homem bateu no chão com um baque surdo.

Montei rapidamente e mal tive tempo de acenar em agradecimento antes de encontrarmos outro grupo. Os primeiros eram grandes, arrogantes, e claramente ignoravam que eu lutava muito melhor quando estava com raiva. Aquele era o meu país, a terra que meus antepassados haviam protegido por gerações. Até que tudo tivesse sido tirado de mim, eu *não* o perderia.

— À sua direita, Jaron!

O alerta veio de Mott, que estava lutando com um soldado armado com uma maça, a qual girava habilidosamente sobre a cabeça. Parti para o homem à minha direita. Ele carregava uma aljava às costas e segurava um arco na mesma mão com a qual agarrava as rédeas de seu cavalo. Um ameaçador machado de guerra balançava em sua cintura.

O homem viu que eu estava me aproximando e agarrou uma flecha, mas eu já estava perto o bastante para feri-lo com a espada, cortando também o laço que prendia o machado de guerra à sua cintura. Quando ele começou a cair do cavalo, agarrei o arco e a flecha que ele havia sacado. Então a encaixei e me virei para atirá-la no homem com a maça. Na verdade, eu não teria acertado, mas, no instante exato, seu cavalo disparou para a esquerda e minha flecha atingiu o sujeito no estômago. Sua maça ainda estava em movimento, e, quando o homem se curvou para frente, a arma acertou sua própria cabeça.

Mais dos meus soldados se juntaram a nós na retaguarda e à frente, porém havia mais avenianos também. Muitos mais. Poderíamos ter ganhado um quarto de hora para Tobias e Amarinda escaparem, contudo não era tempo suficiente. A estrada era mais adequada aos cavalos do que a carruagens. Se Tobias escolhesse ficar na carroça com os feridos, ele e Amarinda não teriam a menor chance. Eles precisavam desesperadamente de cada minuto que eu pudesse conseguir.

Então eu desci a encosta. Mott estava um pouco à minha frente, lutando com um pequeno grupo que cavalgava em nossa direção. Eu me juntei a ele e cruzei espadas com um homem do qual me lembrava do acampamento de Vargan. Ele era melhor que eu no manejo da espada e já dava como certa a vitória em nosso embate. No entanto, eu ri e lhe disse que ele lutava como uma velha. Uma velha cega com disenteria avançada, para ser mais específico.

— Vejo que voltou a ser espirituoso — replicou o homem. E eu mantive o sorriso até ele acrescentar: — Felizmente, você se recuperou melhor que a garota que atingi com a flecha. Devia ter atingido você.

Todos os músculos do meu corpo se enrijeceram, e o tempo pareceu correr mais lentamente. Como se cada segundo da minha vida tivesse se concentrado naquele exato momento, afastei a espada para então descê-la sobre o homem e perfurá-lo exatamente onde ele atingira Imogen. Todo o seu rosto se contorceu de espanto, e seu cavalo galopou para longe.

Continuei no embate com o soldado seguinte quando, de canto de olho, vi Mott cavalgando em direção a outro grupo.

Ele era um habilidoso espadachim, bem treinado na espada e confiante em seus movimentos. Mas cavalgava diretamente para o centro de um grande grupo, na esperança de chamar atenção e permitir que meus exércitos, já exauridos, os cercassem por trás. Foi um erro grave. Nenhum homem sozinho seria capaz de duelar contra tantos outros.

Finalmente consegui golpear meu oponente, derrubando-o do cavalo, e cavalguei para ajudar Mott. Até aquele momento, sua estratégia estava funcionando — Carthya estava fazendo um bom progresso na colina. Mas isso não ia durar muito.

Levei meu animal para o centro do grupo, porém aquela égua não era tão forte quanto Mystic nem poderosa o bastante para forçar o grupo a se separar. Então abri caminho para entrar ali, golpeando duro e tentando acertar cada símbolo vermelho do uniforme aveniano.

Eu estava quase alcançando Mott quando vi outro homem o atacar por trás. Imediatamente o reconheci: era Fendon, o ladrão cheio de cicatrizes que eu ferira gravemente na noite em que parti para o acampamento dos piratas. Ele jurara que nos enfrentaríamos da próxima vez que nos encontrássemos. Eu disse que ele jamais me encontraria.

Obviamente, eu estava errado.

Sua espada estava posicionada e ele gritava para os outros saírem do caminho. Ergui a espada e cavalguei em direção a ele, mas meu caminho estava bloqueado. Colidi com os avenianos e gritei para Mott tomar cuidado. Ele se virou e viu Fendon chegando, mas não conseguiu posicionar sua arma a tempo.

A espada de Fendon atingiu profundamente a lateral de Mott. Muito sangue esguichou de seu corpo, e ele caiu do cavalo.

Quase cego de raiva, distribuí golpes de espada entre os avenianos ao meu redor conforme abria caminho em direção a Fendon. Ele me viu chegando e se apoiou na sela, se preparando para o espírito de luta que porventura ainda restasse em mim. Quando deixei a multidão, galopei tão ferozmente que ele mal teve tempo de se dar conta do perigo que corria.

Eu o atingi uma única vez e duramente. Minha espada perfurou seu peito e ele tombou, morto.

Meu coração parecia preso em um torno quando desmontei e corri até Mott. Ele conseguira rastejar para fora da batalha. Sua respiração estava entrecortada e a vida se esvaía de seus olhos. Mott estava morrendo.

Havia sangue por toda parte, tanto que eu não conseguia determinar de onde exatamente jorrava. Mott franziu o cenho de dor, enquanto eu arrancava um pedaço de sua camisa para fazer uma bandagem. Quando encontrei o ferimento, pressionei o trapo contra ele, mas não pude fazer com que Mott se mexesse para amarrar o curativo.

— Se estava cansado de lutar, havia maneiras mais fáceis de sair da batalha — eu disse.

O suor em seu rosto se misturava às lágrimas.

— Eu queria estar lá com você quando isso acabasse.

— Você vai estar.

Senti meus olhos arderem, mas me recusei a deixá-lo ver meu desespero.

— Você vai melhorar, e então lutaremos lado a lado outra vez.

Mott sorriu.

— Você não é tão bom mentiroso quanto pensa.

Minhas unhas se cravaram na palma das mãos.

— Eu não minto tanto quanto as pessoas pensam. E você vai viver. Você precisa!

— Prometa-me que encontrará a felicidade, Jaron. Não ceda à amargura.

Naquele instante, as lágrimas rolaram pelo meu rosto.

— A coroa tirou tudo de mim. Você ela não vai me tirar.

Mott agarrou meu braço, embora suas mãos estivessem fracas.

— Seu teste sempre será o mesmo. Seja mais forte do que qualquer coisa que a vida lhe trouxer. Você se levantará disso.

— Não sem você, Mott. Você precisa ficar comigo.

Ele apenas sorriu e fechou os olhos.

Fiquei de pé e procurei algum cartiano ao meu redor.

— Ajudem-me! — gritei. — Este homem precisa de ajuda!

34

Não houve resposta imediata, mas continuei gritando desesperadamente por ajuda. Tentei mais uma vez mover Mott e felizmente consegui arrastá-lo um pouco, mas o movimento estava fazendo seus ferimentos piorarem. Eu nunca seria capaz de carregá-lo sozinho.

Coloquei as mãos sob os braços dele para tentar puxá-lo novamente, e dessa vez o senti mais leve. Levei um minuto para reconhecer a pessoa que erguia as pernas dele, até vislumbrar um cabelo vermelho brilhante sob o capacete aveniano. Era Mavis, o rapaz que caíra na armadilha do caçador.

Não trocamos nenhuma palavra. Tudo o que importava naquele momento era o fato de Mott estar morrendo diante dos meus olhos e os meus exércitos perecendo ao meu redor. Isso tudo era culpa de Avenia, e não importava se Mavis tinha escolhido lutar ou não, ele estava com o exército inimigo. Dificilmente seria meu amigo. Mas dei uma olhada para ele enquanto lutávamos para levar Mott até o cavalo. Sua boca havia se curvado em um triste sorriso e os olhos estavam cheios de compaixão. Mavis tampouco era meu inimigo.

Por fim, conseguimos colocar Mott sobre a sua montaria. Acenei rapidamente a Mavis em agradecimento, então montei em meu cavalo e contornei o campo de batalha para levar Mott de volta ao acampamento. Tobias provavelmente já havia partido, mas, se ainda houvesse uma carroça, Mott poderia ser levado para onde quer que eles tivessem indo.

Por isso foi uma surpresa ver que a carroça na qual Tobias e Amarinda deveriam ter partido continuava no mesmo lugar. Parte de mim esperava que eles tivessem deixado a carroça para trás e usado cavalos, estando longe dali. Mas, se eles tivessem feito isso, não haveria esperança para Mott.

Com quase a mesma velocidade com que a água do lago Falstan retornara ao seu leito, o acampamento foi se enchendo de soldados cartianos e avenianos. Estando bem diante do combate, levei Mott até a carroça, dessa vez com a ajuda de dois de meus soldados. Um deles comentou que corpo de Mott era como um peso morto, e, com um olhar desagradável, pedi que se calasse. Mott ainda estava vivo, e eu não queria que ele ouvisse tal conversa. Provavelmente já era tarde demais. Pedi que um dos homens ficasse na carroça com Mott e fizesse o que fosse necessário para mantê-lo vivo até eu encontrar ajuda. Em seguida, orientei o outro a conduzir a carroça para além de um vasto campo nos arredores, dentro da densa floresta. Eu não achava que os soldados de Avenia os seguiriam até lá. A noite estava caindo, e eles teriam de se reagrupar.

Quando o vi em segurança, longe do pior, voltei para a batalha, lutando onde podia, enquanto tentava absorver a magnitude da destruição que estávamos enfrentando. Para cada cartiano ainda empunhando a espada, vi dez avenianos igualmente armados. O ar se enchia de gritos de dor e raiva. Por toda parte havia morte e sofrimento para além de meu controle. Eu jamais quisera guerra, e, agora que me tornara parte dela, o que eu via era pior do que podia imaginar. Fui forçado a me perguntar se a liberdade de Carthya valia aquilo tudo.

Um tenente me interceptou para dizer que acabara de receber um pequeno grupo de nossos homens que havia escapado de uma batalha mais ao norte.

— O que quer dizer com "escaparam"? — perguntei.

Ele desviou os olhos, e eu me perguntei se haviam abandonado seus compatriotas. A punição para isso era severa, e eu não tinha coragem de executá-la naquele momento. Mas, como logo percebi, as notícias eram piores.

— Majestade, a batalha não teve um bom fim. Eles são os poucos que sobreviveram.

Eu mal ousei perguntar:

— E Roden?

— Foi feito prisioneiro. Meu rei, lutaremos enquanto nos comandar, mas as coisas não estão boas.

Friccionei minha bota no chão sujo, então olhei novamente para ele.

— Tenente, ordene a retirada imediata de nossos homens para a floresta. Leve-os o mais fundo que puder para que fiquem em segurança.

Ele fez uma reverência.

— Sim, Majestade.

Enquanto ele começava a reunir os homens, continuei procurando algum sinal de Tobias e Amarinda.

Então, com mais horror do que podia suportar, eu me dei conta de onde eles deviam estar: atrás de uma pilha de lenha às margens do acampamento. Eu não podia vê-los, mas Fink estava em pé diante da pilha de toras, empunhando uma espada tão pesada que mal conseguia segurá-la com as duas mãos. Fink tentava protegê-los.

Pressionei os flancos do cavalo, galopando em direção a ele. Diversos soldados avenianos me seguiram, farejando-me feito cães raivosos. Mas eu não tinha tempo para eles, e os despachei da maneira mais feroz e rápida possível.

No entanto, outro aveniano em um corcel próximo à pilha de lenha vira Fink, que gritou de terror. Saindo do esconderijo, Tobias saltou à frente, agarrou a espada das mãos do garoto e o empurrou para o lado.

Tobias gingou diante do soldado, que rapidamente o derrubou no chão. O aveniano então se voltou para Amarinda, agora à vista. Ela correu, mas o soldado galopou atrás dela. Fink se interpôs entre a princesa e o cavalo, empunhando mais uma vez a espada. Ele era tão pequeno que a arma atingiu a armadura do homem no joelho. O homem gritou tão alto quanto Fink, tombando para frente, com o sangue jorrando da ferida.

Quando o garoto me viu chegando, exclamou:

— Fui eu que fiz isso! Eu!

— Você agiu como um cavaleiro — eu disse.

Quando Tobias e Amarinda se aproximaram, virei-me para eles.

— Vocês deviam ter partido.

— Nós tentamos — disse Tobias. — Mas eles chegaram rápido demais.

Desmontei e dei a Tobias as rédeas do meu cavalo e também as do outro, pertencente ao soldado caído.

— Entrem na floresta. Nós nos reuniremos lá.

— Mas eu já enviei os feridos na frente.

— Não há nada à frente, Tobias! Olhe em volta! — Então baixei a voz. — Há mais feridos na floresta. Mott está entre eles.

Isso era tudo que Tobias precisava ouvir. Quando estavam em seus cavalos, Fink liderou a caravana. Tobias e Amarinda iam na retaguarda, apressando-o para o abrigo da floresta.

Àquela altura, quase não havia mais soldados cartianos no campo de batalha. Eu queria ficar e lutar, mas nada do que fizesse naquele ponto resultaria em outro final que não a minha morte.

Eu nunca fujo.

Foi o que eu dissera uma vez a Gregor, o ex-capitão de minha guarda. E agora eu não apenas ordenara a retirada de meu exército, como estava sendo forçado a recuar com eles também.

O que restara do acampamento cartiano agora pertencia a Avenia. A terra estava coberta por nossos mortos e feridos. E, se eu não encontrasse uma saída, o restante de nós não sobreviveria até o próximo alvorecer.

Não olhei para trás enquanto fugia para a floresta.

35

Se, no início da batalha, éramos mil homens em posição às margens do lago Falstan, agora menos de duzentos se encontravam abrigados nas profundezas mais espessas do bosque, onde pouca luz das estrelas conseguia penetrar. Algumas fogueiras já estavam acesas, e meus soldados se reuniam ali, exaustos, feridos e sem esperanças. Tobias e Amarinda cuidavam dos feridos mais leves, e os casos mais graves permaneciam nas carroças. Nada poderia salvá-los.

E lá estava Mott, à beira da morte. Fiquei ao lado da carroça que o conduzira até ali, mais impotente do que jamais me sentira. Tobias já tinha enfaixado o ferimento, mas Mott ainda lutava para respirar e alternava estados de lucidez e inconsciência.

— O que pode ser feito para salvá-lo? — perguntei calmamente a Tobias.

Ele apenas deu de ombros.

— Tudo foi deixado no acampamento. Todos os curativos, medicamentos e equipamentos. Encontrei aravac para aliviar a dor. Mas não serei capaz de salvá-lo. Não aqui.

Até que ele desse o último suspiro, eu jamais desistiria de Mott. Quantas vezes ele já não tinha expressado sua disposição de descer ao inferno comigo e voltar? A guerra chegara, e ele também descera comigo pelos caminhos mais obscuros. E agora permanecia ali, pairando nas sombras entre a vida e a morte. Eu tinha de trazê-lo de volta. Mas isso me custaria muito.

Mordi o lábio enquanto considerava minhas opções. Ou melhor, para ser honesto, só havia uma terrível opção. E ela sempre estivera no fundo de minha mente, como se desde o início eu soubesse que, cedo ou tarde, algo assim seria inevitável. Uma vez tomada a decisão, todas as outras possibilidades que eu já tinha considerado se juntaram, como um quebra-cabeça completo. Eu disse a Tobias:

— Se você tivesse os instrumentos necessários, poderia salvá-lo?

— Provavelmente não só ele como muitos desses homens. Mas... — Tobias estreitou os olhos. — Não, Jaron. O que quer que você esteja pensando...

— Estou pensando que Mott vai morrer! — sussurrei. — Eu já perdi Imogen e isso quase me destruiu. Nós vamos perder esta guerra também. Eu *não* vou desperdiçar nenhuma outra vida.

— E sua vida? Aquele acampamento está repleto de avenianos. Você não pode voltar para lá!

— Não — murmurei. — Não posso me infiltrar lá. Mas vou conseguir esses materiais.

Ele me chamou quando me afastei, mas eu me recusei a lhe dar atenção. A última coisa de que eu precisava eram conselhos racionais.

Amarinda me encontrou minutos mais tarde, quando eu estava selando um cavalo nas imediações de nosso refúgio. Seus punhos estavam cerrados e os ombros, para trás. Eu reconheci aquela postura das muitas vezes em que Imogen estivera zangada comigo.

— Eu sei para onde está indo. Jaron, eu imploro, não faça isso!

Eu não estava interessado em discutir com ela. Para o bem ou para o mal, nada me faria mudar de ideia àquela altura.

— Tobias deve estar desesperado, se mandou você vir me deter.

— Ele me enviou também. — Fink apareceu atrás dela. — Por favor, não vá.

Não olhei para ele. Não podia. Com os olhos fixos na sela, eu disse:

— Isso tem de ser feito, Fink. Mesmo que você ainda não possa entender.

— Eu entendo perfeitamente. Eles vão matar você!

E ele achava que eu teria um destino melhor permanecendo na floresta? Mesmo que nenhum de nós quisesse pronunciar isso, todos sabíamos que haveria mais uma batalha no dia seguinte, muito pior do que o desastre daquele dia. Não importava quanto lutássemos ou quão inteligentes fossem meus planos, ao cair da tarde do dia seguinte centenas mais estariam mortos. Eu seria um deles.

— O que Imogen iria querer que você fizesse? — perguntou Amarinda. — Se ela lhe pedisse para ficar aqui, você correria tão abertamente rumo à própria morte?

Minha voz era suave quando respondi:

— Nunca foi segredo que eu não desejava ser rei. Por que as pessoas acham que quero um reinado? Eu sempre soube como isso podia acabar. — Então me voltei para a sela a fim de apertar as correias. — Mas está tudo bem. Agora eu entendo o que Imogen fez por mim, e é isso que tenho de fazer por Carthya.

— Imogen iria...

— Ela me odiaria por isso. — Soltei as rédeas e peguei a mão de Amarinda. — Mas não significa que eu esteja errado. Vou tentar fazer o melhor que puder e ainda tenho alguns trunfos. Porém, se as coisas derem errado, e podem dar, não fique triste por mim.

Ela desviou o olhar, mas precisava entender o que eu pretendia fazer para dar fim àquela guerra. De uma forma ou de outra, em breve eu estaria em paz — tudo que eu sempre quisera.

— Imogen me encontrará na vida após a morte. Minha família vai estar lá e Mott também, se eu não conseguir trazer os suprimentos para Tobias.

Quando Fink falou, os músculos de seu rosto se enrijeceram.

— E eu? Você é a única família que tenho.

Aquilo quase me deteve. Ele já acreditara que eu estava morto. Eu odiava fazê-lo passar por tudo isso de novo.

Soltei a mão de Amarinda e alcancei minha espada, que havia deixado encostada em uma árvore. Depositei-a nas mãos espalmadas de Fink.

— Tome conta disto — pedi. — Você é um cavaleiro de Carthya, lembra? Esta espada agora lhe pertence.

— Só até você voltar. — Ele abaixou a espada ao seu lado e acrescentou: — Volte, por favor. Não quero ficar sozinho mais uma vez.

— Prometo tentar. Mas, mesmo se eu não voltar, você sempre terá Amarinda e Tobias.

— Tobias me repreende demais. — Fink fechou os olhos e balançou a cabeça. — Além disso, eu preciso de você.

— Toda Carthya precisa de você — acrescentou Amarinda.

— Então me deixem fazer o que é preciso para salvá-la.

Terminei de preparar meu cavalo, mas, antes que pudesse montá-lo, Amarinda colocou a mão em meu braço.

— Sua família ficaria orgulhosa de quem você se tornou — sussurrou ela. — Dariam tudo para ver o grande líder que é.

— Eles deram tudo. — Suspirei enquanto o rosto de cada um passou por minha mente. — Independentemente do que aconteça, nunca permita que digam que eu falhei com meu pai. Diga ao povo que fiz tudo o que pude.

— Eles já sabem disso. Volte para nós, Jaron.

— Se você morrer, eu vou dizer aos santos para não deixá-lo entrar — disse Fink furiosamente. Era quase o mesmo que eu havia lhe dito enquanto estávamos presos no penhasco.

Respondi que era melhor que os santos me deixassem entrar, ou quem um dia cuidaria dele na vida após a morte? Sorri ao dizer isso, mas Fink só empinou o queixo, como eu mesmo fazia quando estava sendo teimoso. Então, beijei o rosto de Amarinda e montei. Antes de partir, me virei para eles e disse:

— Se Tobias se tornar o rei desta terra, não o deixem tocar minha espada. Ele machucará alguém com ela, e não por bons motivos.

Cavalguei sem olhar para trás e parei uma única vez, à margem da floresta. O acampamento que tinha sido meu havia apenas algumas horas agora exibia as cores avenianas e estava vivo, repleto de fogueiras crepitantes e tomado pelo cheiro de guisado. As sombras dos soldados encarregados da vigília frequentemente cruzavam o fogo, e ordens eram proferidas para posicionar todos ali para a noite. Eu podia ver minha tenda a distância, iluminada por lanternas em seu interior. Talvez Vargan estivesse lá, possivelmente Conner também.

A pergunta de Amarinda ecoou em minha mente: o que Imogen diria se estivesse aqui. Sem dúvida, ficaria furiosa. E então eu a lembraria de que não era muito diferente do que ela fizera por mim. Sacrificar-se para que outros pudessem viver era o maior dos atos de amor.

Isso era o que Mott queria que eu entendesse, e agora eu entendia. De todas as emoções, nenhuma era mais poderosa que o amor. A ironia era que, se soubesse dos meus planos, Mott levantaria da cama e rastejaria até aqui para me deter. Se ele soubesse o que eu estava prestes a fazer, nem os demônios nem a própria morte poderiam mantê-lo afastado.

Ao me lembrar dele e da urgência de tempo, avancei. Mas a memória de como os homens de Vargan haviam me tratado antes ainda estava fresca em minha mente, como frágeis cicatrizes que logo estariam abertas em novas feridas. Seria pior dessa vez, e, só de pensar nisso, minhas mãos tremiam tanto que era difícil continuar segurando as rédeas. Amaldiçoei minha covardia e disse a mim mesmo que aquela era nossa última esperança. Ainda assim, eu tinha de forçar minhas pernas a empurrar o cavalo adiante.

Os vigias me avistaram a certa distância, e uma dúzia ou mais se apressou em cavalgar ao meu encontro. Terrowic, o homem que fora tão cruel quando estive preso, foi o primeiro a me alcançar. Eu estava desarmado e disse isso a ele antes que chegassem, mas ainda assim eles me cercavam como se eu estivesse cheio de pólvora. Embora eu não oferecesse nenhuma ameaça, o comandante Kippenger me puxou para fora da sela, me atirando ao chão. Seus homens me revistaram cuidadosamente em busca de armas. Então, por fim, ele me forçou a ficar de pé e exigiu saber por que eu fora até ali.

— Leve-me ao rei Vargan — eu disse. — Se ele puder ouvir o seu chamado acima dos roncos dele.

— O rei e lorde Conner partiram para outros lugares de Carthya. Há outras batalhas além desta, você sabe.

— Mas esta é a única que importa. — Examinei os olhos de Kippenger. Ele parecia tão cansado quanto eu e, certamente, farto de batalhas. —

Nós dois perdemos muitos homens hoje. Há um em particular, um grande amigo, que vai morrer se eu não conseguir a sua ajuda.

Kippenger cruzou os braços, mas não demonstrava o tipo de arrogância fria que eu esperava. Apenas disse:

— Por que devo ajudá-lo?

— Porque isso também vai beneficiá-lo. Se deseja a generosidade de seu rei, então me ajude. Se o fizer, eu lhe darei o que ele mais deseja.

— O quê?

Revirei os olhos.

— Bem, eu. — Obviamente.

— Você se atreve a definir os termos? Eu tenho você agora mesmo.

— Você tem meu lado cooperativo agora. Tente me levar à força e prometo que um de nós não se apresentará vivo a Vargan. Meus termos são simples, Kippenger.

A paciência dele comigo já estava se esgotando.

— O que você quer, então? — perguntou.

— O fim da luta. Leve seus homens e abandonem este lugar. E quero a entrega imediata de todos os suprimentos médicos deste acampamento aos meus soldados na floresta.

— Ah. E, em troca, posso levá-lo ao meu rei?

Pela primeira vez naquela noite, minha respiração ficou mais calma.

— Melhor que isso. Em troca de minhas exigências, entregarei Carthya.

36

Apesar de suspeitar que toda aquela situação não passava de um truque, o comandante Kippenger rapidamente concordou com os meus termos. Ele exigiu que eu retirasse minha brigandina, imunda pela batalha do dia. Concordei, com a condição de que encontrasse algo adequado para substituí-la e que não tivesse as cores de Avenia. Então Kippenger ordenou que os suprimentos médicos fossem imediatamente levados para a floresta. Quando as coisas já estavam a caminho, ele anunciou a seus homens que todos os avenianos deixariam o acampamento o mais rápido possível, me levando com eles.

— O rei Vargan deixou ordens específicas para o caso de você ser capturado — disse ele.

— Mas você não me capturou. Eu me entreguei. Então, a menos que essas ordens tivessem a ver com me oferecer um ganso assado como ceia, você não deve sentir nenhuma necessidade de obedecer.

— As ordens eram entregá-lo para ser executado. — Kippenger fez uma pausa e então acrescentou: — Em Farthenwood.

Eu praguejei de tal forma que minha mãe deve ter se revirado no túmulo.

— Não, isso é inaceitável. Meu reino começa em Drylliad, e este é o único lugar onde esta guerra deve acabar.

Fiz menção de me afastar, mas fui impedido por Terrowic, imediatamente atrás de mim. Ele disse:

— Conner pensou que você resistiria a voltar à propriedade dele. Por quê? — Tentei ignorá-lo, mas ele me cutucou o centro das costas. — Você não tem cicatrizes de Farthenwood? Também não foi lá que você descobriu que toda a sua família tinha sido assassinada? E o que aconteceu com aquela serva com quem você fez amizade lá? Ela era bonitinha, não?

Cerrei os dentes e considerei os riscos de dar apenas um soco nele. Felizmente para nós dois, Kippenger se colocou entre nós.

— Farthenwood é o nosso destino, e não há quem culpar por isso, a não ser a si mesmo. Você enviou uma mensagem por um ladrão aveniano alguns dias atrás. Pretendia alcançar seus comandantes em Drylliad, mas, em vez disso, o ladrão levou a mensagem ao nosso rei.

Eu suspeitara disso, mas apenas murmurei:

— Eu devia ter pagado melhor.

— Não se preocupe com isso. O rei Vargan o recompensou muito bem. Na mensagem, você ordenou que os homens livres se reunissem em Drylliad. Por que acha que deixamos Mendenwal lutar aquela batalha? Se você tivesse tantos homens assim, não seria Avenia a sofrer por lá. Você também ordenou que seu ouro fosse levado a Farthenwood. Obviamente há uma armadilha esperando por nós se formos ao seu castelo. Mas os despojos estão em Farthenwood.

— A mensagem era mentira. — A oscilação em minha voz transmitia incerteza e preocupação. — Você acha que passei tal mensagem a um ladrão aveniano realmente esperando que chegasse ao meu castelo? Meus exércitos em Drylliad são escassos e fracos, e não há ouro em Farthenwood.

Kippenger riu.

— Ah, mas a mensagem chegou a seu castelo. O rei Vargan fez a gentileza de enviá-la aos seus regentes. Se a intenção era passar ou não essa ordem a eles, pouco importa. Eles estão obedecendo. Lorde Conner verificou que seus homens estão se reunindo em Drylliad e a riqueza de seu país está na propriedade dele, conforme suas instruções. Acredito que você foi arruinado por sua própria sagacidade.

— Não seria a primeira vez.

— Você é razoavelmente inteligente, e mais corajoso do que a maioria das pessoas que conheci — disse Kippenger. — Mas ainda é só um garoto. Jamais teve chance contra nós.

Aquele não era o melhor momento para discutir, mas me senti tentado. Em vez disso, me concentrei no que tinha de fazer e o encarei.

— Você deve fazer algumas concessões em troca de minha rendição. Exijo acabar com esta guerra em meu castelo e em nenhum outro lugar.

— Já recebemos ordens suas demais! — Então a voz de Kippenger se suavizou. — Não se desespere, Jaron. Há boas notícias também. Meu rei ordena que você não seja maltratado, pelo menos não ainda. Ele pretende contar com um grande público em seu enforcamento e não quer que você apareça ferido. Ele não pretende convertê-lo em um mártir.

Isso foi um grande alívio. Se bem que, considerando que as ordens de Vargan terminavam com a minha execução, a notícia poderia ter sido melhor. Ainda assim, prometi a Kippenger que, se ele me desse uma cama para dormir naquela noite, me encontraria lá pela manhã. O comandante concordou, mas insistiu que uma corrente fosse presa a meu tornozelo e houvesse vigias em minha barraca. Não foi uma grande demonstração de confiança, mas, claro, eu não era o prisioneiro mais confiável. Quando a cama me foi concedida, caí imediatamente no sono.

Na manhã seguinte, me disseram que Avenia manteria o acampamento por mais um dia para dar um pouco de descanso a seus homens. Isso me concedeu mais tempo antes de minha execução, de modo que não fiz nenhuma objeção. Também me foi oferecida outra farda, nas cores vermelha e preta de Avenia, e disseram que era só o que tinham. Retruquei que o uniforme aveniano estava em más condições, malcheiroso, e Terrowic replicou que eu também estava, o que provavelmente era verdade. Quando me recusei a vesti-lo, ele chamou homens suficientes para garantir que eu o fizesse. Não fiz nem um pouco do barulho que devia. Eu me dei conta de que era mais importante guardar energia para mais tarde, quando sem dúvida seria necessário.

Exceto por algumas poucas e restritas permissões para sair da tenda, fui mantido acorrentado ao leito. Não protestei. Pelo menos havia uma cama, e Kippenger garantiu que fossem rigorosamente cumpridas as ordens de não haver maus-tratos ou tortura. Evidentemente, tirei proveito disso e distribuí mais insultos do que jamais ousaria. O pior que alguém me deu em resposta foi um duro chute na canela, que o soldado justificou como um "acidente". E eu não podia reclamar para o comandante, sobretudo porque a mãe de Kippenger fizera parte de meu insulto. De qualquer forma, comi cada bocado do pouco que me ofereceram e dormi quanto pude. Pelo menos durante o sono, não tinha que me preocupar com Mott ou Fink ou com o desempenho de meus soldados na floresta.

Na manhã da partida dos exércitos de Avenia, os soldados deixaram o acampamento de forma ordenada. Quase todos estavam a cavalo, e eu me perguntei o que teria acontecido com os feridos, que evidentemente não estavam entre eles. Kippenger não me dera o que comer antes da partida, ainda que eu sentisse o cheiro de carne das fogueiras e soubesse que até o soldado da mais baixa patente tinha se servido. Além disso, eu viajaria com os pulsos atados a uma longa corrente presa à sela de Terrowic. Enquanto os oficiais e a maior parte dos soldados cavalgariam, eu iria a pé. Ou arrastado, se não conseguisse caminhar.

— Eu não posso seguir atrás do cavalo de Terrowic! — protestei. — O cheiro será insuportável.

— Todos os cavalos cheiram do mesmo jeito — replicou Kippenger.

Mas eu dei uma olhada para Terrowic.

— Eu não estava falando do cavalo.

Kippenger apenas riu e se afastou. Terrowic calmamente me prometeu que me conduziria pelos caminhos com as pedras mais afiadas que pudesse encontrar. Provavelmente ele estava sendo sincero, mas eu também fora.

Várias vezes ao longo do caminho, perguntei se o destino seria mesmo Farthenwood, ao que só recebi como resposta sorrisos desdenhosos de quem quer que ouvisse minhas reclamações. Nós estávamos nos movendo para o nordeste, diretamente para Farthenwood. Vargan e Conner provavelmente já estavam lá, planejando a próxima etapa da guerra. Um mensageiro fora enviado na frente. Logo eles saberiam que eu estava me rendendo. Conner provavelmente estava em êxtase por me ver aceitar a derrota em sua antiga casa. Esse tipo de justiça apelaria à sua natureza distorcida.

Minha perna direita começou a me incomodar muito cedo. Eu não lhe dedicara os cuidados que os médicos do castelo tanto haviam recomendado ao removerem a tala que a sustentava. Para piorar as coisas, a recente queda do penhasco ferira profundamente a carne. Apesar da dor, eu esperava que a caminhada fortalecesse os músculos. Eu não tinha a intenção de despencar de uma ribanceira novamente.

Vários quilômetros depois do início da jornada, eu me sentia entediado. No caminho, passamos por uma árvore caída cujo tronco estava cheio de pequenas pedras. Casualmente apanhei diversas delas e as guardei nas mãos. Quando os dois homens a cavalo atrás de mim começaram a conversar, arremessei um dos pedregulhos na cabeça de Terrowic. E ele foi atingido com força.

Ele parou e se virou, mas meus olhos já estavam vagando pelas vistas da trilha. Quando ele chamou minha atenção, eu inocentemente dei de ombros e indiquei com a cabeça o homem atrás de mim, culpando-o pelo incidente.

Terrowic franziu o cenho, se virou e continuou cavalgando. Esperei mais alguns minutos e atirei outra pedra, acertando-o novamente.

Dessa vez, ele já estava esperando e saltou para o chão, derrubando-me e então erguendo o chicote.

— Afaste-se de mim! — rosnei. — Ou, depois que eu vencer esta guerra, vou encontrá-lo e fazer com que receba dez vezes o que me fez. Quero falar com o comandante Kippenger. Agora!

Ele encarou os homens ainda nos cavalos atrás de mim e então se afastou. Poucos minutos depois, voltou com Kippenger, claramente descontente com a interrupção da caminhada.

— Fique de pé — ordenou ele. — Devemos chegar ao anoitecer.

— Quando então serei morto. Não tenho pressa.

— Eu devia matá-lo agora.

— E eu gostaria mesmo que você fizesse isso. Porque então eu poderia morrer com um sorriso no rosto.

— Por quê?

— Que castigo você vai receber se não me levar intacto? Eles vão bater em você mais do que você jamais poderia me bater aqui.

— Você é mais obstinado que sua pior reputação. — Ele tentou novamente. — Agora, fique de pé.

— Você pode me bater até me deixar inconsciente ou me arrastar até que eu morra, mas não vou dar mais nem um passo. Arranje-me um cavalo.

— Isso é ridículo. Você é um prisioneiro.

— Sou um rei. E exijo ser tratado como tal. Consiga-me um cavalo.

Kippenger umedeceu os lábios e virou-se para Terrowic.

— Ele vai usar seu animal. Ajude-o a montar, depois se certifique de que ele esteja amarrado a meu cavalo.

Os olhos de Terrowic se anuviaram, mas a ordem havia sido dada e o comandante já se afastara. O soldado me puxou do chão e praticamente me jogou sobre a sela.

Irado, Terrowic se esquecera de pegar seu alforje. Quando nos pusemos em marcha novamente, tirei proveito disso. Ali havia um recipiente com água, um pouco de carne seca, biscoitos e algumas maçãs. Quando terminei de devorar a primeira fruta, lancei o talo sobre o ombro e esperava ter acertado a cabeça dele de novo.

Além do estritamente necessário ao cuidado dos cavalos, paramos poucas vezes durante a jornada. Ainda assim, já estava escuro quando avistei as luzes de Farthenwood a distância. Logo que nos aproximamos, vi que um patíbulo estava sendo erguido no pátio em frente ao que um dia fora meu lar. Duas forcas já estavam posicionadas. Uma era para mim. Eu não sabia para quem seria a outra.

Na outra extremidade da propriedade, havia algumas carroças cartianas fortemente vigiadas. O laço que prendia a cobertura de uma delas se desfizera e a lona balançava ao sabor da brisa, permitindo que o luar alcançasse seu interior e fizesse o ouro ali guardado resplandecer. Como Kippenger dissera, a riqueza de Carthya se encontrava ali.

O comandante verificou pessoalmente se os grilhões ainda estavam firmes em meus pulsos, o que pensei ser óbvio pela forma como haviam ferido minha pele. Dando-se por satisfeito, ordenou que me puxassem da sela e me fizeram esperar enquanto alguém informava nossa chegada ao rei deles.

Mais uma vez me surpreendi em ver como Farthenwood havia mudado pouco desde minha última visita. Certamente para servir Vargan, a enorme propriedade estava cheia de gente, mas elas não pareciam ter chegado ali havia muito tempo. Além do patíbulo e das carroças repletas de ouro, a casa propriamente não parecia diferente.

Por fim, fui levado para dentro. Da primeira vez em que estive ali, eu também era prisioneiro. Escoltado com mais cortesia e menos correntes, mas ainda um cativo. Odiava a ideia de ter de encarar Vargan ali. Ele tripudiaria sobre mim por sua vitória e me humilharia quando eu assinasse os papéis que salvariam a vida de meus súditos, nos dando paz, mas a um preço muito alto. E Vargan se certificaria de que eu soubesse cada detalhe do que aconteceria na manhã seguinte, o dia da minha execução. Aquilo era intolerável, mas me enfurecia saber que Conner também estaria presente. Ele cobiçara o trono desde que se tornara regente, assassinara minha família e expressara pesar por eu não estar entre as vítimas. E estava disposto a transformar Carthya em um campo de ceva para os abutres avenianos, apenas para colocar a coroa na cabeça e fingir que isso o tornava alguma espécie de nobre.

Fui levado ao escritório de Conner, ou talvez fosse de Vargan agora. A grande mesa original desaparecera, assim como os livros e outras decorações. Ao longo dos últimos meses, quase tudo de valor havia sido levado. Vargan se levantou de uma cadeira simples de madeira que devia ser um trono temporário. Conner estava de pé atrás dele, com os braços cruzados e vestido com toda a sua antiga elegância. Ele parecia ter envelhecido consideravelmente na prisão, mas agora, com o cabelo lavado e cuidadosamente penteado para trás, exalava distinção, um odor nobre para ocultar a podridão de sua alma.

Vargan imediatamente perguntou:

— Por que você se entregou, Jaron?

— Eu precisava de suprimentos médicos para os meus homens.

— É a sua rendição?

Cerrei a mandíbula.

— Chame dessa forma, se quiser.

— Então se ajoelhe.

Eu sabia que isso estava por vir, mas meus músculos instintivamente se recusaram a obedecer. Não estava em mim ajoelhar para outro governante.

Atrás de mim, o comandante Kippenger percebeu minha hesitação. Ele me deu um chute atrás do joelho da perna direita, que imediatamente se dobrou. Desabei no chão. Quando tentei me levantar, ele pisou em minha panturrilha e manteve o pé ali, garantindo que eu permanecesse de joelhos.

— Muito bom — disse Vargan. — Os termos de sua rendição são estes: serei o imperador destas terras. Carthya começará a pagar impostos a Avenia. Metade de tudo o que Carthya produzir será enviada a mim. Carthya estará sujeita ao meu comando e às minhas leis, mas ao povo será permitido manter seus próprios costumes, sob a liderança do rei Bevin Conner.

— Então temos um problema — murmurei. — Carthya não tem a tradição de se submeter à escravidão, especialmente a um país de suínos. O fantoche ao seu lado será derrubado antes do fim deste ano, e Carthya se levantará contra Avenia até sermos livres novamente.

— Talvez eles tentem — disse Vargan. — Mas você não vai estar aqui para ver isso. A condição final de sua rendição é que você vá para a forca.

— Aqui não — balancei a cabeça. — Eu sou um rei. Se vai fazer isso, deve acontecer em meu castelo, em Drylliad.

— Sim, o comandante Kippenger me falou de suas objeções. Mas eu já ergui o patíbulo aqui. Além do mais, sei que você pretendia me atrair até Drylliad para uma armadilha.

— Não você, especificamente — eu disse. — Deixe-me viver até que Conner seja coroado e tente se estabelecer em minha capital. Quero ver o que os meus soldados farão com ele em sua chegada.

— Seus soldados foram notificados de sua rendição e convocados a vir a Farthenwood, desarmados, para testemunhar sua execução — disse Conner. — Uma ordem especial foi enviada a lorde Harlowe e seus regentes para que participem. Da forca, você ordenará que jurem lealdade a mim. Eles obedecerão, ou o acompanharão ao túmulo.

Fechei os olhos e tentei imaginar a reação de Harlowe ao ouvir isso. Ele jamais concordaria em seguir Conner. Até o fim do dia seguinte, ele estaria morto também.

— Os documentos para a rendição estão sendo elaborados enquanto conversamos — disse Vargan. — Você vai assiná-los à primeira luz e morrerá imediatamente depois.

— Isso não me dá muito tempo, então — eu disse.

— Para quê?

Encarei Conner e depois Vargan.

— Não me dá muito tempo para vencer esta guerra. Vocês dois devem aproveitar a noite para preparar sua alma para o covil do diabo. Porque, depois de amanhã, lá será a morada de vocês.

Kippenger puxou minhas correntes, me obrigando a ficar de pé. Vargan ergueu a mão para me esbofetear, mas lentamente abaixou o braço.

Conner falou:

— Tenho um lugar reservado para ele na masmorra. Jaron conhece bem o local.

E, como acontecera meses antes, fui arrastado dali, mas dessa vez não chutando e gritando. Deixei o lugar sem tirar os olhos do rosto de Vargan. Eu podia estar acorrentado, mas era ele quem parecia temer.

37

A chave que abria meus grilhões estava escondida em minhas mãos desde a primeira vez em que Terrowic me arrancara da sela. Eu esperava que ele a guardasse melhor, considerando que já a furtara uma vez, mas ele estava tão zangado quando me agarrou que nem sequer pensou em checar os bolsos. Eu esperava que eles me deixassem sozinho em um aposento no andar superior por tempo suficiente para escapar de lá, mas isso não aconteceu. Além disso, eu sabia que não contava com amigos em Farthenwood, então minha fuga seria breve e minha recaptura, dolorosa.

Assim que me conduziram escada abaixo em direção à masmorra, ouvi sons de outra pessoa presa ali e inclinei a cabeça para ver quem era. Roden estava acorrentado no centro da cela, exatamente no mesmo lugar em que Mott me chicoteara uma vez. Ele ainda usava o uniforme de capitão, embora sujo e rasgado. Com os braços erguidos, notei que ele estava mais magro que antes, mas mais forte também. Havia um ferimento de um lado do rosto, sinal de como acabara mal a última batalha que lutara. Por sua aparência, era uma bênção que ainda estivesse vivo. Bem, vivo por enquanto. Eu suspeitava que seu pescoço estava destinado à segunda forca.

Quando ele me viu descendo as escadas, olhou para alguém à direita e murmurou algo. Então não estava sozinho. Eu me perguntei quem teria sido capturado com ele. Talvez o comandante de Bymar, ou um dos homens que eu enviara com ele.

Não vi quem era até chegar ao pé da escada e dobrar o corredor. Então, o tempo parou. Tudo exceto aquele exato momento desapareceu, e eu temi que se tratasse de uma terrível piada dos demônios. Na parede ao fundo, uma garota de longos cabelos castanhos e olhos dourados se levantou lentamente.

Imogen.

Ela usava um vestido simples e desbotado de musselina, sem ornamentos. Estava largo no colo, e eu podia ver as ataduras que lhe envolviam o ombro esquerdo. O cabelo estava emaranhado de um lado, e o magro rosto, perigosamente pálido.

Mas Imogen estava viva.

Como era possível? Eu tinha visto a flecha perfurar seu ombro, vira sua queda, e tudo o que ouvira desde aquele instante confirmara o pior de meus medos. No entanto, ali estava ela, de pé à minha frente.

Os homens que seguravam meus braços afrouxaram as mãos enquanto Terrowic destrancava a porta da cela. No segundo em que ele a abriu, eu me virei e arranquei as chaves de sua mão. Antes que qualquer um deles pudesse reagir, disparei para dentro da cela, bati a porta e tranquei-a atrás de mim, deixando as chaves caírem. Eu estava vagamente ciente dos xingamentos e das ameaças, mas mal os ouvia. Minha única preocupação naquele momento estava bem na minha frente.

Eu via Imogen todas as vezes em que fechava os olhos, ouvia sua voz em meus sonhos e repassava aquele momento em que a flecha a atingira em pesadelos que consumiam meus pensamentos como parasitas letais. Podia ser que ela não estivesse ali de verdade? Aquilo diante de mim era a piada final dos demônios, a punição derradeira por todos os crimes da minha vida? Se queriam rir por último e à minha custa, aquela seria a maneira mais cruel.

Cruzei a cela e analisei o rosto de Imogen. Eu conhecia cada curva, cada linha. Era ela, e ainda assim eu não conseguia entender como ela podia estar ali.

Com um único sussurro, eu disse:

— Se isso é uma armadilha, por favor, me diga agora. Você é real? — Talvez fosse a pergunta de um tolo, mas eu precisava ter certeza. Quando ela confirmou com a cabeça, segurei seu rosto com as mãos ainda acorrentadas, tocando-o de forma tão delicada como quem ergue uma xícara de chá. Só de tocá-la, uma enxurrada de emoções me percorreu. Meus olhos se encheram de lágrimas, mas eu não me importei se alguém as viu.

As mãos de Imogen estavam acorrentadas, presas à parede. Ela espalmou a mão esquerda sobre meu peito, onde meu coração batia apenas para se aproximar de seu toque. Seus olhos revelavam uma mistura de alegria e tristeza por me ver, mas dentro de mim havia apenas uma emoção. Primeiro eu a beijei levemente, e logo várias vezes, como se nada além de nós existisse no mundo. Sua mão deslizou sobre o meu ombro até que a corrente a segurou, me puxando contra ela. Imogen me queria tão perto quanto eu precisava estar, e eu me perdi naquele momento, sem nenhuma intenção de me afastar dela outra vez.

Os soldados do lado de fora da cela gritavam, e Terrowic ordenou que os outros subissem as escadas e procurassem cópias das chaves. Eles estariam furiosos quando finalmente conseguissem entrar aqui. Mas isso ainda não tinha acontecido.

Meus dedos acariciaram a curva do queixo de Imogen, e então seus dedos entrelaçaram os meus. Ela olhou para baixo, para nossas mãos unidas, por um único instante, depois me encarou com os olhos semicerrados.

— Diga que me ama — sussurrei.

— Mas e se...

— Não há nenhum "e se", apenas nós. Só pronuncie as palavras, Imogen. E as sinta no coração.

Os olhos dela se encheram de lágrimas, e novamente temi ter pedido mais do que ela podia me dar. Imogen mordeu o lábio e finalmente disse:

— Jaron, eu não posso...

Ela hesitou, e meu coração se afundou. O fato de estar viva me deixou imensuravelmente feliz, mas não era o suficiente. Eu a amava e precisava dela como precisava do meu coração pulsando no peito. Mas nada disso seria completo a menos que eu soubesse que Imogen poderia sentir por mim uma ínfima parte do que eu sentia por ela.

Abri a boca para dizer alguma coisa, mas ela ainda não tinha terminado:

— Não consigo me lembrar de um único minuto desde que nos conhecemos em que eu não estivesse apaixonada por você.

Um sorriso cruzou meu rosto, e eu fiz um movimento para beijá-la novamente, mas naquele instante os soldados invadiram a cela. Um deles me agarrou pelos ombros e me atirou do outro lado da masmorra. Eu caí não muito longe dos curativos que, meses antes, Mott usara para enfaixar os ferimentos das chicotadas que levei aqui. Outro soldado me puxou com força e me colocou de pé enquanto Terrowic erguia a mão para me dar um safanão.

— Seu cheiro horroroso está impregnando em mim, e Vargan vai saber disso — rosnei. — Sem marcas, lembra?

Sua expressão se tornou assassina, mas eu estava igualmente furioso. O momento que ele escolhera para entrar na cela não poderia ter sido pior, e eu jamais o perdoaria por isso.

Eles me acorrentaram à parede, assim como tinham feito no acampamento de Vargan. Terrowic me examinou como se procurasse um jeito de me bater sem que Vargan percebesse. Antes que ele escolhesse um ponto, eu me sentei no chão. Não queria brigar e, certamente, não precisava de outro ferimento. Só queria que ele saísse dali para que eu pudesse falar a sós com Roden e Imogen.

Contra todas as probabilidades, Roden tinha sobrevivido à mais recente batalha contra os exércitos de Mendenwal. E, mais incrivelmente ainda, Imogen também estava viva. Eu jamais acreditei que o santos pudessem operar milagres, mas talvez fossem mesmo capazes disso. Não havia nenhuma outra explicação para que eles estivessem aqui.

— Desfrute como quiser deste momento — disse Terrowic. — Amanhã de manhã eles vão enforcá-lo como um ladrão comum.

— Estou contando com isso — retruquei. Terrowic se virou para sair, mas eu o chamei de volta. — Ela estava prestes a me beijar quando você me enxotou dali. Isso já é suficiente para a vingança que eu farei se abater sobre você.

Ele apenas riu e partiu escada acima, acompanhado dos outros soldados. Mas ele não devia ter ignorado minha ameaça. Eu tinha sido totalmente sincero.

Quando estávamos sozinhos, Imogen abriu a mão. E ali estava a chave para as correntes. Eu a passara para ela enquanto estávamos abraçados.

Roden percebeu e franziu o cenho.

— Você deu a chave a ela e não a mim? Eu já poderia estar livre.

Sorri para ele.

— Sim, mas eu não ia beijá-lo.

— Tem razão — disse ele, com uma risada.

Então minha atenção se voltou para Imogen.

— Conte-me como é possível que esteja viva. Eu vi você cair.

— A princípio eles pensaram que eu estava morta, até me colocaram na carroça destinada a recolher os corpos. — Fechei os olhos tentando imaginar a cena. Aquela era a parte que Mott havia presenciado. Ela continuou: — Não fomos muito longe antes que alguém ouvisse meus gritos. Este homem, o comandante...

— Kippenger.

— Sim. Ele me disse que, quando eu estivesse forte o bastante, eles me trariam para forçar você a fazer tudo o que queriam. Eu sabia o que isso envolvia, sabia que seria para sempre a causa da queda de Carthya. Eu não podia fazer isso, não podia deixar que eles me usassem contra você. Então decidi não melhorar.

— Você tentou morrer — sussurrei. — Imogen, não.

— Eu sabia que você estava no acampamento comigo. Ouvia os soldados passarem discutindo as coisas que tinham feito com você naquele dia, ou se gabarem de como finalmente haviam acabado com você. Se você sobrevivesse, eu sabia que a situação ficaria ainda mais horrível para nós dois. Então, a cada dia, não importava quanto tentassem me curar, eu só piorava.

Pensei em como eu teria me sentido se as nossas situações fossem invertidas. Se eu tivesse de ouvi-los se gabando dos maus-tratos impingidos a ela e soubesse que as coisas seriam ainda piores se eu sobrevivesse. Não conseguia imaginar como Imogen suportara tudo aquilo.

Lágrimas brotaram nos olhos dela.

— Então ouvi toda a comoção na noite em que você escapou do acampamento. Acho que provavelmente você passou ao lado da minha tenda e nunca soube disso. Depois, eu soube que você sobreviveria, e, se eu fizesse o mesmo, poderia vê-lo novamente. Então, a partir daquele momento, lutei para melhorar.

— Isso tudo é muito bonito — interrompeu Roden amargamente —, mas vejam onde estamos. E com chances de sobrevivência mais ínfimas do que nunca. Jaron, quero ouvir seu plano de fuga.

— Eu dei a Imogen a chave para abrir as correntes dela. É um começo.

— Quando Conner me contou que você estava vindo para cá, esperava que ele me deixasse na cama — continuou Imogen. — Eu poderia ter escapado de lá para ajudá-lo. Talvez ele também soubesse disso, portanto me mandou para cá. De qualquer forma, ainda não estou forte o suficiente para ajudá-los a lutar.

— Seu único dever é ficar bem — retruquei, antes de dar a ela um sorriso travesso. — Temos alguns assuntos inacabados.

— Eu vou ficar doente se me deixarem aqui com vocês dois — gemeu Roden. — Jaron, mesmo com a chave de Imogen, não podemos passar pelas grades. E, mesmo se pudéssemos, há soldados avenianos por todo lado. Você e eu vamos ser executados ao raiar do dia amanhã. Por favor, me diga que pode impedir isso.

— Claro que posso — afirmei. — Nós vamos triunfar.

38

À medida que a noite avançava, contei a Imogen e a Roden sobre a condição instável de Mott, sobre Tobias e Amarinda e sobre o nosso progresso na guerra. Depois, Roden me detalhou o que acontecera desde o instante em que o deixara perto de Drylliad.

— Estávamos em marcha quando os exércitos de Mendenwal nos atacaram. Eles se abateram sobre nós tão rapidamente que só tivemos tempo de reagir. — Roden inclinou a cabeça para que eu pudesse ver melhor seu ferimento. — Infelizmente, consegui isso logo no início da batalha, quando um cavalo que havia empinado me acertou.

— Você teve sorte de não ter sido pior.

— *Foi* pior, Jaron, para a maioria dos meus homens. Acordei em um campo de batalha coberto de mortos. Nunca vi nada mais horrível. Os soldados de Mendenwal estavam à procura de sobreviventes e, quando me encontraram, me reconheceram como sendo o capitão. Disseram que Avenia ordenara que eu fosse trazido para cá.

— Você ouviu algum dos comandantes falar sobre o envolvimento do reino de Mendenwal nesta guerra? — Era uma questão que ainda me incomodava.

Ele ponderou sua resposta por um minuto, e então disse:

— Agora que mencionou, dois dos homens que me escoltaram até aqui questionavam com irritação o motivo de Avenia mandá-los para a morte enquanto Vargan detinha seus próprios exércitos na retaguarda. Eles não eram líderes, mas tenho certeza de que há outros que pensam da mesma maneira.

— Ah, muito bem.

— Não, não está nada bem, Jaron. Sinto muito. Você me tornou capitão e eu falhei com você.

— Ninguém poderia ter feito melhor — eu disse, otimista. — Além disso, vou precisar de sua ajuda amanhã. Talvez nossas chances pudessem ser melhores, admito, mas creio que estamos em uma posição favorável à vitória.

— Acorrentados na masmorra do inimigo, à beira da rendição e prontos para ser executados?

Dei de ombros.

— Eu já disse que as coisas poderiam ser melhores. Mas também poderiam ser piores. Anime-se, Roden!

— Você se lembra de nossa primeira manhã aqui em Farthenwood? Tobias ainda estava dormindo, ou pensamos que estivesse. Você disse que não se importava em morrer, porque já não havia mais quem o amasse e assim sua morte não causaria dor a ninguém.

Eu me lembrava bem, embora aquilo parecesse tão distante.

Os olhos de Roden se voltaram para Imogen.

— Isso não se aplica a você agora, obviamente. Mas a mim ainda sim. Se você tiver de me sacrificar para vencer esta guerra e salvar sua própria vida, eu me sentirei honrado por ter sido escolhido.

— Você está sendo ridículo — falei. — Ou o meu pescoço estará na forca ao lado do seu, ou vou descobrir uma maneira de nos salvar. Pessoalmente, prefiro a última opção.

Roden murmurou concordando, então voltou a atenção para Imogen.

— Se eles nos levarem, sem Jaron, não terão nenhuma razão para mantê-la prisioneira. Assim que estiver livre, pode me fazer um favor?

— Claro.

— Tenho apenas um único nome a ser gravado em minha lápide, como seria de esperar de um servo ou de um órfão. Mas sou mais do que isso agora, e não quero ser lembrado apenas como Roden.

— Você pode ter o nome que quiser — ofereci. — Incluindo o de minha casta.

Roden agradeceu, mas parecia já ter outro nome em mente.

— Quando eu era bebê, uma velha aveniana cuidou de mim. Um inverno brutal se abateu sobre nós e ela adoeceu. Antes de morrer, ela me deixou com uma parteira a quem disse que minha mãe se chamava Havanila. Ela não mencionou nenhuma outra família, e a parteira por fim me entregou a um orfanato. Gostaria que minha lápide tivesse o nome de minha mãe junto ao meu: Roden de Havanila.

Havanila. O nome ecoou em meus ouvidos.

— Por que você nunca me contou essa história? — soltei as palavras, quase incapaz de controlar minha voz.

Ele deu de ombros, como se pouco importasse.

— Não havia o que contar. Obviamente meus pais estavam mortos, ou eu não teria sido entregue aos cuidados daquela mulher. Por quê?

Fechei os olhos e balancei a cabeça. A mãe de Roden tinha um nome que eu nunca ouvira dos lábios de nenhum outro homem, à exceção de um. Roden era o filho mais novo de Harlowe, a criança que fora levada na tentativa de se conseguir um resgate. Mas, antes que a troca pudesse ser feita, a aveniana que o levara morrera. Sem saber de sua origem nobre, a parteira o enviara a um orfanato, onde ele permaneceu até que Conner o trouxe para Farthenwood. Roden fora escolhido porque se parecia um pouco comigo, e muitas vezes disseram que eu me parecia com o outro filho de Harlowe e irmão de Roden, Mathis.

Só que eles eram parentes, e eu, não.

Roden tinha pai. E ele poderia estar presente na manhã seguinte, quando Roden e eu fôssemos enforcados. Ele merecia saber a verdade, para olhar Harlowe diretamente nos olhos e se despedir.

E ainda assim eu não conseguia fazer as palavras saírem. Desde o instante em que nos encontramos, Harlowe fora como um pai para mim. Quando ele soubesse que seu filho não só estava vivo como estivera perto por tanto tempo, seu coração naturalmente me deixaria e seria de Roden. Isso podia ser mesquinho de minha parte — e eu sabia que era —, mas eu me sentia desesperado para ter a família que fosse. Eu não queria dar esse presente a Roden. Ainda não. Eu queria ter um pai.

Com esse pensamento, eu me repreendi internamente por meu egoísmo imperdoável. Eu já tinha um pai. Não vivo, mas herdara seu nome, sua história e memórias às quais podia me agarrar. Algumas eram melhores que outras, mas os fracassos eram tanto falhas minhas quanto dele. Mais uma vez, lembrei-me de estar diante dele no grande salão quando ele me acusou de ser um ladrão. Naquele momento, eu devia ter explicado por que havia pegado as moedas e fazê-lo entender os meus motivos. Ou, ainda melhor, devia ter tentado entendê-lo. Se tivesse feito isso, agora eu sabia que o meu pai teria ajudado aquela viúva.

Se tivéssemos ou não nos entendido ou concordado um com outro, eu agora tinha vivido o suficiente da guerra para aceitar que, mesmo que fizéssemos escolhas diferentes, ele tinha suas razões para as decisões que tomava. E, onde quer que ele estivesse na vida após a morte, eu acreditava que meu pai me observava e sabia que eu também tinha minhas próprias razões.

Eu precisava contar a verdade a Roden.

E comecei a pronunciar as palavras, porque sabia que ele tinha de ouvi-las. Mas me perguntei se não seria cruel fazer com que Roden soubesse que tinha pai antes de eu mesmo saber se sobreviveríamos. Talvez isso só aumentasse sua dor quando a corda se fechasse em torno de seu pescoço, ciente de ter chegado tão perto daquilo que mais desejava.

— Você tem um plano, certo?

Roden continuou conversando com Imogen, enquanto eu tinha me deixado levar por meus pensamentos. Virei-me para ele.

— O quê?

Roden revirou os olhos.

— Um plano para escaparmos.

— Ah. — Dei de ombros. — Na verdade, não.

Ele ficou boquiaberto enquanto eu falava, o que achei bastante ousado. Roden podia não ter passado muito tempo preso a correntes em masmorras nos últimos tempos, mas eu sim. E Farthenwood agora estava cheia de soldados que considerariam uma honra matar qualquer um de nós se tentássemos fugir. Lidar com aqueles desafios não era exatamente tão fácil quanto planejar o cardápio do jantar, por exemplo. Por enquanto, meu plano se reduzia a três pequenas palavras: tentar não morrer.

— *Na verdade, não?* — repetiu Roden. — Jaron, a noite está passando rápido. Em poucas horas eles virão nos buscar. Você deve ter algo em mente.

Fechei os olhos, e então os abri para olhar para Imogen.

— Quando Roden e eu formos levados daqui, armaremos uma grande confusão com os guardas. O suficiente para que outros venham ajudar a nos controlar. Essa será a sua chance de escapar. Você sabe para onde deve ir até que isso termine, certo?

— As passagens secretas. — Ela fora serva ali e, provavelmente, conhecia as entradas secretas melhor que ninguém.

— Conner obviamente sabe sobre elas também, mas duvido que alguém acredite que valha o esforço procurar por você, ou até mesmo se dar conta de que você está sumida. Basta ficar ali dentro, escondida o melhor que puder, até ter certeza de que é seguro sair.

Roden não estava convencido.

— Qual o tamanho da confusão que isso vai exigir?

Sorri para ele.

— Níveis catastróficos de mau comportamento. Confie em mim, será divertido.

— Você tem uma ideia doentia do que seja diversão. — A expressão fria de Roden parecia bem menos entusiasmada. — Quando fizermos isso, eles vão nos machucar?

Isso me fez suspirar.

— Você é o capitão de minha guarda, não é? Certamente pode levar alguns golpes. Além do mais, a dor pouco importará quando a corda estiver em torno do nosso pescoço.

— Eu não quero uma corda ao redor do meu pescoço, Jaron! Essa é a parte que você precisa entender.

— Bem, provavelmente isso vai acontecer! Você precisa lidar com essa realidade antes que possamos encontrar a solução.

Ele se acalmou e minha atenção se voltou novamente para Imogen. Com o ombro ferido, aquela noite fora difícil para ela. Mas ela estava tentando ser forte, e sorriu para mim quando nossos olhos se encontraram. Sentia-me aturdido de tão apaixonado. A calidez daquele amor preenchia cada veia de meu corpo, consumia meus medos e minha raiva, substituindo-os pelo desejo de ser feliz. Era o que Mott me desejara: encontrar a felicidade e aceitar o amor como uma força muito mais poderosa que qualquer arma. Doía-me pensar em Mott e ignorar se ele havia sobrevivido.

— Prometo elaborar um plano — eu disse —, mas, até lá, acho que devíamos pensar em uma boa surpresa para quando os soldados voltarem.

Roden ergueu uma sobrancelha, intrigado pela sugestão. Imogen murmurou alguma coisa sobre tolice de garotos. Ela provavelmente estava certa, então não havia o que argumentar. Além disso, como eu a amava, não tinha a menor intenção de discutir com ela.

Foi preciso certo esforço para lidar com as correntes e uma criativa manobra de meus pés, mas por fim consegui puxar as velhas ataduras jogadas no canto. Quando estavam em minhas mãos, desenrolei-as por completo.

— O que você vai fazer com isso? — perguntou Roden. — Você não está ferido.

— Os guardas estão proibidos de me machucar esta noite. Vargan foi muito claro, dizendo que não devo caminhar para o patíbulo parecendo um mártir. — Meu sorriso se ampliou. — Mas não se preocupe, Avenia já caiu nesse truque antes. Eles adoram isso. — Lembrei-me de quando estive com os ladrões e usara curativos para fazer Vargan pensar que eu tinha a praga. Nem Imogen nem Roden estavam lá comigo, por isso não entenderam a piada. Mas entenderiam em breve.

Consegui enrolar uma das ataduras ao redor do tornozelo e da panturrilha, enfiando a ponta no meio de uma das voltas da bandagem. Fiz toda a operação a esmo, mas, considerando as limitações impostas pelas correntes, o resultado foi impressionante.

— É esse o seu truque? — perguntou Roden. — Você não pode estar falando sério.

— Se soubesse o que os homens de Vargan fizeram comigo, você saberia como estou falando sério.

— Jaron, amanhã nós vamos..

— Agora silêncio — falei. — Imogen precisa dormir, eu preciso pensar e você precisa... me deixar pensar.

Roden fez uma careta, mas se calou. Imogen me encarou por um tempo antes de por fim fechar os olhos. E eu me virei para me concentrar na tarefa de encontrar uma maneira de sobrevivermos ao dia seguinte.

39

Fiéis à palavra de Vargan, os guardas chegaram para me buscar à primeira luz do dia, Terrowic e o comandante Kippenger entre eles. Perguntei se alguém tinha algo para comer, mas simplesmente riram de mim. Eu realmente queria comer, e não gostei nada do riso deles.

Roden foi desacorrentado primeiro e imediatamente cerrou os punhos, como se estivesse ansioso por uma briga. Eu me perguntei o que ele faria contra aqueles soldados estando desarmado. Provavelmente ele não duraria o tempo que imaginava poder suportar.

Eles se dirigiram a mim em seguida, e foram muito cuidadosos para que eu não ficasse com uma mão livre em momento algum. Enquanto eles faziam seu trabalho, eu olhei para Imogen e disse:

— Quero que se case comigo um dia.

Então as lágrimas lhe escorreram pelo rosto.

— Olhe onde estamos.

Eu sorri para ela.

— Não vamos nos casar aqui, obviamente. Mas no grande salão de meu castelo, diante de todo o reino.

Imogen mordeu o lábio e assentiu.

— Sim, Jaron. Eu me casarei com você lá.

— Então eu vou encontrá-la em breve. Mas, se eu não o fizer, se *não puder*, quero que seja feliz e saiba que eu a amei.

Mais lágrimas rolaram, porém Imogen não disse nada.

Então os soldados me empurraram e me viram mancar com a perna envolta em bandagens. *Fingir* mancar, na verdade.

O comandante Kippenger perguntou:

— O que aconteceu? Você não estava assim ontem à noite.

Estremeci ao mancar mais uma vez.

— Terrowic veio aqui durante a noite e me feriu. — Era a melhor mentira que eu já havia contado e uma das poucas que não me fazia sentir a menor culpa. — Ele tentou esconder o ferimento, na esperança de que você não notasse.

— Eu... Não, eu... não fiz isso! — soltou Terrowic.

— Imploramos que ele parasse — falou Roden, juntando-se à diversão. — Mas ele queria se vingar antes que Jaron fosse executado.

— Eles estão mentindo! — Naquele instante, Terrowic já estava completamente fora de si.

— Não posso nem andar o bastante para assinar os papéis da rendição — continuei. — Você deve dizer a Vargan para postergar a rendição em um mês, enquanto a ferida cicatriza.

— Você vai assinar nem que tenhamos de carregá-lo até lá! — Sem avisar, Kippenger se aproximou de Terrowic e lhe deu um soco no queixo. — Como ousa desafiar as ordens do rei? — Então, apontando para ele, ordenou aos outros vigias: — Levem-no aos meus aposentos e o deixem trancado lá. Vou determinar que lhe seja aplicado um castigo severo após a execução!

Os vigias de Kippenger agarraram os braços de Terrowic e o arrastaram dali, sob seus protestos. Com todos olhando para o brutamontes, estalei a língua para chamar a atenção dele. Fitei o meu tornozelo, balancei-o para frente e para trás e então pisquei para Terrowic. O soldado apontou para mim e protestou, mas meu rosto já retomara a mais apropriada expressão de dor e sofrimento. Ele foi rapidamente conduzido escada acima para seu castigo.

Kippenger se virou para mim.

— Você pode andar?

Dei de ombros.

— Vou tentar. Apenas pegue leve comigo.

Ele disse:

— Sugiro que *você* pegue leve, Jaron. Do contrário, há uma infinidade de coisas que posso fazer a você sem que Vargan tome conhecimento.

Murmurei uma promessa que não tinha a menor intenção de honrar e olhei para Imogen enquanto ele nos levava. Ela ainda mantinha um dos punhos cerrado, escondendo a chave de suas correntes, e indiquei com os olhos que sua chance de escapar chegaria em breve. Meu último olhar foi para Roden, ao meu lado. Ele não parecia muito entusiasmado com o que estava prestes a acontecer, mas estava pronto.

Na metade do caminho para sair da cela, eu me agarrei às grades e comecei a gritar:

— Não, esperem, eu mudei de ideia! Não me levem até Vargan!

Um guarda à minha frente agarrou minhas pernas para me afastar das grades. A porta se abriu completamente, e eu ainda me segurava nela com toda a força. Agora um pouco à minha frente nas escadas, Roden também começou a gritar, fazendo com que o guarda atrás dele redobrasse os esforços para controlá-lo.

Kippenger bateu em meus braços repetidas vezes com as costas da espada até eu largar a porta e cair no chão. Em seguida, dois guardas me agarraram pelos braços e me levaram escada acima. Uma rápida espiada por cima do ombro revelou o que eu precisava saber: eles haviam se esquecido de fechar a porta da cela. Provavelmente haviam esquecido que Imogen ainda estava lá dentro.

Continuamos nossa arenga enquanto nos arrastavam, até que Roden tentou fugir pela porta dos fundos. Comecei a xingá-lo, acusando-o de me abandonar em minha hora mais sombria, ou alguma coisa tão igualmente absurda e dramática quanto essa, e o comandante ordenou que mais homens viessem nos controlar.

Primeiro eles se apressaram até mim, não demonstrando a menor misericórdia ao me lançar ao chão. Gritei que Kippenger não permitisse que me deixassem nenhuma marca, mas aquela claramente não era uma de suas preocupações no momento. Mais homens continuaram a chegar e, francamente, com a audiência aumentando, apreciei o fato de gritar ainda mais alto. Infelizmente, ninguém recebeu ordens para não deixar marcas em Roden, então muitos de seus gritos devem ter sido sinceros.

Antes que a situação se resolvesse, provavelmente já havia vinte homens para cada um de nós. Fiquei um pouco decepcionado com isso.

Eu preferiria quarenta para cada um, ou a respeitável proporção de trinta para um, pelo menos. A maioria apenas ficou à nossa volta, assistindo com horror e constrangimento ao nosso ataque de birra, mas todos nos seguiram quando fomos carregados para o escritório, e a todos foi ordenado que esperassem no corredor, para o caso de serem necessários.

Sorri para Roden. Um grande hematoma já estava se formando sob seu olho esquerdo, e ele ainda contava com um sangramento nos lábios e, possivelmente, com o nariz quebrado. Na confusão, eu havia batido a cabeça na quina de uma parede e agora o sangue escorria do ferimento pela lateral de meu rosto. Talvez algumas pessoas achassem que era culpa minha, mas eu já tinha planos de jogar a responsabilidade em alguém. Para o meu deleite, Roden sorriu de volta. Eu queria lembrá-lo de que a razão estava comigo: à sua maneira, aquilo fora divertido. Além disso, tínhamos alcançado nosso objetivo. Não havia ninguém tomando conta da cela.

Terminamos por nos acalmar quando chegamos ao escritório, e depois de algumas poucas ameaças para o caso de eu me comportar mal novamente, o comandante Kippenger nos conduziu para dentro.

Dessa vez, Conner estava sozinho ali, com roupas diferentes das que trajara na noite anterior. A camisa de seda e o colete eram imaculadamente brancos, como se, envolto na cor dos santos, ele quisesse ocultar o fato de ser o pior dos demônios. Eu me perguntei como ele conseguira um vasto guarda-roupa tão rapidamente.

Em algum momento durante a noite, uma nova mesa fora colocada no aposento. Não tão boa quanto a mesa original de Conner, mas sem dúvida cara da mesma forma e provavelmente retirada à força da casa mais próxima.

Roden foi empurrado de joelhos até a parede dos fundos do aposento, e eu fui levado até uma cadeira em frente à mesa. Com Conner atrás dela, e Kippenger e outro soldado de pé ao lado dele, eu me lembrei de uma situação semelhante vivida meses atrás. Naquela época, eu apenas suspeitara dos crimes de Conner. Agora eu entendia exatamente quem ele era, e as profundezas às quais desceria para conseguir poder. Qualquer que tivesse sido minha opinião sobre ele no passado, não era nada comparada ao ódio que eu sentia agora.

— Foram seus os gritos que acabei de ouvir? — perguntou Conner.

Minha expressão era inocente como sempre.

— Eu não estou certo sobre o que está falando. Eu não ouvi grito nenhum.

— Você tem um corte feio na cabeça.

— Ah, isso. — Fiz um gesto em direção ao comandante. — Ele me bateu. Eu implorei que não fizesse isso. Ele sabia que Vargan não queria marcas em mim. Mas, se houve alguma gritaria, provavelmente era eu suplicando que parasse.

Kippenger me amaldiçoou, o que me proporcionou um enorme prazer.

— Esse garoto não pode ser enforcado com um casaco com as cores avenianas — disse Conner. — Removam as correntes para que eu possa tirar o casaco dele.

— Devemos primeiro pedir permissão ao rei — Kippenger adiantou-se.

— Até o fim do dia de hoje, eu serei o rei de Carthya. Esse traje me ofende!

— Carthya tem a honra de ofendê-lo — retruquei.

Kippenger baixou a voz. Talvez ele não quisesse que eu ouvisse, o que era ridículo.

— Lorde Conner, sem as correntes, esse garoto pode ser perigoso. Pouco antes de chegarmos aqui..

— Se ele representasse algum perigo para mim, eu estaria morto há muito tempo. Agora, tire as correntes dele.

Os grilhões foram abertos, deixando meus braços quase leves quando Kippenger puxou minha farda, e, mais uma vez, eu vestia apenas uma camisa simples. Eu me despedi de Kippenger, desejando que aparecessem furúnculos em suas axilas, e disse a ele que tivesse mais cuidado comigo na próxima vez. Ele grunhiu e sussurrou alguma coisa, mas saiu. Para substituí-lo, outros dois guardas entraram na sala. Talvez para me proteger de Conner, ou Conner de mim. Eu não tinha muita certeza quanto a isso.

Conner se sentou na beirada da mesa. Tirou um lenço do bolso e o ofereceu a mim, para o corte na cabeça. Quando o sangramento havia quase cessado, ele perguntou:

— Na noite em que foi coroado, depois de expor meus crimes ao tribunal, por que não mandou me executar?

— Obviamente, foi um erro de minha parte.

— Talvez sim. Mas por que não o fez?

O calor em meu olhar seria capaz de ferver água. Depois de um pesado suspiro, eu disse:

— Sempre senti que você tinha mais que um papel a desempenhar por Carthya. Claramente tinha mesmo, mas acabou sendo menos nobre do que eu esperava. O que fez agora, aliando-se a Avenia, foi a traição máxima ao seu país. Certa vez, você me disse que, apesar de seus crimes, ainda era um patriota. Tenho certeza de que podemos concordar que isso não é mais verdade.

Os olhos de Conner se estreitaram.

— Garoto arrogante! Sempre tão certo de que tem todas as respostas.

— Então me responda isso. Imogen ainda está ferida. Ela precisa de comida, de uma cama e de um médico. Sei bem como você a tratava quando ela era uma serva, mas é mesmo tão cruel a ponto de deixá-la morrer numa masmorra?

— Eu a enviei para lá para que você soubesse que ela ainda estava viva! — Conner se posicionou bem à minha frente. Seus olhos se voltaram brevemente para os guardas atrás de nós, antes que ele continuasse: — Você frustrou os planos que eu levei uma vida para criar. Tirou-me tudo o que eu era, tudo o que eu tinha. Eu o odeio por isso. Você sabe coisas a meu respeito que jamais pensei que alguém descobriria, aprendeu os segredos de Farthenwood e acrescentou muitos mais a estas paredes. Jaron, você não vai destruir meu plano final. Entendeu?

Eu o encarei.

— Sim, senhor, mestre Conner. — Eu agora o entendia perfeitamente.

Havia muito mais a dizer, mas ambos permanecemos em silêncio quando as portas se abriram atrás de nós e Vargan entrou com Kippenger e uma multidão de criados a seu encalço. Conner deixou seu lugar e se inclinou para Vargan, que o saudou com pouco mais do que um grunhido indelicado. Vargan devotava a Conner quase o mesmo respeito que uma aranha devota às moscas. Quando tivesse conseguido tudo que queria dele, Vargan o enforcaria também.

O rosto de Vargan se enrugou conforme ele me analisava.

— Há um corte terrível na sua cabeça.

— Culpa do comandante Kippenger. Acho que isso me faz parecer um mártir, não acha? — Fiz uma cara de falso arrependimento. — Você obviamente terá de postergar as atividades da manhã até que eu esteja curado.

— E decepcionar o público? — retorquiu ele. — Acho que não. Por que você tem uma bandagem em volta do tornozelo?

Com toda aquela comoção, eu havia me esquecido completamente dela.

— Ah, isso? Senti frio no tornozelo durante a noite.

— Só no tornozelo?

— Sempre foi meu ponto mais sensível. Como os meus sentimentos. — Retirei as ataduras e deixei-as cair no chão.

— Você está brincando com os meus homens — disse Vargan. — Assim, não sentirei culpa alguma em brincar com os seus.

Meus olhos se estreitaram.

— Brincar parece bem infantil para alguém tão perto de retornar ao pó.

Vargan riu.

— Jamais estarei velho demais para apreciar uma boa piada. E eu sei que você vai apreciar isso tanto quanto eu. — Ele fez um gesto para Kippenger, que abriu a porta e saiu, retornando alguns segundos depois com outro prisioneiro, que tinha as mãos amarradas para trás e mancava muito. A cabeça dele estava baixa quando entrou, e ele a ergueu como se tivesse vergonha de estar ali. Só quando foi forçado a se ajoelhar ao lado de Roden seus olhos encontraram os meus.

— Tobias — sussurrei. — Você também, não.

— No fim das contas, os três órfãos aqui reunidos? — Sem tentar esconder seu prazer, Conner entrelaçou as mãos e se virou para Vargan.

— Majestade, devo interpretar isso como um presente para o dia da minha coroação?

— Não, não deve — respondeu Vargan laconicamente. Então, voltando-se para mim, ele acrescentou: — Não muito tempo depois de Kippenger ordenar a evacuação de seu acampamento, este rapaz apareceu por lá desarmado e disse aos meus homens que se renderia e daria assistência médica a todos os meus feridos em troca da sua liberdade. Foi estúpido pensar que consideraríamos negociar um rei por um jovem médico, mas lhe damos crédito por sua lealdade.

Olhei rapidamente para Tobias, que deu de ombros, impotente.

— Mal sabia ele que você já estava a caminho de Farthenwood, e, além do mais, não precisávamos de assistência médica. A ordem de Kippenger era matar todos os feridos. São inúteis e drenam nossos recursos.

Meus olhos passaram de Vargan para Kippenger, que tentava arduamente não trair seus verdadeiros sentimentos sobre ter aniquilado seus próprios feridos. Vargan podia não ter muita consideração por seus exércitos, mas dar aquela ordem fora um ato cruel até para ele.

— Então a brincadeira é a seguinte, Jaron. — Vargan parecia tão feliz consigo mesmo que poderia soltar bolhas, tamanha era a sua efervescente e perversa empolgação. — Eu tenho três pescoços aqui, todos dignos de enforcamento, mas apenas dois laços. Vou lhe dar a oportunidade de salvar um dos três. Quem será? O capitão de sua guarda, talvez? Ele é forte e corajoso. Com tantas baixas em seus exércitos, ele seria vital para a proteção de Carthya. Ou você salvará o aluno aplicado? Ele alegou ter salvado muitos dos seus feridos na noite anterior à sua rendição, incluindo um servo que, segundo ele, é sua sombra.

Então Mott estava a salvo. Eu estivera desesperado por notícias dele.

Vargan riu novamente.

— Ou você vai se salvar? Certamente não há ninguém mais valioso para Carthya do que seu rei. Uma enorme multidão já está se reunindo em frente a Farthenwood. Que nos vejam sair juntos e anunciar um grande acordo envolvendo as nossas terras. Escolha quem sobreviverá, e permitirei que você sirva a mim.

— São essas as minhas únicas opções? — perguntei.

— Você tem alguma outra em mente?

— Duas forcas. Estou olhando para o seu pescoço e o de Conner.

Os olhos de Vargan se anuviaram.

— Escolha agora, ou ordenarei que ergam uma terceira forca.

— Deixe-me morrer — disse Tobias. — Eu fiz o que pude para cuidar de seus feridos. Carthya não precisa mais de mim.

— Nós dois conhecemos alguém que precisa muito de você — retruquei. — Você deve sobreviver hoje.

— Então me escolha — disse Roden. — Sinto-me honrado em ficar ao seu lado, mesmo no patíbulo. Além disso, não há ninguém à minha espera.

Mas havia. Um pai que precisava dele.

— Nós dois iremos — disse Tobias. — Não você. — Ao lado dele, Roden assentiu.

Apreciei a lealdade de ambos, mas ainda assim fiz uma careta.

— Não sejam ridículos. O fracasso desta guerra se deve apenas a mim. — Voltei minha atenção para Vargan. — Esta é a minha oferta: vou deixar que me pendure duas vezes. Não vou nem mesmo fazer escândalo quando me pendurar de novo.

Conner sorriu para mim.

— Se você não vai escolher, então ergueremos a terceira forca.

— Não. — Abaixei os olhos, incapaz de encarar meus amigos. — Levem Tobias para longe daqui. Roden e eu iremos para a forca.

— Não! — gritou Tobias. — Salve-se, Jaron. Por favor!

— Tirem-no daqui — falei.

— Escoltem-no para o meio da multidão postada diante de Farthenwood — ordenou Vargan. — Certifiquem-se de que ele tenha uma boa visão de seus amigos.

Tobias tentou permanecer na sala e resistiu mais do que eu esperava. Quando ele não estava mais ali, eu me virei para Roden.

— Peço que me perdoe.

— Você fez a escolha certa — ele sussurrou. — Embora tenha dito o nome dele muito rapidamente.

— Ele tem o pescoço fino. Teria morrido depressa demais.

— Foi por isso que me escolheu? Porque levará mais tempo para que eu morra?

— Sim, Roden, foi exatamente por isso.

— Chega de bate-boca! — Vargan arrancou uma pena das mãos de Conner e a estendeu para mim. — Assine estes papéis, Jaron. Com a sua assinatura, Conner se tornará rei e Carthya me pertencerá. Assine, ou então...

— Ameaças não são necessárias. — Eu me levantei e mergulhei a pena no tinteiro. — Eu me rendi exatamente por isso.

Enquanto eu escrevia, Roden, ainda de joelhos no fundo da sala, arfou. Eu sabia que ele esperava mais de mim, e certamente não a minha rendição. Mas eu estava fazendo a única coisa que podia naquele momento, quer ele entendesse ou não.

Quando terminei, joguei a pena contra a parede ao fundo e disse a Vargan para pularmos para a próxima parte. Conner inspecionou o documento enquanto Vargan ordenava que minhas mãos fossem amarradas. Conner tomou para si a honra de realizar a tarefa.

Uni os punhos diante de meu corpo, mas Conner ordenou que eu colocasse as mãos para trás e enrolou com extrema força a corda em volta de meus pulsos. Com a pele já ferida, as cordas ásperas feriam ainda mais dolorosamente do que as correntes jamais fizeram. Suspeitei que Conner sabia disso e provavelmente sentia prazer em me amarrar. Quando entramos no grande salão, comecei a trabalhar para me desamarrar, mas Conner pousou a mão sobre os nós, me impedindo de fazer qualquer movimento.

Ficamos parados atrás das portas de Farthenwood enquanto anunciavam nossa entrada à multidão. Enquanto esperávamos, Vargan se inclinou para mim e disse:

— Quem você pensou que era para enfrentar alguém como eu?

Continuei olhando para frente quando respondi:

— Eu sou Jaron, o rei ascendente de Carthya. Você se arrependerá eternamente por trazer esta guerra a mim.

E as portas se abriram.

40

Era uma manhã incomumente bela, amena e clara, com um céu de safira mais apropriado a um piquenique do que a enforcamentos. Uma brisa leve balançava os dois laços que pendiam do patíbulo, fazendo-os girar. As vigas não eram das mais altas, do tipo responsável por quebrar o pescoço assim que o cadafalso se abria, causando uma morte instantânea e relativamente indolor. Eram das mais baixas, e o nó ficaria no meio do nosso pescoço para cortar nossa respiração assim que o banco sob nossos pés fosse chutado, causando uma morte lenta e terrível. Eu suspeitava que aquela havia sido uma escolha consciente. Eles queriam que eu sofresse, e que todos na plateia tivessem tempo para entender as consequências de desafiar o rei Vargan.

Realmente havia um grande público reunido ali, muito maior do que eu tinha imaginado. A maior parte da plateia era composta de soldados de Avenia e Mendenwal. Tobias agora estava com meus outros regentes à frente da multidão. Como todos ao redor dele, seu rosto expressava horror pelo que estava prestes a acontecer. Mas algo mais transparecia em suas feições — talvez sentimentos conflitantes de culpa e alívio por eu tê-lo livrado do suplício. Eu queria que ele não se torturasse por causa disso. A escolha tinha sido minha, e fora a coisa certa a fazer. Se ele tivesse olhado diretamente para mim, eu teria tentado comunicar isso a ele, mas seus olhos estavam baixos, envergonhados.

Os outros regentes me encaravam, e eu lhes fiz um aceno respeitoso por terem comparecido. Suspeitei que imediatamente após os enforcamentos eles seriam conduzidos até Vargan e forçados a prestar juramento de fidelidade a ele e a Conner. Kerwyn não estava entre o grupo. Ou permanecera em Mendenwal, ou escapara da exigência de Vargan de que estivesse presente. De pé ao lado de Tobias, avistei Harlowe. Seus olhos estavam cheios de horror quando ele me encarou. Considerando quem estava ao meu lado naquele momento, era errado que ele se preocupasse tanto com a minha morte.

Baixei a cabeça e disse a Roden:

— Há algo que eu devia ter lhe contado ontem à noite.

A voz de Roden tremeu quando ele falou.

— Sim?

— Você tem pai, Roden. Ele está vivo e está aqui.

— O quê? — Roden projetou o corpo todo em minha direção. — Quem?

Inclinei a cabeça para o centro da multidão.

— Rulon Harlowe, o primeiro regente.

— Como é que você pode saber disso?

— A esposa dele se chamava Havanila. Harlowe é seu pai.

— Mas... — Roden parou e refletiu sobre isso por um instante. — Ele perdeu o filho mais novo bem pequeno. Não foi isso que ouvi?

— Era você. Eu sinto muito. Eu devia ter lhe contado ontem à noite.

— Você acha? — Roden praguejou e alongou o pescoço na direção do público. Eu soube, pela forma como seus ombros despencaram, o momento em que ele localizou Harlowe. Então seu tom de voz se suavizou. — Ele sabe?

— Não. Achei que você devia dizer a ele.

— Bem que eu gostaria. — Demos mais alguns passos, então ele disse: — Sei que tentou nos salvar, Jaron. Eu o perdoo por falhar.

Com um sorriso modesto, dei uma olhada para ele.

— Falhar? Tudo está exatamente como deveria.

— Discordo — disse Roden. — Posso pensar em mil maneiras diferentes de como eu preferiria passar minha manhã.

— Pense nas maneiras como gostaria de passar a noite, então. — Com um sorriso, acrescentei: — Eu pretendo me enroscar em Imogen diante de uma boa lareira.

— Parece bom. Mas, se estiver perto de qualquer fogo hoje à noite, pode ser sua alma chegando ao covil do diabo.

Ri brevemente.

— É um cenário mais provável do que um de nós dois descansando com os santos. Mas, se acontecer, imagine o tumulto que poderíamos causar por lá.

Ele sorriu de volta.

— Adeus, Jaron.

— Não, Roden. Ainda não.

Com isso, o comandante arrastou Roden para cima do cadafalso e o mandou subir no banco. De onde eu estava, podia ver suas mãos tremendo tão fortemente que chacoalhavam as correntes nos pulsos. Um homem parado à sua frente anunciou que ele era o capitão da guarda cartiana, culpado pela guerra contra Avenia, Gelyn e Mendenwal. Roden se empertigou quando o laço foi ajustado ao seu pescoço. Ele inspirava profundamente, como se isso pudesse de alguma forma retardar o estrangulamento que viria.

Conner saíra do meu lado e havia se virado para receber outros dignitários acomodados nas escadarias de Farthenwood. Isso me permitiu mexer nas cordas ao redor dos meus pulsos, enquanto a posição de seu corpo bloqueava a visão dos outros, impedindo-os de ver o que eu estava fazendo. Eu não tinha certeza do que faria quando minhas mãos estivessem livres — continuava desarmado e cercado de inimigos. Mas era um começo.

Pouco antes de eu conseguir desfazer os nós, Conner se virou e agarrou meus pulsos mais uma vez. Sem atrair a atenção para si, ele enrolou a corda solta de volta. Eu não consegui perceber se ele tinha refeito os nós, mas, se tivesse, qualquer esperança estava perdida.

Agora era a minha vez de ir para a forca. Conner me escoltou até o cadafalso e me mandou subir no banco, e eu obedeci. Então ele ajeitou o laço em torno do meu pescoço e o apertou um pouco, embora certamente desejasse apertá-lo mais forte e me matar de vez. A corda áspera arranhava minha pele como garras, e eu já começava a me sentir sem ar.

Dali eu podia ver melhor o público. Reconheci alguns dos ladrões entre os soldados avenianos. Olhavam-me praticamente sem expressão;

era impossível dizer se lamentavam ou festejavam minha morte. Provavelmente a segunda opção. E, com espanto, vi Erick por ali. Apenas Erick, nenhum dos piratas. Ele me cumprimentou com um sorriso sombrio e um leve movimento de cabeça. Devolvi o gesto, imensamente grato por ele ter vindo.

— O rei Vargan vai permitir que você fale agora — disse Conner. — Lembre seu povo de onde a lealdade deles deve repousar daqui em diante.

Meus olhos se voltaram para a multidão. Quando as pessoas de Carthya se deram conta de que eu as olhava, ficaram de joelhos. Erick fizera o mesmo, assim como alguns outros que eu não conhecia. Engoli em seco para recuperar o controle de minhas emoções e então falei:

— O rei de Avenia exigiu que eu lhes desse uma última ordem, e assim o farei. Ouçam-me agora e sempre. Sejam leais àquilo que sabem ser o bem. Nunca cedam à fraqueza, nunca se curvem diante do falso poder real. O bem sempre triunfará no final, e vocês vão querer estar ao lado dele quando isso acontecer.

O encerramento que eu planejava fazer teria sido ainda melhor se Conner não tivesse enfiado o punho no meu estômago, me cortando a palavra. Um grito sufocado correu pela plateia, que se pôs de pé para me defender. Kippenger gritou para a multidão que ignorasse minhas últimas palavras, ou seriam todos enforcados em seguida. Os soldados desceram do patíbulo e acalmaram alguns manifestantes mais agitados com o punho de suas espadas.

Eu tinha me recuperado do soco, mas meu equilíbrio era precário. Eu poderia ter caído se Conner não me segurasse pelos braços. Quando o fez, senti algo frio subir pela manga de minha camisa e agarrei a extremidade do objeto.

Conner me entregara um punhal.

Era pequeno, mas parecia bem afiado, e o segurei com força para que permanecesse escondido. Ele não disse nada nem me olhou quando deixou o cadafalso.

O arauto pronunciou meu nome, meu título de rei de Carthya e me acusou do crime de guerra contra os reinos de Avenia, Mendenwal e Gelyn. Acusações ridículas, já que eles estavam em minhas terras.

Quando acabou, também desceu do patíbulo. O rei Vargan ficou de pé apenas para dizer:

— Executem os prisioneiros!

E os dois carrascos chutaram os bancos sob nossos pés.

41

Pulei para frente no instante em que Vargan deu a ordem. Isso me deu apenas um leve impulso, mas suficiente para me manter suspenso no ar por um ou dois segundos preciosos. Livrei-me das cordas que atavam minhas mãos e agarrei o nó no meu pescoço para sorver um pouco de ar. Vargan gritou que eu tinha uma faca, mas, quando me balancei para trás, chutei um carrasco contra o outro e ambos caíram da beirada do patíbulo. Porém outros soldados estavam chegando. Eu tinha de ser rápido.

Usei meu peso para me balançar em direção a Roden, que estava perdendo rapidamente a consciência. Agarrei a forca dele e cortei a corda. Roden caiu na plataforma e, inerte, rolou até parar no chão. Harlowe e Tobias correram para ajudá-lo.

Com uma das mãos ainda segurando a forca de Roden, cortei com a outra meu próprio laço, saltando ao lado dele. Harlowe já havia afrouxado a corda em volta do pescoço dele e Tobias checava sua pulsação.

— Mantenha-o vivo. — Para que pudesse proteger Roden, apertei o punhal nas mãos de Harlowe. — A vida dele significa tudo para você.

Os soldados, que haviam demorado para atravessar a multidão, estavam agora avançando sobre mim. Corri na direção oposta, por baixo do patíbulo, e subi as escadarias de Farthenwood. Coloquei as mãos em volta da boca e gritei:

— Erick, chame seus homens!

Erick ergueu um chifre e soprou nele, e o resultado foi tão imediato no interior de Farthenwood que a maioria dos piratas já devia ter abandonado as passagens secretas para aguardar o sinal. Quando estávamos a sós em seu escritório, Conner me confirmara que eles estavam lá — os muitos segredos que eu acrescentara às paredes.

Eu nunca tive certeza de como exatamente seria a batalha final. Mas sempre soube que era ali que ela deveria acontecer, e que não poderia ser bem-sucedida sem os piratas. Eu tinha certeza de que não fora uma tarefa muito fácil convencê-los a cumprir seu juramento. Minha gratidão a Erick era mais profunda do que ele jamais poderia entender.

Quando Mott e eu visitamos os piratas, eu pedira a Erick para vir aqui, fosse ou não bem-sucedido em trazer seus homens. Mas eles estavam lá e haviam encontrado as passagens secretas, exatamente como eu pedira. Eu não conseguia imaginar por quanto tempo tiveram de se manter escondidos, sempre no mais absoluto silêncio. E esperava que a raiva pela espera interminável fosse descarregada sobre os exércitos de Vargan.

Ao som da luta, o fundo de minhas carroças com ouro se desfez — outro uso dos assoalhos falsos criados por Tobias —, liberando um de meus tenentes e centenas de armas, o suficiente para a maioria dos meus soldados, que tinham sido obrigados a comparecer à execução desarmados. Dezenas mais saíram da floresta diretamente para a luta. Não eram tantos como eu gostaria, mas Vargan fora um idiota por acreditar que cada soldado meu estava na plateia. Eles surgiram da floresta fora da propriedade de Conner, cada um fortemente armado e pronto para a batalha.

Tudo aquilo era maravilhoso de ver, porém naquele momento não me parecia prudente ficar observando por muito tempo. Vários soldados avenianos me perseguiam pelas escadas de Farthenwood, inclusive o comandante Kippenger, que estava gastando muito mais energia do que deveria lançando ameaças no caminho. Quando cheguei ao topo, saltei por cima do corrimão de bronze para o chão. Minha aterrissagem no gramado abaixo não foi particularmente graciosa, mas pensei que minha falta de jeito poderia ser facilmente esquecida se comparada à beleza artística de minha fuga da forca.

Corri pelo gramado dos fundos ainda com avenianos ao meu encalço, e, devido à minha juventude e à ausência de uma armadura pesada, eu estava colocando uma justa vantagem entre nós. Mas parei quando vi que os soldados de Mendenwal tinham dado a volta pelo outro lado da propriedade e avançavam em minha direção, bem à minha frente.

Não havia nenhum lugar aonde ir, exceto para cima.

Eu não havia feito uma escalada bem-sucedida desde a noite em que subira os penhascos de Tarblade, pouco depois de Roden quebrar minha perna. Fizera muitas tentativas desde então, ignoradas por todos, porque teriam deixado o cirurgião do castelo furioso e me envergonhado. E também porque eu tinha fracassado em todas elas.

E essa não poderia ter o mesmo fim.

Examinei as pedras de corte quadrado e me lembrei de ter feito aquela escalada várias vezes quando Conner me manteve em Farthenwood. Eu tinha chances de conseguir chegar ao topo, e *não* falharia por causa de algo tão simples como uma perna enfraquecida.

Então esfreguei a palma das mãos na roupa para secá-las, e subi apenas o suficiente para ficar fora do alcance de Kippenger quando ele saltou para me pegar. Ele me amaldiçoou e chutou a parede, então gritou:

— Se você subir mais, não vamos precisar pendurá-lo. A queda deve facilmente se encarregar de matá-lo.

Eu queria retrucar — tantas possibilidades me vieram à mente que era difícil me controlar. Mas a escalada exigia completa atenção. Tão facilmente quanto eu havia escalado aquelas paredes antes da lesão, minhas mãos pareciam agarrar vidro liso e minhas pernas pareciam empalhadas.

A perna direita era a pior. Tremia com o peso de meu corpo e, depois de um pequeno escorregão, eu sabia que não podia confiar nela.

— Estarei esperando aqui embaixo quando você cair — gritou Kippenger.

Eu *não* ia cair. Nunca mais. Cerrando os dentes, escutei a voz de Mott em minha mente, me dizendo que eu era o rei ascendente. Nascido para me elevar. E assim eu o faria.

Lá embaixo, Kippenger gritou para mim:

— Você não pode vencer, Jaron! As correntes que o prenderam às paredes da masmorra não desapareceram. Sei que você pode senti-las. Tudo o que tenho de fazer é puxá-las e você cairá!

Naquele instante, eu havia alcançado a varanda dos aposentos de Conner. Hesitei apenas por um instante antes de rolar por sobre a balaustrada. Enfiei a mão no fundo do bolso da calça e tirei dali um único garlin. Eu o mantinha comigo desde a primeira noite em que Kippenger o colocara no alto da parede da cela do acampamento aveniano. Ele quisera me ensinar uma lição com isso: que não fazia sentido eu tentar vencer. Mas eu tomara aquilo como um desafio. Pegar aquele garlin me custara toda a força que ainda me restava, e caí dezenas de vezes até descobrir como manobrar minhas correntes para poder alcançá-lo. No dia seguinte, Kippenger havia se esquecido do seu jogo cruel. Eu, não.

Levantei a moeda para que ele pudesse vê-la.

— Você estava errado, comandante. Qualquer corrente com a qual tente me prender, eu sempre, *sempre* a usarei para me elevar! Não estou comprando a minha liberdade, porque você nunca a possuiu. Mas a estou tomando de volta, para mim e para o meu país.

Então deixei a moeda na beirada da balaustrada e disse a ele para vir pegá-la, se quisesse comprar a sua liberdade. Quando abri a porta do antigo aposento de Conner, Kippenger gritou a seus homens que fossem me buscar. Eu mal havia passado pela porta quando os ouvi subindo as escadas.

Dei um passo adiante, mas minhas pernas cansadas pareciam de chumbo. Então pressionei meu peso contra a parede até estar completamente dentro dela. Uma tapeçaria escondia a entrada para as passagens secretas. Mas, mesmo que ela não estivesse ali, a engenhosidade da porta secreta ainda era impressionante. Se eu não soubesse onde estava, não a teria encontrado. Os homens de Kippenger também não a encontrariam agora.

Assim que a porta da passagem se fechou atrás de mim, dei um único passo antes que minha perna fraquejasse, me fazendo cair de joelhos. Eu não faria outra escalada naquele dia e, provavelmente, não poderia contar com minha perna direita para lutar. Nos aposentos de Conner, ouvi o comandante perguntar:

— Para onde ele foi?

Era hora de ir. Fiquei de pé e manquei silenciosamente em direção ao andar principal. Quando cheguei às escadas escondidas, percebi que não estava sozinho. Imogen me cumprimentou primeiro, com um olhar que passou do amor à fúria assim que percebeu que eu estava mancando e que havia sangue seco escorrido da ferida em minha cabeça. Havia outros com ela, e sussurrei a promessa de não traí-los, a menos que quisessem se revelar. Então deixei as passagens e me vi sozinho no escritório de Conner. A porta do grande salão estava aberta, mas me dei conta de que chamaria atenção se a fechasse. Havia muitas lutas acontecendo fora dali; era melhor que ninguém soubesse que eu estava naquela sala.

Os papéis que eu tinha assinado ainda estavam sobre a mesa. Eu os recolhi com a intenção de queimá-los, mas um rangido no assoalho atrás de mim me alertou sobre a presença de outra pessoa. Eu me virei e vi Vargan segurando uma adaga sobre a cabeça. Com a perna direita em mau estado, eu não seria capaz de correr mais que ele, e não tinha nenhuma arma à mão. Não haveria muitas opções se ele decidisse atacar, e ele claramente o faria.

— Com os meus piratas nesta batalha, você vai perder — eu disse. — Mas ainda há tempo de se salvar. Renda-se a mim e viverá.

— Nunca.

Estava claro que aquele homem não tinha talento para negociar. Para ser justo, eu também não era particularmente bom nisso.

— Você queria que aquele ladrão trouxesse a mensagem para mim. — A voz de Vargan tremia de raiva. — Você quis que isso terminasse em Farthenwood.

É claro que sim. Eu conhecia aquele lugar tão bem quanto meu próprio castelo, e, se um dos lares tinha de ser destruído, não seria o meu. Quando pedi a presença dos piratas ali, ainda havia algumas questões sem resposta em minha mente. Minha única certeza era que eles seriam necessários.

— Tinha de acabar aqui — retruquei. — Caso contrário, os piratas teriam permanecido escondidos nas passagens ocultas até apodrecerem. Acabariam cheirando como você, e isso seria vergonhoso.

Vargan gritou e avançou sobre mim. Tentei desviar, mas ele agarrou minha camisa e me lançou sobre a mesa, prendendo minhas pernas com o seu peso.

Então ergueu a adaga novamente, mas se distraiu com um grito alto. Conner estava correndo em nossa direção. Eu não o vira entrar na sala.

Vargan se virou e enterrou a adaga que destinara a mim no peito de Conner. O tempo parou naquele momento, exceto pela mancha horrivelmente vermelha que avançava sobre a fina seda branca do colete de Conner. Ele tocou o sangue e ergueu a mão para olhar mais de perto, como se não acreditasse no que via. Quando aceitou o que tinha entre os dedos, abaixou a mão e tombou, inerte. Então me contorci, me livrando de Vargan. Em seguida, me ajoelhei ao lado de Conner, que tomou a minha mão.

Ofegando, ele disse:

— Eu sempre fui um patriota, Jaron. Nunca menti quando disse que você é meu rei. Me perdoe.

Ele se mexeu para beijar a minha mão, mas em vez disso arfou, quase sem fôlego, e sua cabeça pendeu, sem vida.

— Ele foi um traidor para nós dois — disse Vargan.

Talvez fosse, mas também acabara de salvar minha vida. Conner tinha morrido do modo como vivera, na sombra cinzenta entre o certo e o errado.

Àquela altura, eu pusera certa distância entre mim e a adaga de Vargan, mas Kippenger e os soldados de Avenia e Mendenwal, atraídos pelo grito de Conner, entraram no ambiente. Revirei os olhos e suspirei, mais irritado que temeroso. Seria demais esperar que alguém do meu lado chegasse? Mesmo um pirata parrudo e zangado teria sido bom.

Voltei-me para Vargan.

— Por que Mendenwal se juntou a você? Eles nunca foram nossos inimigos.

Vargan riu.

— Quando você desapareceu, há quatro anos, seu pai mentiu para todos nós, um jogo político para nos manter afastados de suas fronteiras. Considerei aquele um truque bastante inteligente, mas Mendenwal não pensou da mesma maneira. Então, quando você voltou para assumir o trono, não foi difícil atiçar a raiva deles. Lembrei a Humfrey da vez em que você, criança, o desafiou, e como poderia ser perigoso se permitíssemos que mantivesse a coroa. Então lhe prometi metade de Carthya como espólio de guerra depois da vitória.

Meus olhos se estreitaram.

— Ele não pode acreditar que você vai fazer isso.

Vargan deu de ombros.

— Humfrey está muito confiante. Sou o único imperador de Carthya agora. Aquele rei tolo sentado no trono de Mendenwal não percebe que será o próximo a ser destruído.

— Avenia não tem poder sobre Mendenwal — exclamou uma voz.

Todos nos viramos para a porta da passagem secreta que se abria atrás da mesa de Conner. O homem que emergiu estava avançado em anos, mas sua voz não traía a idade. Era o rei Humfrey de Mendenwal, e lorde Kerwyn estava ao seu lado.

42

Eu me virei a fim de olhar para Vargan, cuja face se tornara mais pálida que a neve recém-caída. Como Humfrey não deu nenhuma ordem, Vargan disse:

— Tenho aqui um tratado assinado por Jaron há menos de uma hora. — Então se virou em minha direção. — Foi um truque inteligente esconder o rei nestas paredes. Mas nada disso importa. Se tivesse se preocupado em ler o tratado, saberia que ele dá a Avenia o controle exclusivo de Carthya. Mendenwal não ganha nada. Jaron entregou tudo a mim.

Sorri para ele.

— Você necessita de óculos para leitura, mas não quer que as pessoas o vejam usando. Alguns podem considerar isso vaidade. Eu considero tolice. *Você* devia ter lido minha assinatura.

Vargan pegou o acordo e estreitou os olhos tentando ler o que eu havia escrito. Enquanto isso, sentei-me na mesa, amassando a beirada dos papéis embaixo de mim.

— Eu não assinaria um tratado que destinasse a você nem as aparas da minha unha do pé.

Kippenger abriu caminho até nós e examinou o tratado.

— O que ele escreveu? — perguntou Vargan.

Kippenger reprimiu um sorriso — eu podia jurar que ele fez isso. Sem olhar para ninguém, respondeu:

— Jaron escreveu: "Nunca conseguirá nada de mim, seu bafo de cachorro, cadáver podre de um rei".

Vargan me encarou. Em troca, sorri e olhei ao redor da sala, muito orgulhoso de mim mesmo por isso.

O rei Humfrey se dirigiu a seus soldados:

— Avisem a todos que Mendenwal se uniu a nossos amigos de longa data do reino de Carthya. Qualquer aveniano que continuar lutando enfrentará as lâminas de Mendenwal. — Então, virou-se para Vargan. — A menos que queira se render.

— Nunca!

— Majestade, é o fim — disse Kippenger. — Vamos aceitar a paz e salvar as vidas que pudermos.

Vargan balançou a cabeça.

— Eu sacrificarei até o último homem de meu exército se isso significar a queda de Jaron. Mate-o!

Kippenger e eu nos encaramos, mas nenhum dos dois se moveu. Ele apenas me analisou com um respeito recém-descoberto.

Vargan percebeu a mudança. Com um grunhido, murmurou:

— Eu mesmo farei isso, então!

Ele ergueu a adaga novamente e avançou sobre mim, mas Kippenger agiu com rapidez, enterrando a espada nas costas do rei. Vargan caiu de joelhos, virou a cabeça com o rosto crispado de dor e tombou, morto pelas mãos de seu próprio comandante.

Tudo acontecera tão rapidamente que nenhum de nós naquela sala sabia ao certo o que fazer a seguir. Humfrey estava olhando para mim, mas minha atenção continuava presa ao comandante.

Kippenger examinou seu rei caído e lentamente meneou a cabeça, como se estivesse se convencendo de que tinha feito a coisa certa. Então se ajoelhou diante de mim e depositou a espada aos meus pés.

— Avenia se rende. Já houve sangue demais derramado.

— De todos os lados — concordei. — Então, quem governa Avenia agora?

Kippenger deu de ombros.

— Eu, assim suponho.

— Isso não funcionará. Você me odeia.

— Menos do que costumava.

Aquilo era bom o bastante. E eu me senti ainda melhor quando ele retirou do bolso o anel de meu pai — o anel do rei — e o estendeu a mim. Então disse:

— Pensei que, ao lhe tomar isso, acabaria com qualquer vestígio de sua nobreza. Mas não fui capaz de arrancar a realeza de seu coração.

Não pude deixar de sorrir.

— Para que fique claro, estou muito feliz que não tenha tentado arrancar meu coração.

Peguei o anel e o deslizei no dedo, grato por seu retorno.

Então olhei de volta para o comandante Kippenger — ou rei, supondo que naquele momento ele o era.

— Seus homens deixarão as armas aqui. Mas eu permitirei que você recolha os feridos, e Tobias providenciará toda a ajuda médica que pudermos oferecer. Depois, quero você e seus soldados fora de meu país imediatamente. Não voltem *nunca mais* para guerrear contra meu povo.

Kippenger se pôs de pé mais uma vez, mas sua espada permaneceu no chão.

— Sim, rei Jaron. Eu cuidarei de tudo.

Fiz um movimento de cabeça para dispensá-lo, e ele deixou o aposento. Em seguida, os soldados restantes depositaram as espadas aos meus pés e obedeceram à ordem de Kerwyn de levar os corpos de Vargan e Conner.

Depois que eles se foram, o rei Humfrey se adiantou.

— Lorde Kerwyn me convenceu a vir até aqui com a promessa de que eu veria o que se tornou o menino incorrigível que uma vez me desafiou para um duelo. Acredito que seja uma pessoa tão difícil agora como então o era.

— Você está errado — retruquei. — Sou muito pior agora.

Ele riu, mas ficou sério ao dizer:

— Eu estava enganado a seu respeito. Me perdoe.

O perdão viria com o tempo. Por ora, tinha sido suficiente ouvir os homens de Humfrey, no grande salão, gritando as novas ordens do soberano de Mendenwal. As espadas ressoaram ao ser largadas no chão, e os gritos dos homens em guerra rapidamente silenciaram, convertendo-se em paz.

Eu disse a Kerwyn:

— Voltarei em breve, mas, por favor, acompanhe nossa retirada e cuide de nossos feridos.

Kerwyn estava prestes a me perguntar para onde eu ia, mas, ao me ver abrir a porta para as passagens secretas, apenas sorriu e disse:

— Sua senhora o espera dentro destas paredes.

43

Imogen e eu nos casamos pouco mais de um ano depois, no grande salão de meu castelo, como eu havia prometido. Ela usou o vestido de casamento de minha mãe, cuidadosamente guardado por anos, e um arranjo de rosas minúsculas nos cabelos. O salão estava lotado, assim como o pátio do lado de fora, todos esperando nossa primeira aparição como rei e rainha, marido e mulher.

Tobias e Amarinda haviam se casado meses antes e estavam mais felizes do que nunca. Viviam bem no castelo, e a amizade entre nós se fortalecia cada vez mais desde o fim da guerra. Ele se tornara aprendiz do médico do castelo, aperfeiçoando-se em uma profissão que lhe garantia a eterna busca de formas de me frustrar, tanto quanto eu achava maneiras de me machucar.

Eu sempre lhes seria grato por terem salvado a vida de Mott. Ele agora se movia mais lentamente do que antes, e eu sabia que a ferida ainda lhe causava dor. Embora ele jamais pudesse lutar novamente, eu esperava conduzir um reinado no qual isso nunca viesse a ser necessário. Após a recuperação, ele passara toda a nossa primeira conversa me dando um sermão por conta do meu excesso de imprudência, mas a terminara prometendo me servir com lealdade ainda maior.

Fink levou a aliança de Imogen e a entregou a mim quando o padre pediu. Ele piscou na minha direção, esperando minhas congratulações por não tê-la perdido. Era de fato uma proeza e tanto, e eu pisquei de volta. Fink se tornara um irmão mais novo para mim. Tão irritante e tão valioso quanto um caçula pode ser.

Roden e Harlowe haviam passado a maior parte do ano anterior aprendendo a se conhecer como pai e filho. Fora Roden quem contara a Harlowe sobre a ligação entre eles, embora tivesse esperado o momento certo por vários dias após o fim da guerra. Eu não havia sido realmente responsável pelo reencontro deles, mas a gratidão de Harlowe me era tão calorosa quanto no dia em que eu salvara a vida de Nila. Roden passava a maior parte do tempo livre com o pai, absorvendo os ensinamentos que deveria ter recebido ao longo da vida. Mas continuava sendo o capitão de minha guarda, cada vez mais confiante na função. Sob seu comando, Carthya um dia reconstruiria um exército forte o suficiente para nos manter livres para sempre.

Meu receio de que Harlowe pudesse me abandonar se mostrou infundado. Nos últimos meses, eu finalmente compreendera que o amor deixa entrar cada vez mais pessoas em seu círculo, ampliando-o. Eu amava Harlowe como a um pai, e ainda assim conseguira chegar a um entendimento com meu próprio pai. Pela primeira vez na vida, pensava nele com tranquilidade e paz.

Imediatamente após o fim da batalha em Farthenwood, renunciei ao título de rei dos piratas e passei a coroa a Erick. Pelo que eu sabia, ele continuava a liderá-los. Mesmo assim, eu ainda carregava a marca deles no antebraço, e uma parte minha lhes pertenceria para sempre. Se algum dia precisassem de mim em um momento de necessidade, eu estava obrigado por meu juramento a socorrê-los.

O ano da reconstrução de Carthya fora difícil. Havíamos perdido homens demais, e a completa recuperação só aconteceria na geração seguinte. Mas cada dia era melhor que o outro, e não havia mais nada nem ninguém que nos ameaçasse.

Certamente não Avenia. O comandante Kippenger assumira o trono e agora comandava um país menor. Eu insistira que ele investisse em escolas, não em armamentos, e até aquele momento parecia que meu conselho tinha sido acolhido. Após duras negociações, Gelyn e Carthya reabriram gradualmente as vias de comércio, embora eu mantivesse um exército de prontidão em nossas fronteiras ao norte. Já as relações com Mendenwal estavam progredindo. Aliás, na expectativa de uma provável criança minha e de Imogen, o rei Humfrey propusera o noivado entre ela e um de seus netos. Apesar de suas boas intenções, declinamos gentilmente a oferta.

E, na noite de meu casamento, abracei Imogen com força, desejando não soltá-la nunca mais. E melhor ainda foi que Imogen retribuiu o abraço. Ela era minha família, minha vida e o centro do meu mundo.

Tudo o que eu conhecia estava em paz.

AGRADECIMENTOS

A cada livro desta série, sinto mais carinho por mais e mais pessoas. A família da Scholastic demonstrou apoio inabalável e destreza nas várias formas como influenciou este livro. Obrigada mil vezes.

A cada vez que um novo livro é lançado no mundo, não posso expressar adequadamente meus agradecimentos a todos os incansáveis colaboradores nas livrarias, aos professores e bibliotecários que puseram uma cópia de meus livros nas mãos dos jovens, aos blogueiros responsáveis pelo boca a boca e aos leitores e fãs do mundo todo, que continuaram lendo a série e compartilharam seu entusiasmo comigo e com outras pessoas. Vocês fazem a diferença, e, se possível, eu agradeceria a cada um pelo nome.

Há alguns que devem ser listados aqui.

O primeiro de todos, meu marido, Jeff, que é e sempre será o amor da minha vida. Sem ele, e sem o apoio dos meus três filhos, eu não estaria onde estou hoje. Obrigada também à minha agente fabulosa, Ammi-Joan Paquette, infinitamente incrível e uma das melhores do ramo.

E, por fim, minha editora, Lisa Sandell. Trabalhar com você é prova de que as estrelas podem mesmo se alinhar e permanecer assim. Quando virarmos a página para o próximo capítulo, eu não desejo ninguém além de você ao meu lado, como editora, cúmplice e amiga.

Toni Morrison disse: "Se há um livro que deseja ler e que ainda não foi escrito, escreva-o você". E foi o que eu fiz. Obrigada a todos pela leitura.